ニセモノ聖女が本物に担ぎ上げられるまでのその過程

ルカ
中性的な容姿をしている教会の司祭。ミステリアスな雰囲気をまとっていて、本心は何を考えているのかわからない。
セイラン
どんなときも前向きで元気な少女。出奔した父が作った借金を返すため、聖女の替え玉になる仕事をすることに。
Characters

護衛騎士
ダレンの部下の騎士の一人。どうやらセイランに疑心を抱いているようで……？
ダレン
聖女巡礼の護衛を務める騎士団長。大柄な体格で筋力も非常に強い。
ファリル
紫の瞳の双子魔術師。ウィルとは感覚、魔力を共有している。
ウィル
緑の瞳の双子魔術師。ファリルとともに幼くして魔術師の資格を取得した天才。

ニセモノ聖女が本物に
担ぎ上げられるまでのその過程

Contents

プロローグ『担ぎ上げられただけの田舎娘には荷が重い』

「セイランさまー。どこにおいでですかー？　セイランさまー」

私を呼ぶ声が教会の長い廊下に響き渡る。

ちょっとそこまで、と言ってこっそり大聖堂を抜け出してわずか五分。私の姿が見えない、と私の大捜索が始まった。

少し一人になりたいと思っただけなのに、大変なことになってしまった。気まずくて逆に顔を出せなくなったので、私はコソコソと物陰に身を縮めて隠れる。

「おねーちゃーん！　僕らを置いてどこにいったの！　一緒にオヤツ食べようっていったじゃん！」

「トイレにもいないし！　攫《さら》われたのかもよ！　緊急警報出さないと！」

私の護衛を務めてくれている魔術師の双子も私を探し始めたらしい。

双子が皆に『エマージェンシー！』と騒ぎだしたので、こりゃまずいと慌てて隠れていた場所から飛び出した。

「いますいますいます！　攫われてません！　ちょっとぼんやりしてて、ごめんね！」

女神様の彫刻の陰から出ると、双子がぴょんと飛びついてきた。

「お姉ちゃん！　心配したよ！　僕らを置いてどこ行ってたの！」

首にぶら下がるようにして抱き着いてくる二人から、驚きのシンクロ率で非難の声があがる。

「うぐぅ……。く、苦しいんでちょっと腕を緩《ゆる》めてもらえると……」

この魔術師の双子は、なぜだかよく分からないが私にものすごく懐いてくれている。それは有難《ありがた》いのだが、このように一瞬でも姿が見えないと大騒ぎするので、扱いが非常に面倒くさい。

「コラ、ファリル、ウィル。セイラン様が苦しそうだろう。いい加減にしろ」

双子を窘《たしな》めに来てくれたのは、騎士団長さん。一見ものすごくまともそうなのだが……。

「セイラン様、大分《だいぶ》お疲れのご様子ですね。ちょっと休憩にしましょう！　さ、どうぞ俺の上にお座りください！」

己の膝をポーンと叩きつつ、嬉《うれ》しそうに空気椅子の体勢に入る騎士団長さん。このように、すきあらば私の椅子になりたがる不審者なのである。

「ダレンこそいい加減にしなよ。誰がそんな筋肉ダルマに座るのさ」

「どう考えても座り心地悪いしキモいじゃん」

キモーいキモーいとからかう双子と、微動だにしない空気椅子の騎士団長さん。

この三人が、私の護衛として普段そばについていてくれるのだけど、個性が強すぎやしないだろうか。わちゃわちゃと揉める三人の後ろから、新たな人物が声をかけてくる。

「大聖堂にいらっしゃらないと思ったら……三人とも遊んでいてはダメですよ。セイランはまだ午後のお役目があるのですから」

私の雇い主である司祭様がやってきてしまった。いつまで経っても戻らない私たちに業を煮やして探しにきたらしい。

ハチャメチャな双子も、あまり人の話を聞かない騎士団長さんもこの方の言うことならまあまあ従うので、叱られた三人が素直にごめんと謝っていた。

「セイラン、午後のお祈りが終わったらご褒美《ほうび》をあげますから、もう少し頑張ってくださいね」

司祭様は天使のような微笑みを私に向けてくる。こんな聖人代表みたいな顔をしているが、司祭様は人の動かし方と飴と鞭《むち》の使い分けが神的に上手《うま》い策士である。

聖職者よりも興行主とかのほうが合っているのではと私は内心思っている。

「すみません、戻ります」

基本、みんな良い人なのだ。

だけど全員ものすごく面倒くさいので、先程のようにちょっと席を外して一人になって落ち着きたい衝動に駆られる。

大聖堂に入ると、私のお祈りの儀式を見るために集まっていた人たちに出迎えられる。

「聖女様がいらしたぞ！」

わあっと大歓声があがって、聖女様コールが始まる。

若干《じゃっかん》白目になりながら『あ、遅れてすみません』とぺこぺこしながら大聖堂の真ん中へ向かい、祭壇にあがるとなぜか拍手が上がった。

「ああ、聖女様の奇跡をこの目で見られるなんて……」

「俺、三日前から並んでようやく入れたんだぜ」

ものすごい期待値の高いコメントが後ろから聞こえてきて、もうほんとにやめてくれと思いながらお祈りの儀式を始める。

「……我らの母たる女神アーセラよ。御手から齎《もたら》された恩寵で、形作られたのはこの大地……」

祝詞《のりと》を諳《そら》んじると、いつものように浄化の光が私の体からあふれ出す。

光は大聖堂全体に広がり、後ろにいる人々にも降り注いだ。

わ――――っと歓喜の声が巻き起こり、これが奇跡か！　と泣き出す人とかいて、ホントにどうしてこうなったのかと冷や汗が止まらない。

「聖女様の替え玉役のはずだったのになあ……」

未だに慣れない聖女様扱いに、ついこの間まで貧乏田舎娘として生活していた自分としては、この下にも置かぬ扱いは緊張して気が休まらないのである。皆の歓声を一身に受けながら、私はこうなってしまった事の始まりとその過程を思い出していた。

第一章『追い詰められている時に囁かれる甘言は大抵詐欺』

うまい話には裏がある。

そんなことは当たり前のことで、変な儲《もう》け話とか都合のいい話は疑ってかかるべきだ。

そんなことは分かっている。

分かっているけど、裏があるとしてもそれにすがらずにいられないほど、切羽詰《せっぱつ》まった状況という時もあるのだ。

「ほ、本当に聖女様の格好をして国を回るだけでいいんですよね？　生贄《いけにえ》にされたり、口封じに殺されたりしませんか？」

「女神アーセラ様に誓ってそのような非道な行いはしないと断言します。ただし、国中を回り聖地を巡礼するので二、三年は家に帰れないことを覚悟していただく必要があります。途中で辞めることはかないません。それでもよろしければ」

「……それで、報酬の半分を前金でいただけるんですよね？　家族の身の安全も保障してくれる、と……」

「ええ、下の妹さんをよこせと言っていた商人ともこちらで交渉して、二度とそのような話を持ち込めないよう我々が後ろ盾となりますので安心してください」

「そ、そうですか……それが本当なら有難いです……」

「じゃあこちらの契約書に血判《けっぱん》をお願いいたします」

そう言って男は完璧なアルカイックスマイルで、小型ナイフを遠慮なく私の指に突き立て血判を押させた。

あああ契約しちゃったよどうしよう。こんなものすごくいい条件の仕事がノーリスクなんてあるわけないよなあ。でもほかにお金のアテもないしどうしようもないよなあ。

ダラダラと冷や汗を流す私を、目の前の男はお綺麗《きれい》な顔で悠然と眺めていた。

私の名はセイラン。七人弟妹《きょうだい》の長女で、村の教会で小間使い&日雇いシスターとして働いている。

ただの田舎娘の私がどうしてシスターとして勤められているかというと、私がほんーの少ーしだけ、癒《いや》しの力を持っているからである。ギフト鑑定をしてくれたおじいちゃん神父様が、その力を活かして教会で働いてほしいと言って雇ってくれたのだ。

田舎過ぎて本物のシスターが中央から派遣されてこないので、おじいちゃん神父様が自腹で私を雇ってくれている。癒しの依頼なんてそんなに来ないから、普段は教会の小間使いが本職で、シスター業は必要に応じてやる日雇いなのだ。

癒しの力がある！　と私が神父様に認められた時、村の人たちは皆、無くした腕がにょっきり生《は》えるとか、死んだ人が生きかえるとかそういうのを期待していたようで、実際私ができるのが、腰痛とか擦《す》り傷が治るという程度だと知ると、あからさまにがっかりされた。

あんまり役に立たねえな……と軽く罵《ののし》られ結構傷ついた。

それでもこの田舎ではまあまあ重宝されるので、私の給料で弟妹と病弱な母を養ってきたのだ。

十五歳で長女の私を筆頭に、十四歳の弟、十三歳の妹、そして九歳、八歳、六歳、四歳の弟たちという七人弟妹の大家族である。

ちなみに父親は、真正のクズってやつで、母と子どもをこさえるだけこさえて、母が末の弟を妊娠中に旅芸人の女に一目ぼれをして家族を捨てて家出してしまった。

母もなんであんなクズと七人も子どもを作る気になったのか激しく疑問だが、ともかくそういうことで我が家は子だくさん貧乏で、正直食べていくだけで精いっぱいなのである。

それでも稼ぎが少ない時は、明日食べるものが何もない！　という状態に陥《おちい》るので、私は自分の食べる分を削って弟妹たちに分け与えるしかないのだが、人間何日も食べずにいるとまともに機能しなくなる。

空腹で仕事中にぶっ倒れて働けなくて、またお金に困るという地獄のスパイラルは悪循環もいいとこなので、いい加減なんとかしたい。

まあ、それでもすぐ下の弟も来年からは家具職人の家に働きに出ることが決まっていたし、このまま私も健康に働いていられれば、なんとかやっていけると思っていたのだが……。

ある日、悪趣味な成金丸出しといった格好のデブな商人が我が家を訪れ、『オタクの父親が、借金のカタに娘を売ったのでもらいに来た』と、契約書片手に言い出したので、私たちは大混乱に陥ったのだ。

どこぞで生き延びていた父親は、ろくでもないところに借金をしていた。

払えるあてもなく困り切った父親は、苦し紛《まぎ》れなのか知らないが、昔に捨てた家族を思い出したらしく、借金のカタにウチの末娘を差し上げますと提案し、この商人が買うことにしたらしい。

ちなみに私じゃなくて下の妹を指定したのは、父親が家にいた頃から私は働かない父にガンガン説教していたから、生意気で可愛くない姉は売れないと判断して、素直で可愛い下の妹を指名したそうだ。ほんとにクソだ。

そんな行方知れずの父親が勝手にした契約なんて無効だ！　と私たちも抵抗してみせたが、契約書は正式な手続きを踏んで交わされたものだから、借金を払うか妹を売るかのどっちかしかないと言われ、私たち家族は追い詰められてしまった。

お金なんて我が家には全然ないし、だからと言って年端《としは》も行かない妹を差し出すなんてできるわけがない。

試しに『私じゃダメですか？』と訊《き》いてみたが、おデブ商人が私を上から下までチラ見して、『ダメ』と一蹴《いっしゅう》されてしまった。失礼だろゴルァと思ったが、今はそんなことを言っている場合ではない。

また一ヶ月後に来るから、その時に妹を差し出すか、借金全額耳をそろえて返すか選べと言って、おデブ商人は帰って行った。

どうしようもなくなって、私は無理を承知でおじいちゃん神父様にお金を貸してもらえないか頼みに行った。

「……というわけで、お金を貸していただけないでしょうか……」

「貸してあげたいのはやまやまなんだけどねえ、見ての通りウチの教会は村の寄付だけで成り立っているから、本当にお金が無いんだよ……すまないねえ……」

本部からお給料すらもらえていないという神父様は、日々の食事も村人からもらった野菜などで賄《まかな》っている。

断られるまでもなく無理と分かってはいたが、こんなことを頼めるのはもうこの人しかいなかった。なぜならクソ親父は村の人々からも金を借りたまま行方をくらませている。後からそのことを知らされ、でも私たちがした借金じゃないのだからと請求はされなかった。そういう経緯があるから、もう村の人に貸してと頼めるはずもない。

「妹が売られるくらいなら私がって言ったんですけどね。ダメって断られちゃったんで、他に買ってくれそうな人いないですかね……神父様、誰か心当たりありませんか？」

「セイラン、身売りなど……。とはいえ、そうも言っていられない状況だしねえ……」

困ったようになにかブツブツと呟《つぶや》いていた神父様だったが、何かを決意したように大きく頷《うなず》いて私にまっすぐ向き合った。

「実はひとつ、破格の仕事があるんだよ。教会総本部で条件に当てはまる人を探しているという話をきいてね、君ならそれに合うから受けてみるかい？　報酬は、借金を返してもおつりがくるくらいだよ。信頼できるかまだ不安が残るところなんだけど、背に腹は代えられないしねえ」

その仕事を受ければ家族から離れることになるから、本当はその仕事のことは言わないつもりだったと言いながら、神父様は心配そうに私の頭に手を置いて、優しく撫《な》でてくれた。

「大丈夫ですよ、私もう十五ですし、出稼ぎにでるくらいフツーです」

「そうですね……これもまたお導きでしょう。私にできるのはこれくらいしかないが、せめて祝福を祈りましょう」

神父様はお祈りの姿勢になって再び私の頭に手を乗せた。

「昼と夜の狭間《はざま》に落ちた哀れな愛《いと》し子に、どうか救いの御手が届きますよう」

神父様が小さく祝詞を唱えると、パッと目の前に光が散って、目の前が明るくなったように感じた。この神父様は、今でこそ落ちぶれているが、昔は中央にいて結構偉い立場の人だったらしい。

だが、上司の連座で左遷されてここへ流れ着いたというのを聞いたことがある。

理不尽《りふじん》な目に遭って、極貧生活を強《し》いられている今もなお、他人のために幸せを祈れるこの方を私は尊敬している。

「ありがとうございます。どんな仕事か分からないですが、神父様の紹介なら信頼できるので安心です！」

借金がなんとかなりそうだと思って私はニッコニコでお礼を言うと、神父様はものすごーく不安そうな顔になった。

この時点でちょっと『ん？』と一抹の不安を覚えたのであった。


それから数日して現れたのが、司祭の衣装をまとった明らかに身分が高いと思われる、えらく整った容姿の男性だった。

国の中央にある教会総本部から来たといい、田舎者からしたら雲の上のような存在のお人だった。

この田舎には農民ばかりなので、男と言うのはゴツイじゃがいもみたいな見た目が当たり前と思っていた私は、最初この人を見た時に、あまりに肌が美しく手も白魚《しらうお》のように白く綺麗だったから、男か女か性別すら分からなかったくらいだ。

そして、この方は一応司祭の階級であるものの、教会本部においてかなりの権力者であり、聖職者でありながらお貴族様なのだとおじいちゃん神父様から耳打ちされたので、私は危うく失神しかけた。

でも明らかに平民（の最底辺）と分かる私にも、その人は丁寧《ていねい》な口調で話してくれたので、やっぱり聖職者はみんな人間ができているなあと心の中で感心していた。

神父様はどうしてこの人を呼んだんだろうか？　この天上人が田舎者にどんなお仕事を斡旋《あっせん》してくれるのか全く想像がつかない。

借金を返してもおつりがくるだろうと神父様は言っていたが、実際提示されたのはとんでもない額で、これならクソ親父の借金どころか、末の弟まで全員学校に行かせてやって成人するまで食べるに困らないくらいだった。

なんでこんな好条件の仕事を、わざわざこんな田舎者の小娘に紹介してくれるのかと不信感いっぱいだったが、どうやらその仕事の条件に当てはまる人物がなかなかいなくて困っていたらしい。

アッシュグレーの髪に青い目で、身長が五尺くらいの若い女性。そしてギフト持ちであることが条件だった。

魔力を持って生まれた子は、『女神様からギフトを授かった』と言われる。

属性と強さは人それぞれだが、大して役にも立たないしょぼいギフトも含めれば、それほど珍しい存在ではない。

ただ、魔術師になれるほどの魔力量と複数属性を持っている者はほんの一握りで、そういう子はすぐに師団や魔法省からお声がかかるので、この歳までなんのオファーもない私は雑魚《ざこ》ギフト決定なのである。雑魚ギフトでもなんでもいいならいくらでも見つかりそうな気がするが、案外なかなか条件に合う人物が見つからなくて困っていたそうだ。

そんな時、見た目が合致《がっち》していて、その上に癒しの力という属性としては珍しいギフトを持った私が見つかったので、連絡を受けた司祭様は急いで駆けつけてきたそうだ。

癒しの力と言ったって子どもだましみたいなモンですよ？　と言ったのだが、それでも条件にぴったり当てはまっているらしく、最初に提示された報酬よりも倍出すからあなたがいいとまで言ってくれた。そこまで言ってもらえるなんて有難いなあと、この時の私は純粋に喜んでいた。

だが、美味《おい》しいだけの話などあるわけがないのだ。

切羽詰まった時に近づいて来る人間を信用してはならないと、私はこの時に気付くべきだった。

第二章『聖女の代役をするだけの簡単なお仕事です』

「私は司祭のルカ・デ・ラ・ロヴェェと申します。セイランとお呼びしても？」

「アッ……ハイ。ドウゾ」

中央から来たお偉い司祭様に引き合わせてもらった私は、教会の一室を借りて彼から詳《くわ》しい仕事内容を説明してもらうことになった。

まあ、要は『聖女様の替え玉』をやるお仕事ってことらしい。うん。だいたい察した。

この国では女神アーセラ信仰が国教とされていて、その女神のお言葉を聞くことができるという聖女が存在している。

聖典の記録によると、この国の原初の時代に、女神の啓示を受けた女性が聖女の始まりだとされている。そして、始まりの聖女が身罷《みまか》られる際に、『この役目は次の者へ引き継がれる』という言葉を残した。その言葉のとおりに、聖女の証《あかし》となる『しるし』を持った娘が生まれ、それからもその力は現在に至るまで、とぎれることなく受け継がれてきた。

私はその話を聖典で読んで知っていたのだが、実際にその姿を見たこともない庶民のあいだでは、聖女様なんてただの教会が作ったマスコットだろという認識だった。

確かに過去の聖女が数々の奇跡を起こしてきたという話は子ども向けの絵本になったりしているが、それは全て昔話のように語られている。

実際のところ、教会の聖女の定義というのは『しるし』を持っているか否《いな》かというだけで、特に奇跡を起こすような力を持っているわけではないらしい。

だから今の時代では教会のマスコットという認識でもあながち間違いではないと司祭様は言っていた。教会関係者がそんなこと言っちゃっていいいんだろうか。

そして本題だが、今代の聖女、ロザーリエ様は今年で十五歳におなりになる。ようやく公務に就《つ》ける年齢となったので、聖都でのお披露目を終えた後、王様の命令で国中の教会を訪れる予定になっていたのだが……。

「ロザーリエ聖女様は、世話係の男と恋仲になられましてね。勝手に結婚してしまわれた挙句、このたび新婚旅行と称して国から出奔《しゅっぽん》してしまったのです」

「なんて？」

なんと聖女様、全ての公務をブッチして新婚旅行に出かけてしまったらしい。

国外逃亡の理由は、王様直々に命令された教会巡礼をやりたくないがため、というこれまたどうしようもない理由を聞かされ、何とも言えない気持ちになる。

教会巡礼は僻地《へきち》まで馬車で回るので、移動中は野営もやむを得ない。道が整備された聖都と違い、悪路を進むことになるので、馬車での移動はとても快適とはいいがたい。温室育ちの聖女様はその話を聞いた時点で、そんなのイヤと完全拒否の姿勢だったようだ。

だが、この役目は王命であるから断ることはできないと理解すると、ある日突然、王様にも内緒で新婚旅行に出かけるという暴挙に出た、と目の前の司祭様はうんざりした様子で語った。

「結婚はどうでもいいのですが、仮にも国教の聖女様が、全ての仕事を放棄して国外逃亡は前代未聞の大不祥事なのです」

「でしょうね……というか、そもそも仕事なんだから放棄しちゃダメなんだよって教会の偉い人とかがちゃんと叱って言い聞かせればよかったのでは……？」

「もちろん我々は再三に亘《わた》って説得いたしました。ですが、ロザーリエ聖女は王の庇護下にあります。故に聖女は教会よりも自分のほうが立場が上だと思っていて、こちらの意見など雑音程度にしか認識していないのです」

今の聖女様は王宮で育てられ、正しい聖女教育を受けていないのだそうだ。

昔は教会の権力が強く、聖女育成は教会で経典に沿って正しく行われていたそうだが、今代の王は旧態依然とした国の在《あ》り方を改革していくと称して、聖女様を教会から引き離し、王宮で甘やかし放題で育ててしまった。

あらゆるわがままを許容される環境を与えられた聖女様は、みごとにモンスター級のわがままっ子に成長してしまった。王様、とんだモンペである。

「当時、聖女を教会に戻してまともな教育を受けさせるべきと王に直談判した者もいたのですが、そのほとんどが失脚させられました。そのため、現在教会の上層部に王に意見できる者は残っていません」

「アー、うちの神父様もその煽《あお》りを食って田舎に左遷されたみたいな話を聞いたことがあります」

あの時から教会の在り方は変わってしまった、と神父様が珍しく愚痴《ぐち》を言っていたのでよく覚えている。

「教会巡礼は、王様から『教会が全責任を持って遂行《すいこう》せよ』と厳命されています。失敗すれば全ての責任を教会が負わされる。今の上層部が責任を取るわけはありませんから、下の者が文字通り首を切られることになるでしょう。これ以上、まともな人材を失ってしまったら、教会はもう機能しなくなります」

というわけで、絶対に失敗したくない教会の方々が、聖女様が逃げちゃったことを隠蔽《いんぺい》して、この『聖女様の替え玉で巡礼終わらせちゃおう大作戦☆（私命名）』が決行された結果、私にその役が回ってきてしまったというのが真相である。

もうね、どっから突っ込んだらいいのやら。

つーか聖女様の生活費全般は国民の血税から成り立っているんだから、幼児期から働きっぱなしの私としては、お前もちょっとは仕事しろと声を大にして言いたい。

ていうかそもそも王様が教育を失敗したのに、そのツケを教会に被せるのもひどすぎる話なのだが、更迭《こうてつ》が怖くてそれに意見できない教会上層部もだいぶ最低だと思う。

と、心の中で偉い人たちの批判をしまくっているうちに、司祭様は当然替え玉の役目を私が引き受けるものとして話を進めている。

「家族と、あなた自身の安全は私が責任をもって保障します。巡礼の期間が延長になる場合もありますが、その時は延長した分の報酬を追加しましょう」

「ええと……やっぱりちょっと考えさせてもらっていいですか？　ヤッパリ家族ガ反対スルカモナーなんて……」

よくよく聞いてみればこの仕事面倒くさいことになりそうな予感しかしない。普段はあんまり働かない私の危機管理システムがガンガン警鐘を鳴らしている。お金は欲しいが、この仕事は報酬より厄介事《やっかいごと》のほうが上回る気がして私は逃げ腰になった。

「ああ、ご家族にはもうお話しして快諾《かいだく》いただいてますよ。借金の元凶であるお父上を捕獲する条件もプラスしましたら、それはもう喜んであなたを送り出してくださるそうで」

「外堀埋める作業早すぎません？」

断れないよう家族に手を回してから来やがりましたよこの司祭様。聖職者がそんな腹黒い真似をしていいのだろうか。

報酬だけでは断られる可能性を考えていたのだろう。実際その通りで、クソ親父のことまで解決してくれる条件を出されてはもう私に断る選択肢は残されていない。

「分かりました。じゃあ……任期とか契約内容を詳しく……」

私の返答を聞いた司祭様は、売り物にできそうな完璧な笑顔を浮かべて、抜かりなくすぐ各種条件を文書にしたものを差し出してくる。本当に仕事が早くていらっしゃる。

条件も報酬も私が断る理由が見つけられない完璧さであった。

もう何も訊くことがなくなってしまったところで、流れるような手際の良さで契約書が用意され、躊躇《ちゅうちょ》なくナイフを指に突き立てられた。

血判が押された契約書を手に、司祭様は満足そうな笑みを浮かべ右手を差し出してきた。契約締結の握手である。

ヤケクソでがっちり握手を交わしてやると、司祭様は白魚のような指に似合わない握力で握り返してくれたので、血判で切った指がちょう痛かった。

家族には『出稼ぎに行ってくる』と伝え、もらった前金を渡した。

だが、ちびたちの面倒を病弱な母一人で見きれるか心配だった。

「やっぱり私がいないとお母さんが過労で倒れちゃうんじゃ……」

「そう思いましたので、乳母の手配を済ませてありますからご心配なく」

「抜かりなさすぎてむしろ怖いです」

とことん先回りして退路を塞《ふさ》いでいくなこの人。

生活の憂いが取り払われた家族は、私との別れをまったく惜しむこともなく『いってらっしゃい！　お仕事頑張ってね！』といい笑顔で送り出してくれた。

出発するその足で、私と司祭様は、おじいちゃん神父様のところへ挨拶《あいさつ》に赴《おもむ》いた。

おじいちゃん顔色最悪だけど大丈夫かな？

「セイラン、不運に見舞われても、耐えて時を待つのだよ。今は女神様が夜の刻にあるから、救いの御手を感じられないだろうが、必ず夜は明ける。昼の刻が来れば、女神様はあなたの頑張りに祝福を送ってくださいますよ」

夜の刻、というのは女神様がお眠りになっている時間を指す聖典にある文言《もんごん》なのだが、人々のあいだでは、『運が悪かった』という意味で使われたりする。女神様が寝てるので、人々に目が届かなくて不運に見舞われるんだからしょうがないよねっていう慰《なぐさ》めの言葉だ。

まあ、そのうちいいことあるから頑張って行ってこいっていうおじいちゃんなりのエールらしいんだけど、悪いことが起きる前提で言われても励まされた気がしない。

なんか嫌な予感がするんだよな……。

「ロヴェ殿。セイランをよろしくお願いいたします。彼女はこの教会の……私の光なのです。ですから、大切に守ってやってください」

お、おじいちゃん神父様〜！　私が使い捨てされないよう司祭様にプレッシャーかけてくれてる！　でも多分この腹黒司祭様に泣き落としは通用しなさそうだよ！

「ええ、ほかならぬグラーヴ神父殿からお預かりした方で、大事な聖女様の代役ですからね。巡礼の間、私が責任を持ってお守りします」

にっこりと作り笑顔を浮かべる司祭様。

あれ？　この二人昔からの知り合いだったのかな？　神父様は逆に渋い顔のままで、念を押すように何かを伝えていた。ちゃんと私に三食ご飯を与えるようにと釘を刺してくれると有難い。

なんだか非常に温度差のある別れの挨拶を交わして、私は司祭様と共に教会を後にした。

少し歩いて、村から出ようとしたあたりでふと司祭様が私に話しかけてきた。

「セイランはあの方とどういう関係なのですか？　あなたは正式なシスターでもないですよね？」

「はあ、ただの雑用係兼日雇いシスターです。ウチが生活に困窮《こんきゅう》しているから、お情けで雇っていただいているだけですけど」

「……その割には、随分と信頼関係があるようで」

「それは私が神父様を尊敬しているからじゃないですか？　立派な方なんですよ。私より貧乏なのにお給料くれるし、己の境遇に不満とか一度も口にしないすごい人なんです。神父様がいたから、私もひねくれずに生きてこられたんで、恩人みたいなもんです」

「そうですか……」

私がもし神父様の立場だったら、理不尽だと叫びたくなりそうなのに、女神様がお導きくださったのだと言って感謝しか口にしない。そんな人が身近にいたら、私も自分の境遇を呪うような真似はできなかった。

私の返答を聞いた司祭様は、何かを考えているようだった。

神父様も昔は中央にいたというから、元々知り合いだったのかな？　その頃のこととか聞かせてもらえないかと思ったが、馬に乗せられた途端、全力で走り始めたので、口を開けば舌を噛《か》む有様で喋《しゃべ》るどころではなくなってしまった。

時間がないと言って馬を急がせた司祭様は、聖都ではなくすでに出発している巡礼隊と合流すると教えてくれた。

てっきり私は、中央の聖都から送り出されて巡礼に行くところから替え玉の仕事を始めるのかなと思っていたら、すでにそれは本物の聖女様が済ませていると聞いて、今日何度目か分からない『馬鹿なの？』と心の中で叫んだ。

ロザーリエ様は華々しいイベントが大好きだから、出発のパレードだけやると言って、ゴッテゴテの聖女コスチュームで山車《だし》に乗って聖都を三周もしたらしい。どうでもいい聖女様情報だけが増えていく。そして、急がなきゃいけないのは分かるが、乗馬初心者の私を全く労《いた》わらない走らせ方をしてくれるので、私の尻が死んだ。

予定の合流地点に近づいたところで、ようやく一旦休憩を入れてもらえて、合流する前に頭巾《ずきん》を被せられた。

「あなたが替え玉というのは、他の巡礼についてくる護衛の者たちには知らせていません。ロザーリエ様は普段、常にヴェールでお顔を隠していらっしゃるので、本当に近しい者以外、聖女様の素顔を知りません。ですからあなたがニセモノだと気付かれる可能性はほとんどないと思いますが……念のため、普段はこうして額帯《がくたい》で目元を隠しておいてください」

聖女様がヴェールを被っているのは、聖女様のご尊顔はお美しすぎるそうで、お顔を拝謁《はいえつ》するのはご褒美だから普段は出し惜しんでいるらしい。なんだそれ。

私は司祭様にもらった修道服に着替えていたが、修道女の頭巾というかヴェールは額帯の部分が少し加工されていて、目元がしっかり隠れる形状になっていた。

「私はずっと黙っていても大丈夫ですか？　私、聖女様らしい話し方とか分からないんで、ちょっとでも口をきけばばれちゃうと思うんです」

「大丈夫ですよ、ロザーリエ様は口がお悪くていらっしゃったから、少々口調が荒くても誰も不審に思いません」

「はあ、そうですか……って、聖女様なのにどうやったら口が悪く育つんですか。下町にでも放り込まれたんですか」

「ああ、性格が悪いんで口も悪く聞こえるんですよ。まあとにかく大丈夫ですから」

この人、聖女様のこと大嫌いだよね。

「あ、ホラ、本隊に合流しますよ」

くだらない聖女様情報を聞き流していると、いつのまにか目的地にまで来ていたらしい。遠目に国旗を掲げた一団が見えた。

鎧《よろい》姿の騎士が十名ほど、その先頭にひときわ体の大きな赤髪の騎士で、一番偉そうな紋章つけた人。その左隣には魔術師の衣装をまとった少年が二人、不機嫌そうな顔で立っていた。オーバーサイズの魔術師ローブが可愛いこの少年二人は、瞳の色は紫と緑でそれぞれ違うけど顔がそっくりなので双子のようだ。

ん？　本隊これだけ？　少なくね？　見た限り女性が一人もおらんのだけど、フツー聖女様のお世話係とかで侍女さんとかもいるはずだよね？　イヤ別にお世話されたいわけじゃないが、一応設定的にさ。

私は司祭様に『ほかには？』と訊いてみたが、以上のメンバーが巡礼隊だと言われ唖然とした。

ロザーリエ様は女の子だよね？　フツー侍女さんやらお付きの乳母さんとか同行するんじゃないんですか？　男しかいないんだけど、しかも少数精鋭なのか知らんが国家行事だというのにこの人数ってどうなの？　通りすがりでこの厳《いか》つさしかないご一行見かけても『魔物討伐隊かしら？』としか思わないよ？　私がびっくりして固まっていると、司祭様がこそっと耳打ちしてきた。

「ロザーリエ様のお気に入りの者は全て新婚旅行に連れて行ってしまったので、侍女なども本隊には残っていないのです」

はあ、ソウデスカ。じゃあまさかこのメンバー、聖女様と仲の悪い人たちの集まりとかじゃないよね？

「あーやっと聖女様捕まえてきたんだ。おっそいよルカ様。もうさ、新婚旅行とかばっかじゃないの？　国の税金で食べてんだから、まずは働けっつーの」

「聖女様だけ？　あの頭の悪い取り巻き連中は置いてきたの？　まあゴチャゴチャうるさいだけで役に立たない奴らばっかだから居ないほうがいっか。ねえ、もう首輪でもつけとこうよ。逃げないようにさ」

かわいい顔した双子がしゃべりだしたと思ったら口の悪さが半端ない。そしてやっぱり仲悪いメンバーじゃないですかーヤダー。

赤髪の偉そうな騎士さんは無言で私を睨《にら》んでいるだけだけど、なんか人でも殺しそうな顔しているのでこちらも不穏極まりない。

「すみません、捕獲に手間取りました。ですが聖女様も心を入れ替えて公務に勤《いそ》しむと約束してくれたので、もう心配ありませんよ。ファリルもウィルもあまり不敬なことを口にしないように。誰が聞いているか分からないですからね」

「「はーい」」

あらまあ司祭様のお言葉にはいいお返事ですね双子ちゃん。

どうでもいいけど、双子ちゃんの名前はファリルとウィルなんだね。覚えておこう。

そして司祭様が『すぐに出発しましょう』と言って、私に停めてある馬車に乗るよう促《うなが》した。

なんか特別仕様の牢獄みたいな箱馬車。外側から鍵がかかるようになっているって、おかしいよね？

え？　ホントにこれに乗るの？　一応、聖女様の巡礼って触れ込みで各地を回るんだよね？　どう見ても罪人の移送用じゃない？

これに乗ったら断頭台に連れていかれるんじゃないかと不安になったので、乗るのをためらっていると、赤髪の偉そうな騎士さんがボソッと、

「足の腱を切ればもう逃げられないよな……」

とこれまた不穏極まりない言葉を発したので、光の速さで馬車に飛び乗った。

後から典雅《てんが》な所作で司祭様が乗り込んでこられたので、この状況はどういうことかと恨みを込めて司祭様を睨んだが、にっこりと破壊力抜群のキラキラスマイルで返されて終わりだった。

ただ、『騎士団長、言葉を選んでくださいね』と一応ちっちゃく注意していたけど、注意の仕方が間違ってる。つーかあの人、騎士団長だったのか。ちょう偉い人なのに不穏がすぎる。

『ガチャン』と明らかに鍵のかかる音がして、馬車はちゃかぽこと軽快な音を立てて動き出した。

ていうか司祭様も一緒に閉じ込められているけど、いいのかしらと思った。けれど、雇われのニセモノごときが口を利くのもはばかられたので、黙ったままおとなしく椅子に座っていた。

しばらく司祭様も黙って馬車に揺られていたが、なんだか司祭様から視線を感じて落ち着かない。なんならちょっと不躾《ぶしつけ》すぎじゃないかと思うほど見られている気がする。

「…………」

「…………」

心を無にして気付かないふりをしていたら、司祭様のほうから話しかけてきた。

「……そういえば彼らの名を伝えるのを忘れていましたね。先ほどの赤い髪の男が、騎士団長のダレン・ロンハイム。双子の少年らが、魔術師で、紫の瞳がファリル、緑の瞳のほうがウィルです。彼らはまだ十歳の少年ですが、国内で五本の指に入る能力者ですよ。他の騎士たちをあわせても二十人に満たないですが、あの三人が居れば安全です」

「はあ、ソウデスカ」

どうにも聖女様って嫌われているようだけど、守ってもらえるのかしらと思ったが、訊いたところで解決しそうにもないし、訊くだけ無駄なので黙っておくことにした。

さすがに死なない程度には守ってくれるだろう。それに国内の教会をめぐるだけなんだから、いくらなんでも命の危機はないよね。

どうせなにか意見する権利が私にあるわけじゃなし、黙っておくのが得策だ。私は馬車のなかですることもないのでぼんやりと窓の外を眺めることにした。嗚呼《ああ》、空が青い。

そうやって焦点の合わない目で現実逃避していると、また司祭様が話しかけてきた。

「あなたは肝が据わっているというか、変わっていますね。なにも訊いてこない上に、私のほうを見ようともしない」

「ええまあ、仕事ですし、引き受けた以上は文句を言っても始まらないですからね。それに私、人見知りなんで、友達でもない司祭様と会話を楽しむほどのコミュ力がないんですよ。あ、気を遣って話しかけていただかなくても大丈夫です。私のことは路傍《ろぼう》の石だとでも思っていただければ」

「……女性に話しかけるなと言われたのは初めてですね。常日頃、女性信者の方々は私にしつこいくらい話しかけてきますから、ご婦人というのは皆姦《かしま》しい生き物なのだと思っておりました」

「ひとそれぞれってやつですね」

「あなたは私の顔を見て、どう思われますか？」

なぜか司祭様が会話を終わらせてくれない。

雑談とか苦手なのよね。連絡事項だけでいいのに。あ？　でもこれも仕事の一環なの？　人の質問にどう答える的な練習？

司祭様の顔を見てどう思うかと言われても……なんというか……。

「肌ツヤもよく健康体にみえます。歯並びもよいです。目鼻立ちもほぼ左右対称で、良いお血筋なのでしょうね。身長も高く手足も長くていらっしゃる。幼い頃から十分な食事を与えられて栄養が行き届いた結果でしょうから羨《うらや》ましいです。子どもの頃、栄養が足りていないと低身長になりがちですから、私の村では大柄な人は少ないのですよ」

私ももう少し満足に食事がとれていれば、もうちょっと身長が伸びたはずなのに……と若干恨みがましい気持ちがにじみ出て、余計なことまでしゃべってしまった。

司祭様は私の返答が思ってたのと違ったのか、きょとんとした後、爆笑した。

わぁ……こういう整った顔の人が爆笑するとちょっと狂気じみているように見えるのは私の偏見だけど……正直怖い。

「ははは っ！　健康体ですか！　女性にはこの顔が好まれるようで、たいてい初対面から顔の造形について褒められることが多いですが、顔が左右対称だと言われたのは初めてです。面白い表現ですねえ。ですが、血筋と左右対称は関係あるんですか？」

「血筋というと語弊があるかもしれませんが、生まれつき丈夫な子どもは、体のバランスがいいんですよ。手足の長さが揃《そろ》っているとか、背中が歪《ゆが》んでいないとか。左右対称であるのは健康な証に見えると思いますよ。そして、健康な人の子どもはその良い特性を受け継いで生まれてくると考えると、女性が左右対称の優れた容姿の男性を好むのは、そういった理由があるからじゃないですか？　ホラ、子どもは育ちにくいものですし。私の村でも、子どもが生まれても半数は五歳前に死んでしまうなどザラですから、健康で強い子どもを産みたいと女性が思うのは当然だと思います」

私は話しながら過去のことを思い返していた。私には弟妹がたくさんいるが、本当ならもっと人数が多かったはずなのだ。

私にも兄や姉がいたのだが、私が物心つく前に病気や怪我が原因で亡くなっていた。

強い子だけが生き残り、生まれつき体が弱い子はどうしたって淘汰《とうた》される。私が癒しの力が使えることが分かってからは、母や弟妹たちのちょっとした不調なら治せていたので、私より下の子の生存率は格段に上がったと思う。

……っと、いけない。余計な話までしてしまった。姦しいと言われる前に口を噤《つぐ》もう。

司祭様といえば、ぱちぱちと瞬《まばた》きをしたあと、さらに私をガン見してきた。

「ふぅん……環境が違えば物の見方も変わりますね……興味深い意見です。あなたの目線で見ると私とは全く違うものが見えてきそうで面白いですね。それに、あなたが私にかけらも興味がないことがよく分かりました」

「興味……？　いや、どうでもいいとかではなく、司祭様に関してなにも知りませんからなんとも申し上げられず……」

「ああ、私のことはどうぞルカと呼んでください。かわりに私もあなたをセイランと呼ばせていただきますし。もちろん皆の前では呼びませんよ？　ちゃんと聖女様とお呼びしますからご心配なく」

「心配……？　いや、別に使い分けとかそんな面倒なことしなくても、ずっと役割名で呼んでいただければ……」

「いえ、セイランとはもっと友人のように色々な話をしたいと思っているので、二人の時はそんな他人行儀にならないでください」

そんな必要ある……？　と言いかけたが、司祭様の笑顔がなぜかものすごく怖かったので、慌てて口を噤んだ。

司祭様のニッコリ顔って悪い顔に見えるのは何故《なぜ》なんだろう？

もしかして怒ってらっしゃる？　私がペラペラ調子に乗ってしゃべったから癇《かん》に障ったのかもし

れない。口は災いの元だ。もう下手《へた》なことはしゃべらず『ハイ』か『イイエ』でだけで乗り切ろう。

「神父殿に、『私の光』と言わしめるあなたのことを、もっと知りたいと思っていたんです」

……アッ、神父様の気遣いがこんな弊害をもたらすとは予想外でした。

「いやその、私はただの田舎娘ですから、司祭様を楽しませるような面白エピソードとか持ち合わせていないので……」

「全く違う価値観に触れるのは面白いものだと、先ほどあなたに教えてもらったばかりですよ」

それから司祭様は、ド田舎の貧乏生活の何が面白いのか知らないが、家族のことや普段の仕事内容など、私の個人的なことを根掘り葉掘り聞いてくるので、プライバシーって言葉知ってますかとツッコミたくなる。

喜んで人に語りたいような人生ではないので、適当に誤魔化《ごまか》そうとするが、具体的な回答が得られるまでぐいぐい話しかけてくる。仕方なくハイかイイエくらいの最低限の単語で返答していたが、そうすると圧強めで質問責めにされる。もう勘弁して。

長時間馬車に揺られる疲れとかよりよっぽど司祭様の質問攻撃のほうがきつかった。

ついに私のモーニングルーティーンとかまで話が及びメンタルが死にかけた頃、最初の目的地である領地に到着したと赤髪騎士団長さんが馬車の外から伝えてきた。

「さ、セイラン。あなたの聖女代役としての初仕事です。今日の流れはちゃんと覚えていますか?」

「はい、まずは教会で祈りを捧げて、そのあと領内を回って奉仕活動ですよね? 奉仕って言っても領民に挨拶して回って握手とかすればいいだけですよね？　他にやることないですよね？」

「ええ、あとせっかくなので、癒しを求められたら応じてくださってもいいですよ。でも無理はしないでください。できる人数だけで結構です」

「はあ、でも私の癒し効果ってほんとしょぼいですよ？　膝擦りむいたのとか二日酔いとか治せる程度なんで、応じたらしょぼさが露呈《ろてい》するんですがいいんですか？」

司祭様は私の言葉を聞いてちょっと不思議そうに首をかしげたが、すぐに『それで十分だ』と言われたので安請け合いした。

「奉仕活動は印象操作のためのパフォーマンスみたいなものですからね。もったいぶって癒しをかけて、実績だけ残せば十分です」

適当な返答に不安しかないが、もったいぶられると有難い気がしてきちゃうのはちょっと分かる。

馬車の扉が開けられると、目の前に騎士団長さんが仁王立ちしていた。

「おい、ルカ。準備に向かった双子が礼拝堂で神父と揉めてるぞ。早く仲裁に行ってやれよ」

「ウィルとファリルが？　仕方ないですね、すみません聖女様。礼拝の準備が整うまで少々お待ちください」

そう言って司祭様は礼拝堂へと駆けて行った。残された私は、馬車の中に閉じ込められて息がつまっていたので、外に出て時間を潰すか……などと考えていると、私を睨みつける騎士団長さんと目が合った。

なんだろ？　と思いながら、馬車から降りるために足を踏み出した瞬間、足元に置いてある踏み台を騎士団長さんが蹴り飛ばした。

「っと、あぶなっ！」

台に乗り損ねた私は危うく転げ落ちそうになるが、なんとか手すりを掴《つか》んでギリギリ持ちこたえた。それを見た騎士団長さんがチッと舌打ちをしたので、私を転ばせようとわざとやったことだと分かってつい睨み返した。

「ああすみませんね。聖女様はいつも俺を踏み台になさるので、気を利かせてどけて差し上げたんですよ。ホラ、いつものように跪《ひざまず》けとご命令されたらどうですか？　靴のヒールで俺の背中をえぐるのがお好みでしたよね」

……いや、待って。なんかとんでもないエピソードを披露された気がする。え？　聖女様はドSなの？　サイコパスなの？　そういう性癖なの？

「……黙ってないで何か言ったらどうです？　それとも取り巻き連中がそばにいないと怖くて何も言えないのか？　そうだよなァ、ここにはお前を守ってくれる奴は一人もいないからな！　残念だったな、せいぜい自分の行いを悔《く》いて震えていろ！」

目力だけで二、三人殺せそうな眼差しを向けられるが、なんと返答したらいいものか分からず黙っていた。だって詳しい事情知らんし……。

私が何も言わずにいると、騎士団長さんはひとつため息をついて殺気を収めた。

「……まあいい。聖女様には働いてもらわなきゃならんからな。命まではとらないでいてやるよ」

そう言って騎士団長さんは背を向けて歩き出したので、ようやく私は馬車から降りることができた。はあ、疲れた。

周囲を見回してみると、他の騎士さんたちも遠巻きにしながら皆こちらを睨んでいるし、少し離れたところで様子を窺《うかが》っている村人さんたちも嫌な顔をしている。

先が思いやられるなーとため息をついていると、視界の端で何かが飛んでくるのが見えた。と、次の瞬間、『グシャッ！』という音を立てて何か固いものが私の頭にヒットして、その後べちゃあ……と粘性の高いなにかが垂れる感覚がした。

突然のことに茫然としていると、騎士団長さんを含むその場にいる全員がドッと笑い出した。

「熱烈な歓迎を受けたみてえだなあ！　生卵のシャワーたぁ、ここの領民も気が利いてるぜ。ああ、こんな屈辱受けたことないよなァ。さー、どうする聖女様よ。泣いて逃げ出すかァ？」

生卵……。ああ、なるほど。生卵を投げつけられたのか。

卵が飛んできた方向を見ると、籠《かご》を持った少年二人が卵片手に爆笑していた。

そしてまた振りかぶって卵を投げるしぐさをしてきたので、それをみた瞬間、私はブチ切れた。

「ごるぁああああああ！　コンのクソガキがぁあああああああああ！」

雄叫《おたけ》びを上げて私はその少年二人を猛ダッシュで追いかけ、両腕ラリアットをかまして素早く捕獲した。少年らはまさか聖女が宙を舞ってラリアットしてくるとは思わなかったようで、地面に引き倒され茫然としている。

私はキャッチした卵の籠をそっと地面に置いてから、二人に拳骨《げんこつ》を落とす。

「ぎゃっ！」

「いてえ！　なにすんだよ！　聖女様が子どもをなぐっていいのかよ！」

「お前らこそなにやったか分かってんの⁉　卵を人に投げつけるなんて何考えてんだ！」

「へっ。また投げつけられたくなかったらさっさと俺たちの村から出ていけよ。次は生ゴミのほうがいいかぁ？」

一人はビビッて黙っていたが、正気に戻った強気な少年が皮肉たっぷりに言い返してくる。全然反省していない様子に私の怒りは頂点に達した。

「……今日び卵がひとついくらすると思ってんの？　お前らは食べ物おもちゃにすんなって教わらなかったの？　うっかり落としたならともかく、嫌がらせのために貴重な卵を無駄にするなんて馬鹿の極みだよ！」

凄まじい勢いで捲《まく》し立てる私に、少年たちは唖然として言葉を失っている。後ろのほうから、『えっ……』とか『ちょっ……』とか戸惑う声が聞こえ、オロオロする騎士団長さんとその仲間たちが見えたような気がしたが、荒ぶる私は卵のことしか頭になかった。

「卵は完全栄養食品なんだよ！　栄養豊富！　毎日一個食べられたらどんだけ幸せか！　じゃなかった、健康になれるか知らないのか！　お前！　今すぐ謝れ！　卵を産んでくれた雌鶏《めんどり》に、『あなたの卵をゴミにして大変申し訳ございませんでした』って頭を地面にこすりつけて許しを請え！　鶏が許しても私は許さんけどな！　そして雌鶏が卵を産めるよう毎日餌をあげて世話をしている全養鶏家にも謝罪をして回れェェ！」

食べ物を無駄にするのも許せない行為だったが、なにより卵をこんな使い方をしたのが許せなかった。卵は栄養価が高いので、弟妹たちにできれば毎日食べさせてやりたいと思っていたが、いかんせん高いので毎日食事に出すなど我が家の経済状況ではまず無理だった。

下の妹が長引く風邪でげっそり痩せてしまった時に、卵をたくさん食べさせてやれたらなあ、とか、ゆで卵を一人で丸々食べたいけど弟妹みんなで分け合うからいっつもちょびっとだけだったとか、貧乏を悔しく思った気持ちとかがぶわぁッと湧き上がってきて、少年のしたことがどうしても許せなくて、投げ捨てるくらいなら私にくれと恨みを込めながら襟首掴んでがくがくと振り回してやった。

少年らは私の剣幕に完全にビビり、涙と鼻水を垂らしながら『ごめんなさ……！　ごめんなさいぃぃぃ！』と泣き叫んでいる。

「ど、どうしちゃったんだ聖女様は。暴れ馬みたいになってるぞ」

「すげえ怒ってますよ……と、止めたほうがいいんじゃないですかね」

「誰かあの子ら助けにいけよ……」

「お、俺は嫌だぞ……噛まれそうだし」

後ろのほうから聞こえる騎士さんたちの失礼なひそひそ話が耳に届き、その辺でようやく私もハッと我に返った。

顔をあげてみると、赤髪騎士団長さんとその仲間たちが完全にやばい人を見る目で私を見ていた。

あ、これ完全にヤッチマッタやつですよね。

「……と、えーーっと、食べ物は大事にしましょうというのが女神の教えですからねー……よく覚えておいてねー。じゃーもう卵投げちゃダメだよーじゃなかった、ですわよー？　オホホホホ」

いやもう第一村人との遭遇から聖女様の印象最悪じゃん。もうこの村での巡礼失敗確定じゃん。子ども泣かせた極悪人じゃん。

さっきの騎士団長さんの態度からすると、命はとらなくてもぶん殴るくらいはするかもしれない。ヤッチマッタと冷や汗をかいていると、仲間たちとヒソヒソしていた赤髪騎士団長さんが、意を決したようにズカズカと私に近づいてきた。

殴られるかなー。クソ親父は割と手が出るタイプだったから慣れているけど、あんな筋肉ダルマにぶっ飛ばされたら歯くらい折れるかもしれない。歯は大事だから困るなあと考えながら見上げていると、騎士団長さんが気まずそうに口を開いた。

「あー、あのな……その……あんたの言う通りだ、すまん。この子どもたちが卵を投げようとしているのに気付いていたんだが……いい気味だと思って……黙認したんだ。だけど食べ物を粗末にする行為は止めるべきだった。俺からもこの子らに注意するから、どうか矛《ほこ》を収めてくれないか？」

意外なことに騎士団長さんは怒った私を諌《いさ》めるために謝罪をしてきた。多分私がブチ切れていたから、子どもたちの安全を優先したのだろう。この人、案外理性的なのかもしれない。

「え？　あ、まーそうですね。しっかしこの子らも投げるならなんでゆで卵にしなかったんでしょうね。ゆで卵だったらぶつかっても食べられるから無駄にならずに済んだのに勿体《もったい》ない……。まあ騎士団長さんもあれが生か茹でかぶつかるまで分からないですもんね。しょうがないですよ」

「生か、茹《ゆ》で……？？？」

「ええ、茹でなら……」

「「「「……？　……？　……？」」」」

一瞬の間があってから、騎士団長さんと、それまで遠巻きに見ていた騎士さんたちが地面を揺らす勢いで爆笑しだした。

「おっ、お前……！　大事なとこソコ？　ゆで卵ならいいのかよ！　論点おかしくねえ？」

「生卵にまみれながら言うセリフじゃねえぞ！」

「ゆで卵なら落ちたのでも食うのかよ聖女様は！」

ゲラゲラと腹を抱えて、なんなら地面に転げて笑う騎士ども。おい、そこの若いの、人を指さすんじゃない。

なにかそれほどまでに笑う要素があったか理解に苦しむが、まあ場が和《なご》んだので良しとするか。どうでもいいが、卵が垂れてきてべちょべちょする。ヴェールの下を摘まんで服まで垂れないようにしていると、その動作に気付いた騎士団長さんが声をかけてきた。

「あ、卵が髪に張り付いて取れなくなる前に、そのヴェール早く脱いだほうがいいぞ」

と、言うが早いかヴェールを掴んで引っ張り上げてしまった。あっと思う間もなく、クリアになった視界からしっかりバッチリ騎士団長さんと目が合ってしまった。

「…………え？」

騎士団長さんは私の顔を凝視したまま固まってしまった。

なんで驚いているんだろう？　まさかニセモノだってバレたのか？

でも本物の聖女様の素顔は晒《さら》されていないと言っていたから、バレたわけじゃないよね？

うん、とりあえず、見つめあっちゃって気まずいから笑ってごまかそう。

精いっぱいの作り笑顔で『ニコー！』と笑ってみせると、騎士団長さんは声にならない悲鳴を上げて持ちあげていたヴェールを力いっぱい引き下げた。

「ぐぎゃっ！」

勢いが強すぎて首がグキってなりましたけど⁉

「ああっ！　すまんっ！　いや、すみません？」

私が潰れたカエルみたいな悲鳴を上げると、騎士団長さんも驚いて飛び上がって、そのままヘナヘナと膝から崩れ落ち、砂利の上に正座するかたちになった。

「く、首がもげるかと思った……。騎士団長さん、ヴェールはテーブルクロスじゃないんで勢いで引き抜こうとしないでください」

目線を合わせるために私もしゃがんで話しかけると、騎士団長さんは目を白黒させていたが、その場で姿勢を正し頭を下げた。

「今のは……怪我をさせるつもりではなくて……というか……ロ、ロザーリエ聖女様……？」

「いや別に首ももげてないし大丈夫ですから……ていうか砂利の上で正座ってなんかの拷問みたいだから早く立ってください。脛《すね》が死にますよ」

腕を引いて立たせようとすると、騎士団長さんはますます混乱したふうで、まじまじとこちらを見返してくる。

「立っていいんですか……？　額を砂利にこすりつけなくても……？　お許しくださいと足を舐《な》めなくても……？　いつものように砂利が突き刺さるまで膝の上でジャンプしないのですか……？」

なんだその責め苦。全部実話っぽいのが本当に怖い。

なんか面倒くさくなってきたので、問答無用で無理やり立たせた。

地面で正座していたせいで、膝下が砂まみれだったのでついでにパンパンと叩いて砂をはらってやる。その時、騎士団長さんが私の手が当たったら一瞬痛そうに膝を引いたので、怪我しているのかもしれない。

膝を打っちゃったのかな？　だから砂をはらうついでに癒しをかけてあげておいた。

「……っ」

一瞬だから気付かれないと思ったけれど、騎士団長さんは目を見開いて、ショックを受けたような顔をこちらに向けてきた。

あ、バレたかも。勝手にやって悪かったな。良かれと思っても、嫌いな人からの癒しなんて気分悪いと感じる人もいるだろう。

なんとなく気まずい空気で、お互い顔を見合わせていると、そこに別の人物が近づいてきた。

準備のため礼拝堂にいたはずの双子魔術師くんたちが、外の騒ぎを聞きつけて出てきたらしい。

「ちょっとぉ～なに？　この騒ぎはァ。こっちは先に来て準備してんですけどぉ」

「あれー？　聖女様でろでろじゃーん。卵ぶつけられたの？　ププ、さすが嫌われてるよねー」

双子たちが馬鹿にしたように私を指さして笑っていると、意外なことに騎士団長さんが彼らを諫めてくれた。

「おい、ファリル、ウィル、どっちでもいいから湯とタオルを持ってこい。あと着替えができる部屋を用意してくれ」

赤髪騎士団長さんがニヤニヤしていた双子の肩をつかみ、教会の中へ押し戻して言った。

そういや双子はまだうちの弟くらいの子どもなのに、もう一人前に働いているんだよね。小さいのに偉いなあ……。

「ちょっと！　ダレン！　なんで僕らがそんなことしなきゃいけないのさ！」

「なんで庇《かば》うわけ？　ダレンもコイツのこと大嫌いだったじゃん！」

「うるせえ、俺が間違ってたと思うから後始末をするだけだ。手伝え」

ギャーギャー叫ぶ双子を連れて、騎士団長さんは教会に入っていった。

ぼんやりしていると、司祭様も外へ出てきて、卵まみれの私を見て首をかしげていた。

「……なにかありましたか？」

「生卵だったんで割れて食べられなくなっちゃいました」

「卵が割れたことだけは見て分かりました」

説明が面倒だったので省略したらものすごく呆れた顔をされた。

「ともかく、お召替《めしか》えをしましょう。そのあと祈りの儀式が控えていますのでお早く」

話を聞くことを諦めた司祭様は、さっさと私を誘導して教会内へと入っていく。しぶしぶ双子が湯とタオルを用意してくれて、それを受け取ると更衣室に私を押し込んだ。

「ヴェールはひとまず予備の物と取り換えましょう。あと、服も儀式用に着替えてください」

「はい、分かりました。じゃあ着替えるので、司祭様は……」

「手伝います」

「は？」

「儀式用の服は着るのが難しいので私が着替えを手伝いましょう。まずはその汚れた服を脱いでください」

なんかさらっととんでもないことを当たり前みたいに言われたけど、さすがに私もそこは流されない。この人って確か性別は男だったよね？　あれ？　本当は女性だったとかそういうオチ？　いや、んなわけない。整った顔だけど骨格とか絶対男だし。

「いやいやいやいや、着替えを男性に手伝ってもらうなんて無理です。こんなんですけど一応女性ですし、嫁に行くまで他人に肌を見せるなって母に言われてますし。とりあえず一人で着てみますから出て行ってください」

「ああ、一応そういう常識はあるんですね。ですが侍女はいませんし、お手伝いできるのが私しかおりませんから仕方がないですね。大丈夫、私は聖職者ですから」

「いや、聖職者とか関係ないいんで、私の気持ちの問題なので……だから無理ですって……！　ちょ、まっ……！　ぎゃ、ぎゃあああああああ！」

嫌だと言っているのにこの司祭様は問答無用で私を捕獲し、遠慮なく服を脱がせてくる。

この辱《はずかし》めも報酬に含まれているんだろうか……！　確かに法外な額だったけど！　だったけ

ど！

司祭様は田舎娘の羞恥心《しゅうちしん》などゴミほどどうでもいいと思っているようで、表情一つ変えずテキパキと着付けを進めている。絶対この人、情緒死んでる。

「……やはりないか」

背中のボタンを閉めている司祭様がボソッとなにかを呟いたが、早くこの辱めが終わることだけを願う私の耳には届かなかった。着付けが終わった頃には、もう疲労困憊《こんぱい》。

……次は絶対、着付けの仕方を完璧に覚えて自分で着られるようになるんだ！


教会の祈りの間は、なんというか荒《すさ》んでいた。一応女神アーセラの彫刻が中央に飾られていたけれど、最近掃除された様子もないし、ずっと締め切っていたのかほこりっぽい匂いがする。

あれ？　教会って普通毎日誰かしら信者が来ておしゃべりしたり、採れすぎた野菜を寄付したり小さい子どもの保育所だったりするところじゃないの？　ウチの村の教会と雰囲気が違いすぎてちょっと驚いた。

色々気になったが、その辺の事情は私には関係ないので、とにかく仕事として、薄汚れた祭壇に上がり祈りを捧げるだけだ。

祈りの間にいた人は、この教会の神父様と司祭様、そして騎士団長さんの三人だけだった。

騎士団長さんはずっとそわそわしていてなにやら落ち着かない。

なにか気に掛かることがあるのかな？　と疑問に思い、祭壇に上がる前にチラリとそちらを振り返ったが、思いっきり顔を背《そむ》けられてしまった。ダメだ、卵事件で完全にドン引きされたらしい。

教会の神父様は『どれくらいかかるんです？』と、不機嫌そうな声で司祭様に訊《たず》ねていた。

祭壇もほこりをかぶったままだったし、日常的にお祈りとかしていないいんだろうな。この聖女の巡礼地のひとつに選ばれたのも迷惑そうだし。

まあ、そういう内情は雇われの私には関係ないんで、やるべきことをやるだけだ。気持ちを切り替えて、祭壇へと向き合った。

私は本当に申し訳程度の力しかないのだが、この祈りの時間は心を込めて行うことにしている。

女神様は決して祈る人にひいきをしてくれるわけではない。

不運は避けようもなく訪れるし、幸運が平等に訪れるわけでもない。

だが祈るたびに頭が澄んでいく感覚がして、妬《ねた》みや恨みみたいな負の感情が浄化される気がするので、私は祈りの時間を大切にしている。

子どもの頃、私が初めて教会に足を運んだのはクソ親父を呪うためだった。

クソ親父が金だけ持って行方をくらました時、『よし、アレを呪い殺そう』と思い、浅はかにも私は本気で父親を呪いに教会に向かったのだ。

そんな邪《よこしま》な気持ちでお祈りに行ったけど、女神像の前で祈り続けているうちに、『まあ呪い殺しても腹は膨れないよね』と、急に自分のしていることがばかばかしくなり、いつの間にか荒んだ気持ちが凪《な》いでいた。

それからも、いつもイライラもやもやした気持ちで行っても、お祈りをして帰る頃にはなぜかスッキリしていたので、私はなにか嫌なことがあるとすぐお祈りに行くようになった。

だから私はこの祈りの時間が好きで、教会で雇われるようになってからはそれこそ毎日欠かすことなくお祈りしていた。

ちっぽけな祈りが女神様に届くとは思っていないが、祈りはあくまで、大切な人のために幸せを願うものなのだということをおじいちゃん神父様に教えられてから、私は一生懸命聖典を読み、書かれている祈りの言葉を全て覚えて、それからは家族のことを考えながらお祈りをしている。

すう、と息を吸い喉を開くと、口に馴染《なじ》んだ祝詞を諳んじる。

我らの母たる女神アーセラよ
御手から賚された恩寵で
形作られたのはこの大地
天より賚されしこの陽光は
温かなる母の愛
生まれくる全ての生命は
あなたの祝福に満ちている
この世の全ては女神の賜物《たまもの》

故に我らは絶え間なく

御名《みな》を崇《あが》め賛美を送り
空を仰ぎ女神の御旨《みむね》を尊みて
地を見て御栄《みさかえ》と御恵《みめぐみ》に感謝を捧げる

女神よどうか願わくば
道を迷う我らに導きを
罪のなかにいる者に救いの手を
傷つき弱った者に癒しを
闇のあるところに光をもたらし
穢《けが》れた魂を照らしたもう

言葉を紡ぐほどにお腹の奥から力が湧いてくるのを感じて、ますますテンションが上がってきた。

あ〜なんか今日調子いいなあ。活舌絶好調で全然噛まない。

調子に乗って祝詞を節つけてメチャクチャテンポよく言っていたら、お祈りハイみたいになってきて、いつもより多めにパアァァとお掃除魔法が飛び出した。

その効果でほこりっぽい空気がどんどん綺麗になっていって、ほこりでムズムズしていた鼻もスッキリしてきた。

ちなみにこのお掃除魔法というのは、私が勝手に名付けたのだが、真面目にお祈りをするようになってから、この現象が起きるようになったのだ。

最初にこれが起きた時、こりゃ掃除の手間が省けた！　と喜び勇んでおじいちゃん神父さんに報告したら、『便利なお掃除係に使われるから村のみんなには黙っときなさい』とアドバイスしてくれた。

そんなことを思い出しながら、祈りの時間が終わって顔をあげると、ほこりだけでなく部屋全体のシミや汚れまで丸洗いしたみたいにすっきり綺麗になっていたので、私は大満足だった。祝詞は節をつけたほうが効果倍増するのかもしれない。

初仕事としては上出来じゃないかしら～と、どや顔で立ち上がって振り返ると、後ろに控えているこの教会の神父様や騎士団長さんたちが茫然としてこちらを見ていた。

すると我に返ったように神父様がこちらに向かってダッシュしてきて、私の手を取って跪いた。

見ると神父様めちゃくちゃ泣いていた。えっ？　なんで？

「聖女様の奇跡をわたくしこの目で直接拝見できましたこと、生涯忘れません！　あのような美しい祈りをわたくしは初めてみました……！　ああ、あの神々《こうごう》しさを言葉では伝えきれません！　聖女様、ありがとうございました……！」

「へ？　そうなんですか？　それはどうもありがとうございます？」

あの変な節つけた祝詞がそんなに気に入ったの？？？

お掃除魔法は正直、掃除と花粉症軽減くらいしか効果ないと思うんだけど……。

「わたくしは……元々聖都でお役をいただいていて、真面目一辺倒で教会に尽くしてきましたのに、上役が失脚して、巻き込まれる形でわたくしも地位を剥奪《はくだつ》されたのです。私財までも没収され、辺境の教会に行けと言われ、全てに絶望しておりました……」

なんか重めの身の上話が始まってしまった。え、これまだ続く感じ……？

でもどうやらウチの村にいるおじいちゃん神父様と同じ境遇で左遷された人のようだ。うちのおじいちゃん神父様は理不尽な仕打ちを受け入れちゃってたけど、普通の人は人生に絶望するのが当たり前だ。それなら相当苦労しただろうなと思うと、無下《むげ》にはできなかった。

「それはなんというか……大変でしたね……」

なんか気の利いた言葉をかけたかったが、私のボキャブラリではこんなつまらないセリフしかでてこなかった。それでも神父様は涙を浮かべてコクコクと頷いている。

「教えを守り、厳格に自分を律して神に仕えてきたというのに、結果この仕打ちかと……。女神は私をお見捨てになるのかと、これまで信じて全てを捧げてきた私の人生はなんだったのだろうと、捨て鉢になっていたのです」

理不尽だ。不公平だ。なんで私がこんな目に。

神父様からはそんな負の感情がビシビシと伝わってくる。その気持ちは分かりすぎるほど分かる。そう思う瞬間を、私は何度も経験してきたから。

「そうですねえ……理不尽なことって、もうどうしようもないって分かってても飲み込めないんですよね。しんどいですね。そういう時、私はとりあえず祈るんですけど、気持ちがすっきりするんで割とお勧めですよ」

「……そうですよね、わたくしはただ、祈ればよかったのか……。結局は私欲で目が曇っていたのです。ですが今ようやく目が覚めました。聖女様の祈りが、憎しみに囚われていたわたくしの心を救ってくださった」

私の手を握って何度も頭を下げる。

うーん……。本物の聖女様なら『救ってあげた』と言えるんだろうけど、私のアレはただのお掃除魔法だからなあ……。

「それは違いますよ。きっと神父様はずっと憎しみを捨てたいと思っていたんですよ。私のお祈りはただのきっかけで、あなたの心を救ったのはあなた自身です」

どんなに素晴らしい説法も、聞く準備ができていない者には雑音でしかない。とおじいちゃん神父様はよく言っていた。確かにそのとおりだと思う。

救われたいと思っていない者は救われない。この神父様も、きっと憎む気持ちを捨てたいと思っていたんだろう。けれどあまりにも辛い体験がそれを阻《はば》んでいた。

結局、恨みも憎しみも自分自身の感情なのだから、自分でどうにかしなきゃならない。

私のお祈りに人を救うような効果はないから、彼はきっと赦《ゆる》すきっかけを探していて、それがこのタイミングだっただけだ。

「……っ、なんと尊い……。ありがとうございます。わたくしは今まで、何を学んできたのか……。これからは心を入れ替えて、もう一度聖典を読み返し教えを学び直そうと思います！」

「あ、いいですね。聖典面白いですよね。女神様が降臨されて悪魔と魔物をぶっ飛ばして無双するあたりの話ちょう面白くないですか？　私、聖典が読みたくて文字の勉強頑張ったんですよー」

このあたりで神父様はオイオイ泣き出してしまったので、とりあえず長椅子に座らせておいた。

それにしても、あのお掃除魔法を聖女の奇跡とか言っちゃうあたり、この神父様もだいぶ騙《だま》されやすい人だなと心配になる。

あ、でも聖女様は女神さまの御使いだとされていて、すごく神聖視されているから、聖女補正がかかっているのかも？　騙したみたいになって、なんだかちょっと申し訳ないなー。

そしてすっかり話し込んでいて他の人の存在を忘れていたが、後ろで見ていた騎士団長さんがのしのしとこっちに近づいてきた。そういやこの人もいたんだよね。

なにをするのかと思ったら、いきなり地面に突っ伏《ぶ》して土下座をした。

「聖女様……！　俺は今まで、伝説にあるような聖女は存在しないと思っていたんだ！　教会が作った広告塔に過ぎない聖女とやらが大きな権力を得ている現状に憎悪すら抱いていた！　だが今、奇跡の力を目《ま》の当たりにして……あなたの言葉を聞いて……俺はなにもかも、物事の上辺しか見ていない愚かな人間だと今ようやく気付きました！　本当に俺はなんてことを……。申し訳ありませんでした！」

そう叫んで騎士団長さんはでかい図体を丸めて地面に頭をこすりつけている。

えっ怖い怖い。本物聖女様のドSエピソードも怖かったけど、騎士団長さんの思い込みの激しさも怖すぎるよ。

つーか私ニセモノだし謝る相手を間違えているんだよ。と思うけど、口には出せない。

私が返答に困っていると、騎士団長さんは私の足先をじーっと見つめながら言葉を続けた。

「……そうですよね。俺の罪がそう簡単に許されるわけがない。罪は償《つぐな》わなければならない。だからどうか、あなたの気が済むまで踏んでほしい！」

「いや、別に謝る必要など……って、踏む？　……あの、私、ちょっと聞き間違えたみたいで、もっかい言ってくれます？」

「踏んでくれ」

「ワンモア」

「踏んでくれ」

「聞き間違えてなかった。ん？　どういうこと？　踏む必要ある？　いや、ないよね。私が踏む理由が見つけられないので立ってください」

「嫌だ！　聖女様！　どうか俺を踏んでくれ！　足置きか椅子にしてくれて構わない！　むしろ踏まれなきゃ俺の気が済まないんだっ」

「無理無理無理無理。怖い怖い怖い」

ダメだ、話が通じない。後ろのほうで司祭様がこれみよがしに懐中時計を取り出して『マダカナー』って顔してる。

いくら言っても騎士団長さんは床に四角く蹲《うずくま》って道をふさいでいるので、しょうがないからなるべく踏まないようにジャンプして跨《また》いでいった。

着地に失敗して騎士団長さんの足の小指かなんかをかかとで踏んだらしく、『はうっ！』と変な声が聞こえたけど気付かないふりをした。

騎士団長さんはちょっとアレな人だったのかな？　なるべく関わらないようにしよう。

『Side：騎士団長』

史上最年少で騎士団長の座に上り詰めた俺は、その栄誉を胸に国のために命を捧げる覚悟だった。

親父も祖父も、同じく騎士として国に尽くしてきたから、俺も尊敬する二人に恥じぬよう立派に務め上げようと心に誓っていたのだが……。

あのわがまま聖女のせいで、騎士の誇りを散々踏みにじられてしまったのだ。

俺が団長に就任した頃と同じくして、聖女もそろそろ公務を行う歳になったということで、その護衛に騎士団の中でも優秀な者を選びだし、聖女の専属護衛に任命した。

とても栄誉なことだと皆身の引き締まる思いでその職務についたのだが、わずか一日で聖女が全員のクビを言い渡してきた。

そのため団長の俺が聖女の宮殿に呼び出され対面したのだが、あの娘は最初から最悪だった。

「わたくしが今代天上聖女、ロザーリエよ。お前には特別にわたくしの名を呼ぶ許可を与えてあげるわ。嬉しいでしょう？」

それまで、遠くから見かける程度にしか聖女と関わりがなかったので、初めて対面した聖女の第一印象は、『気持ちが悪い存在』としか言いようがなかった。

「……お初にお目にかかります。私は聖騎士団総統括長のダレン・ロンハイムと申します。聖女様の専属騎士を選定した件について問題がおありとのことで、お呼び出しに応じはせ参じました」

聖女はヴェールを被っていたので、どんな顔をしているのかは分からなかったが、高いところに置かれた豪奢《ごうしゃ》な装飾の長椅子に寝そべりながらこちらを見降ろしていた。

その周りにお付きの者やら取り巻きの貴族らが熱に浮かされたような顔で入れ代わり立ち代わりご機嫌伺《うかが》いをしている。聖女はそれを当たり前のように振る舞い、高位貴族相手でも顎で使っていた。

いくら聖女とはいえ、まだ成人もしていない少女に、いい大人たちが群がって心酔《しんすい》している様子がとにかく不自然で気持ちが悪く思えた。

選抜した騎士にどんな問題があるのかと問うと、聖女はフンっと鼻を鳴らしてこう言い放った。

「騎士団ってごつくてむさいゴリラばっかで最悪。わたくしの護衛なら美しい者じゃなきゃ認めないわ。選び直して！」

なんと聖女は、『護衛の顔が気に食わないから』というとんでもない理由で騎士たちをクビにすると言う。

護衛の仕事に顔もへったくれもないと思うので、そのように言ったところ、聖女は大層へそを曲げて手足をバタバタさせて口汚く俺を罵ってきた。

聖女と一緒になって取り巻きたちも激怒し、俺を罵って謝罪を要求したが、俺はただ当たり前のことを言っただけだと反論すると、さらに聖女が激高《げっこう》したのでもう話し合いどころではなくなってしまった。

その後、意見を曲げない俺に腹を立てた聖女はなんと陛下に泣きついたらしい。

今代の王は旧体制を改革するとかなんとか言って聖女を手元に置き、甘やかし放題育てた張本人なので非常にたちが悪い。

結局、聖女のわがままは認められ、彼女が直々に騎士団の中から自分が気に入る護衛を選び直すことになった。

聖女は護衛の実力や人間性はまるで無視で、とにかく見た目がいい男が良いと言って顔だけ見て選び出していた。そんな基準で選ばれても誰も嬉しくない。護衛に決まった者たちは一様に微妙な顔をしていた。

そして非常に迷惑なことに、護衛メンバーとして聖女は俺を指名してきた。

当然ながら、無理だと断った。

団長として部隊の総括をしている自分が、聖女の護衛として一日中張り付くのは到底不可能だとして、検討することすらあり得なかったのだが、その俺の態度が聖女には気に食わなかったようだ。

すると聖女からの悪質な嫌がらせが始まった。

毎日何かしらの理由をつけて俺を呼びつけてくるようになった。忙しいと断ると、護衛につけた騎士たちをまるで人質のように使って呼び出してくるので、嫌でも行かざるを得ない。

聖女はただ嫌がらせのためだけに俺を呼んでいるので、行けば大抵屈辱的な行為が待っていた。

「ダレン、椅子になって」

聖女はたびたび俺を跪かせて椅子代わりにするのを好んだ。屈辱で歪む俺の顔を見て、それはそれは嬉しそうに笑う。

もちろん最初はそんなことをする必要がないと言って断ったのだが、聖女はなんと王命まで取ってきて俺に絶対服従を命じてきた。椅子、ひじ掛けまではまだ我慢できたが、馬車に乗る時に踏み台扱いされて、ヒールで踏みつけられるのは、騎士団そのものまで踏みつけられているようで我慢ならなかった。

これには俺よりも部下たちがこの仕打ちに怒り、騎士団と聖女側は一触即発の状態になってしまった。元々騎士団というのは、国防のために存在しているので、有事の際に他からの指示を待たずに決断できるようそれなりの権限を持たされている。

故に騎士団は聖女側から命令される立場にはないのだが、あちらには王が後ろ盾《だて》についているため、こちらもあまり強くは出られない。

王が聖女側についている以上、逆らえば罰せられるのは我々のほうだ。団員の中には一族の生活を自分だけの収入で支えている者も多い。俺のせいで彼らを失職させるわけにはいかない。

この状況を見かねた貴族院のお歴々が、『国の防衛がおろそかになる』と王に上告してくれて、ようやく聖女から離れられることになったが、結局なんだかんだ理由をつけて、定期的に呼び出される日々が続いていた。

聖女も最初は嫌がる俺を無理やり従わせるのを面白がって取り巻きたちと一緒に笑っていたのだ

が、俺が何も言わず無表情でやり過ごしているので段々とイライラしてきたようだった。

ある日、いつものように呼び出され、今日はどんないちゃもんをつけられるのかと思っていたが、その日はちょっと普段とは様子が違った。

毎度毎度よく飽きもせず嫌がらせをして何が面白いのかと、半ば呆れながら黙って聖女の前に膝をついた。いつもならそこから聖女は四つん這《ば》いになれだのなんだのと言うのだが、何も言われないので俺も黙っていた。すると目の前に立った聖女がふと腰をかがめ、俺の顔を覗《のぞ》き込んできた。

そして、顔を覆《おお》うヴェールを捲り、素顔を見せてきたのだ。

聖女のご尊顔を拝謁するのは、この上なく特別な栄誉であるとして、ごく身近な者にしか許されていない行為だ。

ヴェールの奥の顔を見たことがあると言う者は、その美しさの虜《とりこ》になってしまうらしく、誰もが聖女の熱烈な信者となっている。

……俺を懐柔《かいじゅう》しようと、顔を見せてきたのか？

初めて見る聖女の顔は、恐ろしく整った美しい造形だったが、年齢にそぐわない濃い化粧をしていたので、アンバランスで不気味な印象だった。

青く輝く瞳は確かに印象的だが、ただそれだけだ。出し惜しんで、信者どもが熱狂するほどのものとは思えない。

これをわざわざ自慢げに見せつけてくるこの聖女の浅はかさに、鼻で笑いそうになる。どれだけ容姿に自信があるのか知らないが、こんなもので俺が懐柔されると思ったのか。

その時、見つめてくる聖女の青い瞳がどろりと濁ったような気がした。光の加減なのだろうが、俺にはそれが昆虫の複眼のように見えて、気持ちが悪くなって反射的に身を引いた。

吐き気を覚えて口を覆うと、聖女は思っていた反応が返ってこないことに激高し、平手で俺の顔を張り飛ばした。

「私の顔を見て、なにか言いたいことはないのかしら」

「……いいえ。ロザーリエ様のお顔に対して申し上げたい事柄などなにひとつございません」

こらえきれず苦笑を漏らしてしまうと、聖女は怒りを爆発させ、凶器のようにとがったピンヒールで俺の膝を血まみれになるまで何度も踏みつけてきた。

散々踏みつけて気が済んだ聖女様にようやく解放されたが、その後、膝の怪我が化膿してしまい、熱と吐き気で一週間ほど寝込むことになった。本当に誰がこんな悪魔のような女を聖女にしたのかと、女神教そのものが俺の憎しみの対象になる一件であった。

そしてこの時から、俺はあるひとつの疑念を抱くようになる。

顔を見て喜ばなかった俺に、聖女は嫌気がさしたのか、あの一件以降、ぱったりと聖女からの呼び出しはなくなった。

ひとまず嫌がらせから解放されてホッとした。これまで団長である自分が聖女に振り回されていたおかげで、騎士団の業務が滞《とどこお》って、各所から苦情が上がっていたのだ。

自治区で起きた抗争、地下組織による犯罪、摘発してもなくならない人身売買。それに自警団では解決できない事件は騎士団が対処しなくてはならない。特に貴族相手では騎士団しか逮捕権を持たないため全て我々に仕事が回ってくる。

聖女の件に時間を取られている間、かなりの上告書が溜まってしまっていた。

以前から、市井《しせい》でギフト持ちの者が攫われる事件が多発していて、自警団から騎士団の介入を求められていた。それが最近、貴族の娘までもが行方不明になり、騎士団でなければ対処できない案件になっていたので、貴族院からも早急に対処せよと通達がきていたところだった。

片づけなければならない案件の多さにうんざりしたが、それでも聖女の呼び出しがなくなったおかげでようやく仕事が回るようになったと安心していた時、再び問題が発生した。

王からの勅命があり、聖女に各地の教会を巡礼させると告げられたのだ。

そして、その巡礼の旅に騎士団長である俺が護衛として指名されたのだ。

決定権を持つ団長が不在となれば、再び仕事が滞ることになる。貴族院からも来ている仕事があるため、今は聖都を離れるわけにはいかないと必死に説明したが、王は意見を変えてはくれなかった。

結局、王命には逆らえず、俺は巡礼についていかねばならなくなった。

長い巡礼の旅の間、あの聖女と一緒に過ごすなど、地獄でしかない。もういっそ団長の座を降りてしまおうかとすら思ったが、俺のほかにウィルとファリルの双子魔術師が指名されていたので、俺だけが逃げるわけにはいかないと思い直し、役目を引き受けることにしたのだ。

だが、巡礼に出発する直前に、聖女は役目を放り出し、取り巻き連中と共に逃亡してしまった。

教会側はその計画を事前に察知していたらしく、それを逆手に取り、取り巻きと引き離して聖女だけを旅に連れて行くという計画を立てていた。

面倒な取り巻きを払い落として孤立無援になれば、わがまま聖女も御《ぎょ》しやすくなるだろうというのがルカの計画だった。

司祭のルカは頭の切れる男で、一人で暗躍し、宣言どおり聖女だけを捕獲し旅に連れてくることに成功した。

いくらあの傍若無人《ぼうじゃくぶじん》な聖女であっても、四面楚歌《そか》の状態ではなにもできないだろう。俺の部下たちも、魔術師の双子も、この展開には胸がすく思いだった。

巡礼先は、元は他国だった土地も含まれている。それらの地域は、属国となる際にそれまでの信仰を捨てさせられ、女神教に改宗を迫った我が国を恨んでいる者が多い場所だ。無理やり建てられた教会と住民とで何度となくトラブルになっているところも少なくない。

今回は特に、そういった地域を中心に廻る予定なので、場合によっては戦闘になるかもしれない。だから聖女のわがままに付き合っている余裕はないので、己の立場を自覚させようと最初からキツイ態度に出てみた。

馬車から降りようとする聖女に対して、わざと踏み台を蹴り飛ばしてやった。散々人を踏み台扱いしてくれたことへのささやかな意趣返しだ。

さてどんなキレ方をするかなと期待していたが、彼女は終始黙ったままなんの反応も見せない。

結局、取り巻きがいないと何もできないのか……。

つまらんなと思っていたところで、今度は巡礼地の住民から嫌がらせが始まった。

手始めに、生卵が聖女に目掛けてぶつけられた。

攻撃力はないが、屈辱的な行為だろう。さんざん人を傷つけて楽しんできた彼女が、自分が傷つけられる側に回ることになって、正直己のしたことを思い知ればいいと思い、俺は卵を投げた子どもたちに喝采をおくってやりたい気分だった。

生卵を投げつけられた聖女は、助けてくれる者がいない状況では泣くしかできないだろうと思っていたのだが……彼女は俺ののどの想像も超えてきた。

『ごるぁあああああああ！　コンのクソガキがぁああああああああ！』

ゴリラみたいな怒声をあげた聖女は、すごい速さで卵を投げた子どもたちにとびかかって行った。

そして食べ物を無駄にする行為について叱り、卵の栄養について語り、挙句、養鶏家と鶏に謝れとキレまくっていた。

「え……え？　え？」

生卵で頭がベシャベシャなことはいいのか？

俺もだが、後ろに控えている部下たちも、怒られている子どもたちも、その内容に戸惑っている。

しかし彼女が言っていることは至極真っ当な意見だった。

嫌がらせのために食べ物を使うなど、本来なら俺が止めるべきだった。だからそれは俺の間違いだったと謝罪したが、気にしていない様子であっさりと許されてしまう。

……おかしくないか？

未だに卵をぶつけられて汚れたことに対しては怒っている様子がないことや、騎士たちに指さされて笑われても怒りださない聖女に対して強烈な違和感を覚える。

この時、俺は聖女は今どんな顔して騎士たちを見ているのだろうと思い、卵で髪が汚れることを気遣うそぶりでヴェールを引っ張り上げてみた。

そして俺は彼女の顔をみて固まってしまった。

そこにいたのは……かつて見た厚化粧の女ではなかった。

小さな唇を半開きにして、きょとんとした表情で俺を見つめている。澄み切った青い瞳は生まれたての赤子のように透明で、見つめていると吸い込まれてしまいそうだった。

…………誰だ？　コレ？

こんな顔ではなかったはずだ。でも化粧で変わる可能性も……過去に一度見たきりなのだから、俺の思い違いかもしれない。いや、しかし……。

――――ロザーリエ聖女とは、まるで別人だ。

疑問で頭がいっぱいで、茫然とそのあどけない顔を見つめていると、彼女はふっと頬を緩ませ、俺ににっこりと微笑みかけたのだ。

その笑顔をみた時の衝撃を、なんと表現すればよいのだろう。

可愛いとか美しいとかそういう次元の話ではない。それまで持っていた価値観や常識が吹っ飛ぶくらいの激情が体中を駆け巡った。

この感情はなんなのかと錯乱した俺は、またしても聖女に不敬を働いてしまったというのに、彼女は怒ることもなく、砂利の上に座る俺を気遣い、立たせて土ぼこりを払ってくれた。

そして彼女の手が俺の膝に触れた時、不思議なことが起こった。

実は俺の膝は、聖女にピンヒールで何度も刺された時の傷が後を引いていて、治ってからもずっと引き攣《つ》るような痛みが残っていた。それが、彼女が触れた瞬間、不思議な温かさと共に痛みがスッと消えていったのだ。

これは魔法か？　いや、彼女は何も詠唱していなかった。では生まれ持った女神のギフト？　癒しの力……？　驚いて彼女の顔を見るが、俺に癒しを与えたことを誇《ほこ》るでもなく恩に着せるでもなく、当の本人は素知らぬ振りをしている。

彼女は俺の不調に気付いて、癒しを与えたのだろうか？

俺の膝にヒールを突き刺していたような女がこんな行動をするわけがない。間違いない、彼女は過去に俺が会っていた聖女とは別人だ。

……だったら俺は、全く関係のないこの子になんてことをしてしまったんだ。

なんて馬鹿なんだ。全く気付くのが遅すぎる。最初から違和感はあったのに、あのロザーリエ様のニセモノを仕立てるなんて命知らずなことを教会がするわけがないという先入観があったので、見誤ってしまった。

まだ年若い少女だというのに、皆から暴言を浴びせられて、彼女はどれだけ恐ろしい思いをしただろう。

俺はさっき、彼女を転ばせようとし、卵を投げつけられた姿をみて笑っていたような最低の人間だというのに、彼女は俺のことをほんの少しも責めなかった。そのうえ、ひっそりと気づかれないように悩まされていた古傷を治してくれた。

そんな心優しい相手に……。本当に最低だ……。

彼女を連れてきたルカに、教えておいてくれればと思ったが、言えない事情があるのだろうと、恨む気持ちを打ち消す。

俺は今更ながら、なんてことをしてしまったんだと後悔ばかりが押し寄せる。

どのように詫びて礼を言えばいいのかと、悶々《もんもん》と考えていたが、教会で儀式の準備を俺も手伝わねばならないので、彼女に話しかける時間が取れなかった。

彼女がどういう出身の人間なのかは分からないが、あの破天荒ぶりからするとシスターではないだろう。祝詞も言えないようなら通常の儀式ができないはずだが、どうするつもりなのかと余計な心配をしてしまう。

代わりにルカが祝詞をあげるのか、略式で行うのか分からないが、この教会の神父は、訪れた俺たちを胡乱《うろん》な目で見ていたので、聖女なのに祝詞のひとつも言えないのかと彼女を責めるかもしれない。その場合、どう対処したものかと考えを巡らせながら儀式に立ち会っていたのだが……。

それが俺の取り越し苦労どころか、何もかも考え違いをしていたと気付かされることになる。

彼女は祭壇に上がると、美しい所作で祈りの儀式に入った。

そして歌うような声で淀みなく祝詞を諳んじ始めたので、その時点で俺は驚いていたのだが、本当に驚くのはこの後だ。

祝詞をあげ始めてしばらくすると、彼女の体から光の粒がバ――――っとあふれ出たのだ。奇跡のようなその光景に、隣にいた神父が驚きの声をあげるのが聞こえたが、俺は声も出せず固まってしまった。

あふれ出た光の粒は部屋全体に満たされていき、ほこりっぽかった部屋が一気に浄化されていった。その場にいた俺も、土ぼこりで汚れていた服が洗い立てのように綺麗になっていた。

こんな光景は見たことがない。

教会で行われる儀式は幼い頃から何度となく見てきたが、こんなに神々しい祈りは一度だってありはしなかった。

ただの替え玉がこんな魔法を使えるはずがない。この光景をみてようやくその真実に気が付いた。

――――彼女はただの身代わりなどではない。

こんな奇跡のギフトを持つ者が、どうして今まで表にでてこなかったのか。

答えを求めてルカのほうを振り返るが、アイツもまた俺と同じように表情を取り繕《つくろ》えないほど驚いていたので、どうやらルカも知らなかったように見える。

女神の寵愛を感じさせる力を披露した彼女は、それを誇るでもなく、お礼を述べる神父に対し謙虚に応じている。あなたの祈りに救われたと感謝されても、それはきっかけにすぎないと言い、そっと相手の気持ちに寄り添う姿は、人々が思い描く聖女の姿そのものだった。

教会はしるしを持つ者を聖女と認定するが、そんなものは本物の奇跡の前では意味を持たない。

女神の寵愛を受けたギフトを持ち、清い心根の持ち主こそが聖女を名乗るべきだ。

この光景を目の当たりにすれば、誰もがそう思ってしまうだろう。

その時、俺は彼女が今まで表に出てこなかった理由が分かった気がした。しるしを持つ聖女のお株を奪うような存在を、あのロザーリエ聖女が許すわけがない。

だからきっと、彼女は隠されていたのだ。

いくら奇跡のギフトを持っていても、教会はしるしを持たない者を聖女とは認められない。彼女のことが話題になってしまえば、教会は人心を惑わす魔女だとして断罪する可能性もある。

だが、俺にはしるしの有無《うむ》など関係ない。この方こそが聖女だ。全ての事象が、それが真実だと告げている。

俺がここにいる理由も、女神から導かれたのだと本能で感じる。全ては女神の愛し子である聖女を守るため――――。

……そんな方に俺はなんてことをしてしまったのか。

最初から違和感はあったのだから、すぐに気付くべきだった。目が曇っていた。

思い込みで彼女を傷つけ、これ以上ないくらいの無礼を働いた俺は、許しを請うことすらおこがましい。罪を犯した俺は、聖女様の足元に這いつくばってただただ詫びるしかない。

床に額を擦りつけて、思いつく限りの謝罪の言葉を口にするが、そんなものでは俺の罪は消えない。罪悪感で顔があげられず、足元に這いつくばっていると、彼女の足が目に入った。

平らで簡素な靴を履いた小さな足。

それを見て、尖《とが》ったピンヒールでないことに、安堵《あんど》と喜びが胸に広がる。

俺は女のハイヒールというヤツが死ぬほど嫌いだ。

かつてあの女に血が出るまで踏みつけられてから、コツコツとかかとを鳴らして歩く女を見るだけで吐き気がするようになっていた。

あの女に踏まれた時の痛みと屈辱が思い出されて気分が悪くなるが、それと同時に、この小さな足ならば踏まれてみたいという欲求が湧いてくる。

彼女が一生懸命俺を踏みつけるところを想像すると……なぜだか浮き立つような気持ちになった。

〝あの小さな足で踏まれ、罰せられたい……〟

自然と頭に浮かんだ考えに、自分自身でも驚く。

あれほどまでに屈辱だと感じていた行為だというのに、俺はどうしてしまったのか。

いや……きっとこの出会いから含め、全てに意味があるように思う俺の直感は間違っていない。

罪が浄化されるまで、俺はあの方に罰せられるべきなのだと女神アーセラは仰《おっしゃ》っているのだ。

ならば女神様のご意思に逆らわず、感じるままに従おう。

だから俺は彼女にこう告げた。

「聖女様！　どうか俺を踏んでくれ！」

第三章『遊びといたずらは安全で面白いことが大前提』

「司祭様、次の予定はこの辺を歩いて回るんですよね？」

「ええ、出会う人に挨拶をして歩けばよいだけです。せっかくの才能ですから、癒しを求められたら応じても構いませんよ。聖女の存在を知らしめるための巡礼なので、是非とも友好的な姿をみせてください」

ここでまた、衣装を歩きやすい服に着替えることになった。でも背中のボタンに手が届かなくて、仕方なくそこだけ司祭様に頼んだのだが、結局あれよあれよという間に着替えさせられ再び羞恥にもだえることになった。

外に出ると、騎士団長さんが何食わぬ顔で部下たちと立って待っていた。そういえばさっきまでこの人、私に踏んでくれって騒いでいたけど、精神面は大丈夫なのかな？

そして彼らの護衛付きで私は村を歩いて回ることになったのだが、別に誰も聖女様の訪れを期待していなかったようで、出会う村人は通りすがりのお年寄りばかりだ。

どうもこんにちは女神教のほうから来ましたと言ってみても、お耳が遠い方ばかりで通じない。

もうめんどくさくなったので、『どっか調子悪いとこないすかー』と聞いて、腰が痛い膝が痛い歯が痛いなどの答えが返ってきた人に、お祈りをして回った。

まあ一応は治ったり痛みが軽減するので、お祈りをした人々からは、『ありがとうねえ』と言われ、ポッケに入ってた豆とか干し芋とかを私にくれた。

それをボリボリと食べながら、またその辺をウロウロして、見つけた人に声をかけては癒しをかけて回った。

うん、代役の仕事としては上出来なんじゃないか？　とちょっと調子に乗りながら村の中心部まで近づいたところで、ちょっとした集会所のような場所が見えてきた。

お、誰かいるなと思ったが、そこにいる数名の村人たちは、怖い顔でこちらを睨んでいた。

無難に挨拶をこなしたいものだが、なんか村人たちの顔が怖い。

だんだん近づいて行って、よく見てみると、なんと彼らもまた卵を持っているではないか！　なんなの？　もしかしてこの地方は卵投げ祭りとかあるの？

すると、私がなにか言う前に後ろから先ほどの少年らが猛ダッシュで男たちの元へかけて行った。

「ダメ！　卵ダメ！　食べ物だからって怒られる！」

「今すぐ卵を隠せ！　殺されるぞ！　アイツまじでやべーんだって！」

いや殺しませんけど？

とはいえ少年らは食べ物をおもちゃにしちゃいけませんって説教がちゃんと伝わったみたいでよかった。だが、男たちは少年らの言った言葉が気に食わない様子で、イライラしているようだった。

「ハァ？　お前らなに懐柔されてんだよ。やっぱガキはダメだな」

「大方、高い菓子とか食わせて手懐けたんだろ。あの教会のやりそうなこった。おい！　聖女様よォ！　俺たちの村は女神教なんか信仰しねーからな！」

「無理やり押し付けてきた宗教なんか誰が信じるか！　俺らを洗脳しようったってそうはいかねーからな！」

そう言って男たちは卵を持った手を振りかぶってきた。いかん！　これではまた卵が割れてゴミになってしまう！　彼らを止めるために私は声を張り上げた。

「やめなさい！　食べ物を粗末にすることは許しません！　そんなに何かを私に投げたいのなら、泥団子でもなんでもいいでしょう！　なぜわざわざ食べられる卵を無駄にするのですか！」

よし！　今度はちょっと聖女っぽいしゃべりだったんでないの？　イケてたよ私！

「はっ、だったら泥団子なら聖女様に投げていいってえのかよ。なんだソレ、聖女様アピールのつもりか？　聖女だから甘んじて泥も被りましょう～みたいな？　あーやだやだ、そういう見え透いた広報活動要《い》らねえんだよ」

「いえ、甘んじて被るなんて言ってないですよ。あのねえ、『泥団子を投げてつけていいのは、泥団子を投げつけられる覚悟のある者だけだ』って教訓を知りませんか？　もちろんあなた方も私に投げる以上は、その覚悟があるとみなしますよ。そしたら私だって投げる権利がありますからね、正々堂々と遣り合いましょう。じゃ、泥の投げ合いやるんですよね？　どうします？　そっち陣営は何人でやります？」

「？？？　……ちょ、何言ってんのか……。え？　聖女様は、泥団子を投げられてもいいってぇのか？　それより陣営ってなんだ……？」

「だから決着がつくまで投げ合いましょうと言っているんですよ。えーと、じゃあ私のほうは……少年二人はさっき卵をゴミにした罰で私陣営ね。死ぬ気で働いて？　騎士団長さんもなんか私に詫びたいとか言ってたからこっちに入ってください。んで、そちらは三人でやるんですか？　味方を増やしてもいいですよ。うちは少数精鋭でいきますからねー。あ、司祭様は審判でお願いします！　ここ！　線引くんで！　私こっち側がいいです！」

「審判をやるのは構わないんですが、そもそも泥団子を投げあう行為にルールがあるんですか？勝敗の基準は？」

「最後まで立っていた者がいた陣営が勝ちでしょう。細かい判定は司祭様がルールブックでお願いします。ホラ少年！　まずは弾（泥団子）をどれだけ用意できるかで勝敗が決まるんだからすぐ動く！　泥の確保！　そして成形！　そっち陣営も、もう試合は始まってますからね！　このままだとそっちは秒で負け決定ですね！」

「えっ？　ええええ!?　負け？　お、おい！　俺らも行くぞ！」

こうして、仁義なき泥試合の火蓋《ひぶた》が切られたのである。

村人陣営がモタモタしているうちに、こちらは私の指示により泥団子が山のように出来上がった。まあ騎士団長さんが泥を大量に運んできて、光の速さで団子を作っていったので私の出る幕はほとんどなかった。

あちらがまだ泥を丸めているところに、私は容赦《ようしゃ》なく泥団子を絨毯《じゅうたん》爆撃していった。

「うおっ！　ちょ、待てよ！　どんだけ投げてくんだよ！」

「先制攻撃したもん勝ちですぅー。よし、手持ちを投げ終わったら一時撤退！」

「畜生！　おい、俺らも反撃するぞ！」

先制したこちらが有利かと思いきや、村人も普段から畑仕事で鍛えているためか、強肩で確実に泥団子をぶつけてくる。全部一番でかい騎士団長さんが被弾しているが。

泥まみれにされた騎士団長さんは怒るでもなくむしろ嬉々《きき》としている。泥んこ遊びが好きなのかな？

「聖女様！　さあ俺の上に乗って投げてください！　俺が踏み台になりますので！」

「なんで騎士団長さんは積極的に踏まれたがるの？　そういうのいいから壁になってくださいよ」

ちょいちょい変な会話をはさみつつも、さすがは長が付く役職に就いているだけあって、てきぱきと塹壕《ざんごう》とか掘り出して泥んこ遊びがだんだんガチの戦いになってきた。

村人陣営は圧倒的不利を感じ取ったのか、通りすがりの他の村人に声をかけて味方に引き込んでいる。数に物を言わせて勝つつもりだ。

くやしいのでこちらも通りすがりの人を無理やり引き込んで、気付けばものすごい人数が泥にまみれてわーわーしている文字通り泥仕合となって、いい加減飽きたらしい司祭様が『もうドローで』と宣言したので、決着はつかないまま終了となった。

はー、ひさびさに童心に帰って遊んだわー。

被ったヴェールの泥水を絞っていると、最初の村人たちが近づいてきて、私の泥人形みたいになった姿に絶句していた。そして三人がお互い目配せをし、苦笑しながら頭を下げてきた。

「最初、俺たちあんたに嫌がらせしてやろうとしてたんだ。それがなんか変なことになっちまったけど……とりあえずごめんな」

「あんた、すげえな。頭のてっぺんからつま先までまじで泥まみれじゃん。あんた聖女とかいうやつなんだろ？　いいのかよそれで……」

「なんだろな、俺、聖女様ってもっとちゃんとした人なのかと思ってたわ。思ってたのと全然違った。全然ちゃんとしてなかった。つーか、最初あんたのこと、教会の回し者だと思って色眼鏡《めがね》で見ててごめんな」

「へ？　いえ、そんな。楽しかったし、いいですよ。耳の中まで泥入りましたけどね。ていうか耳かきあります？」

なんか今日は謝られることが多いなあ。なんだろう？　本物聖女様の情報がないから分からないけど、なんか最初っから領民に嫌われているような気がする。でも聖女様って崇め奉《たてまつ》る対象なんじゃないの？　ちょっとよく分からないからあとで司祭様に訊いてみよう。


本当なら今日はここの領主の館に宿泊する予定だったらしい。だが、私を含め護衛の騎士たちも全身泥まみれだったので、移動もできないため教会を宿代わりにさせてもらうことになった。

私は教会にある客室でお風呂も入らせてもらったのだが、騎士たちは教会の庭へでかい樽をいくつも置いて、湯を入れて即席露天風呂を作っていた。みんな野外なのにすっぽんぽんで樽風呂に入っていたけど、気高き騎士様がそんなんでいいんだろうか。

そのうち村人たちが次々と食事やら寝具やらの差し入れをもってきてくれて、いつの間にか教会の庭は大宴会場のようになっていた。

私は風呂上がりに持参の部屋着を着て、気配を消してすみっこで食事をしていた。

上着のフードを深く被っていると誰も私に気付かないようなので、コソコソと食べられるだけ食べていた。

神父様が聖女様を探し回っていたが、もう感謝されすぎてお腹いっぱいなので気配を消して宴会に来た村人ですぅ、みたいな顔してシカトしていた。だってニセモノなのに、そんな感謝されると正直しんどい。

ちなみに踏め踏めとうるさかった騎士団長さんは、風呂上がりに差し入れのワインを樽ごとがぶ飲みして早々に潰れてた。

おかげで一人静かに食事ができたが、腹が満たされると私も猛烈な眠気が襲って来た。運動した後に風呂まで入ったので眠くなって当然だよね。

これを食べ終わったらこっそり寝てしまおうと思いながら、最後のデザートを卑しくほおばっていると、すっと目の前に誰かが座った。

「お疲れですか？　今日はよく働いてくださいましたからね。あなたのおかげでこの村での巡礼は大成功ですよ。本当にお疲れ様でした」

司祭様は相変わらず隙のない完璧な作り笑顔で私に微笑んだ。

「大成功……ですか？　いや、完全に失敗じゃないですか？　私、日程が頭から飛んじゃって、今日は結局泥んこ遊びで終わっちゃいましたし……ごめんなさい」

「いいえ、これ以上ないくらい成功ですよ。この地域は女神信仰に対する反発が強いですから、下手したら滞在も許されず追い出される可能性もありましたので」

追い出される、という言葉を聞いて私はふと疑問に思ったことがあったのを思いだした。

「そういえば気になっていたんですけど、この村で聖女様ってなんかやけに嫌われてません？　おかしくないですか？　女神教は国教ですよね？」

「セイランはこの国の成り立ちは知っていますか？」

突然本名で呼ばれてドキッとする。誰が聞いているか分からないのに大丈夫なんだろうか。

「はい、もっと昔は地上に悪魔が存在していて、世界は歪んで穢れていました。女神アーセラがこの国に降臨されて悪魔を討ち、大地を浄化させ、今の世界を形作られたと習いました。その時、女神によって選ばれた聖女様が宣託《せんたく》に従い、悪魔に脅《おびや》かされていた人々を救って、バラバラだった民族をひとつの国として結束させたんですよね」

「そうですね。教会も学校でもそのように教えていますね。ですが、それは国が広めようとしている話です。我が国は国土を広げるために聖戦と称して近隣の小国を武力で制圧してきました。それを正当化するために、神話として広めているのです。無理やり統治下におかれた小国は、表向き平和的に統合したと思われていますが、実際は危うい状態です」

司祭様はそこからグッと顔を近づけて、声を潜《ひそ》めた。

「中央は、統一国として教育や宗教を一元化しようと力を入れていますが、もともと独自の文化と宗教を持っていた民人は、無理に思想を押し付けようとしてくる中央と女神教に対し、敵意を募《つの》らせています。たびたび起こる内紛を危険視した王が、聖女を改宗に応じない地域に派遣し、女神信仰を根付かせることが今回の教会巡礼の目的です。女神教の教えを浸透させることが、反乱の芽を摘むことにつながると王は考えておられるようですね」

教会で学んだ内容しか知らなかったから、司祭様が教えてくれた話は衝撃的だった。

私が住んでいた地域では当たり前のように女神教が信仰されていたので知らなかったのだが、女神信仰以外は邪教として扱われ厳しく取り締まられているそうだ。

自分たちの信仰が突然禁止され、女神を信仰するようにといきなり言われた人々は、何を訳の分からないことを言っているんだと思ったことだろう。いきなりそれまでの神を捨てろと言われても受け入れられるわけがない。

あの村人が言っていた意味がようやく理解できた。

教会がほこりだらけで誰も来ていないのも当然だ。無理やり建てられた、彼らにとっては異教の教会になどわざわざ訪れるはずがない。ましてや、そこに派遣されてきた神父を村の住民として受け入れるわけがない。

ウチの村は普通に女神教を受け入れていたから、みんな礼拝に行くし、教会を大切にしていた。

だから神父様を虐《しいた》げたりなんてあり得なかったけれど、この村に派遣されてきたあの神父様は、恐らく敵視され酷い扱いを受けてきたに違いない。

周りは敵だらけ。ずっと四面楚歌の日々。え、しんど過ぎない？　なんか想像するだけで胃が痛くなってきた。

……明日神父様に会ったら、気休めでもいいから癒しをかけてあげよう。

ていうか、だったら聖女が教会巡礼に来るってのも、ものすごく嫌がられたんじゃない？

女神教の総大将みたいな聖女様がノコノコ現れたら、非難轟々《ごうごう》どころか……ん？

「今日まさにその洗礼を受けたのでお分かりでしょうが、この巡礼の旅は非常に困難な地域を巡る予定になっています。飛ばされてくるものが火矢や石礫《いしつぶて》でなかったので、優しいほうだったんじゃないですか？　もっと反発の大きい土地では、過激な行動に出る者もいるかもしれず、命を狙われる可能性もあるかもということで、騎士団長とその精鋭が同行しているんですよ」

んん？　良い笑顔で言うから一瞬スルーしそうになるが、とんでもないことを言われた気がするぞ。命を狙われる？

「ちょ、ちょっと待ってください。不穏な単語が多すぎるんですけど、その危険性ってどう考えても出発前から分かっていた話ですよね？　まさかと思うけど、本物の聖女様じゃなくて代役を立てたのって……」

「ああ、取り巻き連中がロザーリエ様を危険な目に遭わせられないと言って新婚旅行という国外逃亡を後押ししたんです。彼らは内密に進めていたつもりらしいですが、雑な計画ですし、最初から分かっていました。だから私も随分前から代役を探していたんですが、なかなか見つからなくて。ぎりぎりであなたが仕事を引き受けてくれて助かりました」

「ちょっと待ってくださいよ！　最初っから聖女様が逃げると分かってたんだったら、逃げないよう確保しとけばいいじゃないですかー！　なんでむざむざ新婚旅行に送り出しちゃうんですか！」

神父様は作り笑顔のままゆるゆると首を振る。彫刻のようなその顔の後ろ側では、酔っぱらった騎士さんたちがついに裸踊りを始めていた。目の前の人と後ろのギャップがすごくて思わず吹き出しそうになるが、笑っている場合ではない。

後ろがうるさいから司祭様はさっきから私に顔を寄せて話をしているが、はたから見たら甘い会話でもしているのかなと思えるような光景だ。だが実際の内容は不穏極まりない。

「ロザーリエ様は兎角《とかく》扱いにくいんです。おそらく聖女様は聖都からこの地に馬車で来るまでに不満を爆発させて八つ当たりをされるでしょうから、こちらの精神が持ちません。それに、もし本物聖女様が、この村で起きたような嫌がらせを受けたら、心酔している取り巻きたちが村人を皆殺しにしかねないですから、本物を連れてきたくなかったんですよ」

司祭様はにっこり笑いながら黒い計画を暴露する。

そっかー、教会を巡礼するだけの簡単なお仕事ですって話だったけど、そんな裏があったのねー。巡礼先は完全アウェーだったのね。危険手当が入っているから、あんな破格の報酬だったのねー。

……って、命の危険もあるとか、そんなの後出しが過ぎない？

ジトーっと司祭様を睨んでみるが、あちらは気にした様子もない。

「……ホント、司祭様っていい性格してますよね」

「お褒めの言葉ありがとうございます」

こんなの詐欺もいいとこだが、今更なんだかんだ言っても、逃げようもないし、こんなところまで来ちゃったんだから仕方がない……。さすがに死なない程度には守ってくれるだろう。

弟妹たちよ。お姉ちゃんは命がけで働いてくるからね……。ちゃんと勉強するんだぞ……。


次の日には、別の村に移動するので朝早くから出発する準備をあわただしくしていた。

外に出るともう馬車の準備がされていて、騎士団長さんとその仲間たちが準備万端《ばんたん》で待っていた。

「おはようございます！　聖女様！　さ、馬車へどうぞ！」

「おはようございます。騎士団長さん、自ら踏み台になるのやめてくれませんか？　昨日までちゃんと踏み台ありましたよね？　逆に乗りにくいんでやめてください」

「いえいえ！　遠慮なく踏み台にしてください！　さあ！」

相変わらず騎士団長さんが面倒くさい。

もう無視して人間踏み台をジャンプで飛び越えて馬車に乗ろうとしていると、後ろから『聖女様』と声がかかった。振り向くと、昨日説教した少年らと、泥仕合をした村人たちが立っていた。

「もう出発するのか？　あのさ、昨日卵無駄にすんなって言われたから、残りはゆで卵にしたんだ。聖女様にあげるよ。なんかよく分かんねえけど、卵超好きなんだろ？　たくさんあるから食えよ」

ちょっと照れ臭そうにしながら、昨日私がラリアットした少年が私に向かって卵がたくさん入ったバスケットを差し出した。

「うわ、ゆで卵山盛り！　贅沢《ぜいたく》ぅ！　え？　いいの？　ホントにコレ、全部くれるの？　嘘じゃない？　い、いいよ……私三つくらいで我慢するよ。みんなもホントは食べたいんでしょ？　そうでしょ？」

「あ……マジで卵好きなんだな。いいよ、今年は鶏がいっぱい増えたから、卵たくさん産むんだよ。全部持ってけよ」

なんでそこでドン引きみたいな顔をするのか理解できないが、少年は塩の入った小袋まで一緒に渡してくれた。

「うわぁ……君らちょういい子だったんだね。なんか、ラリアットとかしてごめんね。有難くいただくよ〜」

卵一気食いの夢が叶ってしまったと感動していると、少年らの後ろにいた村の人々が気まずそうにしながら前に出てきた。

「あの、俺らも悪かったな。なんか聖女様っての誤解してたよ。ウチのジジイ、昨日から腰が治ったってすげえ鍬《くわ》ふるってんの。アンタに治してもらったって。聖女様って本物だったんだな」

「うちのババアもアンタに虫歯治してもらったって言って堅い豆ボリボリ食ってたよ。マジでアンタ聖女なんだな。泥団子投げてきやがった時は、コイツ頭おかしいとか思っちまったけど、本当は……泥にまみれることで俺らに歩み寄ろうとしてくれたんだろ？　お綺麗な服で高いところから言われても誰も聞きやしねえもんな。ホント、すげえよアンタ」

どうやら彼らは、昨日道すがら癒して回った老人の家族だったらしい。私のことを随分と褒めてくれたようだが、ふるふると首を振って否定する。

「いやいや、癒しの力って言っても気休めみたいなもんですよ。まあでも病は気からって言いますしね。良くなったなら結果オーライですね。それに泥団子は私じゃなくてあなた方が言い出したんでしょ。人のこと頭おかしいとか言わないでください」

「ああ……？　うん？　ごめん……？」

村の方々はなんか微妙な顔をしていたが、まあとにかくありがとな、とお礼を言われて、こちらこそ豆とか干し芋とかいただいたんでギブアンドテイクってやつですとそれっぽい単語で返してみたらなぜか『そうじゃねえだろ……』とますます微妙な顔をされた。解せぬ。

最初の村はなんだかんだいっても皆いい人ばっかりだった。

女神信仰の聖女様にも親切だったし、無理に信仰を押し付けなければ他の地域でも上手いことスルーしていけるんじゃないの？

馬車の中でもらったゆで卵をむきむきモグモグしていると、ちょう前向きな気分になってきた。

遠ざかっていく最初の村を眺めながら、私はこの先もまあなんとかなるだろ～と楽観的なことを考えていた。

移動は立派な檻《おり》……もとい頑丈な造りの馬車なので、体が疲れることはないが、相変わらず司祭様がグイグイ質問責めしてくるので精神的疲労がすごい。

あまりにも神経を削られて、休憩の時にぐったりしていたら、騎士団長さんが心配そうに声をかけてきた。

「聖女様。ずっと狭い馬車の中では息が詰まるでしょう。気分転換に、たまには馬に乗ってみませんか？」

「えっ？　いいんですか？　乗ります乗ります！　ちょっと閉鎖空間で死にそうだったんですよー」

「では俺の馬にお乗りください！　さ、どうぞ俺の背中を踏み越えて！」

「いやそこは普通に手を貸してくれればいいんじゃ？　踏み越えるほうが乗りにくいです」

「いえ……踏み台が聖女様のお手を取るなどおこがましいにもほどがあるかと自重しました」

「踏み台じゃないですよね？　騎士団長ですよね？」

もうお約束になってきた会話をしていると、そばで控えている騎士さんたちが目に入った。彼らは自分の上司が踏み台になろうとしている姿をどう思っているのだろうか。多分絶望しているに違いない。

「ホラ、部下の方々が見ているんですから、騎士団長さんは威厳ある態度でいないとダメなんじゃないですか？　ねえ、皆さんも団長さんが踏み台にされていたら嫌ですよね？」

　今こそ上司の暴走を止める時だぞ！　と期待を込めて騎士さんたちに話を振るが、彼らは揃って首を振った。

「いえ、俺らこんなに生き生きしている団長見るの久しぶりなんで、すげえ嬉しいです！」

「死んだ魚みたいな目をしてた時期ありましたからね！　団長が幸せそうならもうなんでもいいんです！」

「俺ら全員、団長の幸せを応援します！」

　騎士さんたちが唱和すると、仲間たちからの熱いエールを受けた騎士団長さんが感極まって泣き出した。

「おっ、お前ら……今まで心配と苦労をかけて悪かった！　俺は良い部下に恵まれて嬉しい！　俺、聖女様の足元で幸せになるから！　もう心配いらねえからな！」

　団長ぉ！　と男泣きで抱き合う騎士さんたち。なんだろな、まだ酒が抜けてないのかな。

「あの、もうなんでもいいですから馬に乗っていいですか？」

「あっハイ！　すみません！　いや、踏み台がだめなら俺が馬になりましょう。それならいいですよね？」

「良くないです。全然良くない」

「聖女様！　団長は筋肉ダルマだから、安定感抜群ですよ！　馬よりも視界が高いし！」

ホラホラと言いながら、騎士さんたちは団長さんの二の腕を私に差し出してくる。確かに騎士団長さんの腕はちょっとした丸太ぐらいの太さでちょう逞《たくま》しい。

岩みたいだなーと揉み揉みしていると、『あっ……そんなに揉まれると……♡』という囁き声が頭上から聞こえてくるので、本当に騎士団長さんは絡みづらい。

無駄なやり取りをしてワイワイ騒いでいると、やや後ろから小さめの馬に乗った魔術師の双子君たちが近づいてきて、騎士団長と私を見て、二人そろって呆れた声をあげた。

「はあ～？　ダレンさぁ、あれだけコイツのこと嫌ってたのに、なにあっさり手のひら返してんの？　プライドとかないの？」

「その女から僕らを守ってやるとか調子のいいこと言ってたくせにさ。この裏切者」

「ファリル、ウィル。俺は聖女様の本当の姿を理解していなかったんだ。二人も今の聖女様とちゃんと話す機会を設けてはどうだ？　そうすればきっと…………うわっ！」

そう言いながら彼らの肩に手を伸ばそうとした瞬間、パンっという小さな破裂音が響いた。それと同時に騎士団長さんのでかい図体が後ろにはじけ飛んだ。

とたんに騎士さんたちが殺気立って双子に向かってきつい目線を送っていたから、彼らがなにか攻撃魔法を仕掛けたようだった。騎士団長さんは後ろにはじけ飛んだものの、とっさにそれを受け流して怪我もないようなので、それほど攻撃性の高い魔法ではなかったのかもしれない。

一瞬のことで、魔法が発動された瞬間も全く分からなかった。

双子は肩で荒く息をして、私たちを睨んでいる。騎士団長さんが何かを言おうと口を開きかけたが、その前にウィルが叫んだ。

「……僕らがァ！　コイツにどんな目に遭わされたかダレンだって知ってんだろ！　それ以上言ったらマジで殺すから！」

ウィルの緑の瞳がうっすら涙で滲《にじ》んでいる。それを見たファリルがハッとして、ウィルに寄り添い励ますように肩を撫でた。そして紫の瞳に燃えるような怒りを湛《たた》え、こちらをキッときつく睨みつけてくる。

「ダレンには失望したよ。アンタとルカ様だけはまともだと思ってたのに」

心底軽蔑したようなファリルの言葉に、騎士団長さんも騎士さんたちも口を噤むしかなかった。

すんごい深刻そうなやり取りに加わる勇気もなく私はずっと黙っていたが……。

いや、ちょっと待って。聖女様は双子をどんな目に遭わせたの？　親の仇《かたき》くらいの深刻度だったよ？　殺意すごい。

双子と団長さんはしばらく睨み合っていたが、双子がもういいと言ってその場を離れた。

休憩中、ちょっとこの場を離れていた司祭様が、騒ぎを聞きつけ、何があったのかと問いかけてきた。事のあらましを騎士団長さんが説明すると、少し考えこんでから私に『お話があるので馬車にお戻りください』と言ってきた。

「双子はダレン以上に聖女様を恨んでいるんです」

馬車の中で司祭様は開口一番そんなことを言ってきた。

詳しくは言えないが、昔、小さくて可愛い双子を聖女様はおもちゃとして弄《もてあそ》んで、双子たちの尊厳をバッキバキに折りまくったらしい。

だから双子は、自分の身を守るために必死に努力をして、あの年齢で正式な魔術師の資格を取得したのだという。

聖女を恨んではいるが、現在双子は正規の魔術師であり、師団長に『私怨に走ることはしない』と誓っていたから、口では攻撃してきても、物理的に危害を加えてくることはないと司祭様は考えていた。だが、騎士団長さんが聖女側についたと認識してから二人の様子がおかしくなったという。

「味方だと思っていたダレンが変わってしまったので、裏切られた気持ちになったのでしょうね。少し情緒不安定になっているように思います。とはいえ彼らも魔術師としての矜持《きょうじ》がありますから、職務を放棄するような真似はしないと信じています。一応セイランも彼らを刺激しないよう気をつけてください」

ウチの弟と変わらないくらいの歳だっていうのに、職務だの矜持だのと責任が重すぎやしないかと思ったので、やんわりとそう言ってみたのだが、魔術師の試験に通ったということは、一人前と認められているわけで、その肩書きを名乗る以上、大人と同じ扱いをしなくては逆に彼らを軽《かろ》んじていることになるから、と司祭様は言った。なるほど確かに。

だが双子の事情を聞いてしまうとどうしても不憫《ふびん》に思ってしまう。

聖女様がやらかしたことを私が謝っても意味がないので、司祭様の言う通り距離を取るしか私にできることはないのは重々理解している。

彼らをフォローできるのは、騎士団長さんと司祭様だけだ。私はただ目立たぬよう空気に徹していよう！　と心に誓った。

……距離を取れと言われたその翌日から、逆に双子がぐいぐい来るようになったんだけど、どうしてかな？


「ねえセイジョサマ。コレ食べるぅ～？　昔アンタが僕に食べさせたムカデ入りクッキーだよぉ」

「ねえセイジョサマ。尻から尻尾《しっぽ》が生える魔法かけてあげようか？　僕にさせたのと同じように、四本足で歩いてワンって鳴いてみてよ」

「「ね～、聞いてる？　セイジョサマ～」」

軽いジャブみたいに言われる思い出エピソードがいちいちエグイよ聖女様。

お前の罪を忘れるなと言わんばかりに双子たちは私に付きまとって色々過去の悪行をお知らせしてくるようになった。

見かねた騎士団長さんが二人を窘めるが、『楽しく会話しているだけですがなにか？』と返されてしまい、昔の話をされること以外は特に実害もないので、それ以上どうしようもない。無理やりムカデクッキーを食べさせられるわけでもないし、変な魔法をかけられるわけでもない。実害が無いので、まあ苛立《いらだ》ちのガス抜きだと思って、司祭様にも別に無理に止めなくていいと伝えておいた。

それに、自分がやったことじゃないし正直他人事として割と受け流していたので、特に気にしていなかった。

司祭様たちも、下手に叱りつけて悪化するより、言わせるだけ言わせて双子の気持ちが落ち着くのを待とうとしていた。


だがある日、移動の休憩中に、双子に『ちょっと手伝って〜』と呼び出された。

久しぶりに普通のテンションで話しかけられたので驚いていると、気になるものがあるから聖女様に見てほしいと言ってきた。司祭様も騎士団長さんも近くにいない時だったので、ちょっとためらったのだが、すぐそこだから、と言われてとりあえずついていった。

「僕らじゃ分かんないからさぁ、聖女様なら分かるかなって」

「はあ、なんですかね？　私に分かりますかね？」

「こっちこっち」

森の中に誘導されて、あまり皆から離れるのは……と思った瞬間に、『ズボッ！』と地面が抜けて私は無防備に落とし穴に落ちた。

突然のことに目を白黒させていると、上からはじけるような笑い声が聞こえてきた。

「ぎゃはは！　ひっかかってやんの！　いっつも自分がやる手なんだから警戒しろよ！」

「ウケる〜。穴の中、ミミズ大量に入れておいたからさっ。アンタが僕らにした時は、蛇だったんだからミミズだなんて優しいでしょ〜？」

「……」

「あれ？　返事ない？　ミミズで気絶した？」

「……違います……落ちた拍子に足折れました」

「「……マジで？」」

はい、折れましたが何か？

さすがにやばいと思ったのか、双子が慌てだした。

「え、どうしようファリル。死ぬ？　コイツ死ぬ？」

「ほ、骨折れただけだろ。とにかく穴から出さなきゃ。ウィル、引き上げよう」

ファリルの言葉にウィルが慌てて杖を取り出す。

「「浮上せよ」」

双子が杖を振ると、体がふっと浮きあがり、ポーンと穴の外に放り出された。

これが魔法かーと思うと同時に、もうちょっと優しく出せんのかと文句を言いたくなるが、双子がぽっきりいった足首を見て真っ青になっているのでわざとではないらしい。

「うわ……ホントに折れてる…………って、でも！　アンタがしたのと同じことなんだからな！　僕ら謝らないし！　それに聖女なんだし自分でそれくらい治せばいーじゃん！」

「そうだよ！　僕ら悪くないし！」

二人してわーわーと騒ぎだしたので、ガッと双子の頭を掴んでゴチン！　と頭突《ずつ》きした。

「ぎゃ！」

「いった！　なにすんのさ！」

全然反省していないようなので、私は二人に負けない声量で怒鳴りつけた。

「何すんのじゃないわ！　なんついうたずらしてんの！　落とし穴ってえのはねえ、あんたたちが思っているより危険な罠なの！　しかもこんなに深い穴、首の骨折ったり、生き埋めになったりする可能性だってあったんだよ？　深すぎるのよ、穴が！　なにをどうやったら五メートル級の穴を掘れるのよ！　埋め戻すのも大変でしょうが！　今回は足の骨だけで済んだけど、もし間違って小さい子どもが落ちたりしたら大変なことになるんだからね！　いたずらがしたいなら、寝ているあいだにひげを描くとかそういう安全で面白いことにしなさい。ホラ、分かったら返事！」

「へっ？　あっ、ハイ」

「ひげ？　え？　ハイ」

ウチの弟もそうだったが、男の子というのは危険な遊びほど魅力的に映るらしい。多分男子というのはちょっとアホなんだと思う。それ確実に死ぬよね？　って見れば分かることを平気でやろうとするから始末に負えない。

だから危ないことをしているのを見つけた時は、殴り飛ばす勢いで叱ったし、どのように危険なのかを滔々《とうとう》と説教したものだ。死んでからでは遅いのだ。

病気や怪我など、どうやっても避けられない命の危機がこの世にはたくさんあるのに、いたずらなんぞで死んでは堪《たま》ったものじゃない。

いたずらとは、安全で面白いからいたずらなのだ。

命大事に、といった趣旨の話をくどくど言っていたら、折れたところが洒落《しゃれ》にならんくらい腫れてきたので、慌てて添え木になるような棒を探させて、ハンカチで固定した。

とはいえ、このままでは立ち上がることもできないので、しょぼい癒しの力をフル稼働させ、折れた骨がつながるまで頑張った。

なんとか骨は元通りになったが、体重をかけるとめちゃくちゃ痛い。なので足を引きずるようにして歩いて、来た道をゆっくり戻り始めたが、さっきは数分で来れた距離が永遠のように感じる。

「ヤバイ、そろそろ戻らないとルカ様に気付かれそう」

比較的私の歩調に合わせてくれていたファリルが、少し焦った声をあげた。

足が痛くてモタモタ歩いていたら、いつの間にか結構な時間が経ってしまっていた。とはいえ、こっちは歩くので精一杯なのだ。

「ねえ、だったら近道して急ごうよ」

ウィルがちょっとイライラした様子で先を急ごうとする。拓《ひら》けた小道ではなく、藪《やぶ》を突っ切って最短距離で帰ろうと提案してきた。

確かに迂回《うかい》せず真っ直ぐ抜ければ早いが、痛む足で藪をかき分けていける気がしない。

ファリルが私の様子を見て、ウィルを止めようとしたが、彼はこちらを振り返ることなくさっさと藪に向かって行ってしまう。

だが、ウィルが藪を足でかき分けて入った途端、悲鳴を上げた。

「ぎゃあっ！　痛っ！　い、痛いっ！」

「えっ？　ウィルどうした⁉」

ウィルが慌てて藪から足を引っこ抜くと、足に噛みついた蛇がズルズルっとついてきた。

「「ぎゃあああああ！」」

二人がこの世の終わりみたいな声で叫び声をあげた。

「いっ、やだやだやだやだファリル助けて！　取って！」

ウィルは泣きながら助けを求めるが、ファリルは蛇を見た瞬間、腰を抜かして硬直してしまっている。私はとっさに蛇の首根っこを掴み、足から引き離すと、そのまま尻尾を持って地面に叩きつけた。双子はその様子を茫然として見ていた。

絶命した蛇は、赤と黒のまだら模様をしていた。あ、これ多分毒がある種類だ。

これはまずいとウィルのズボンを捲ると、案の定噛まれた部分が紫色になり始めていた。

急いでスカートを引き裂き紐《ひも》にして足を縛る。そして私は、まだ放心状態のウィルに声をかけた。

「あのね……これ毒蛇だから、早く解毒しないとまずい。血清とか持ってないよね……」

弱々しく首を振る二人。司祭様とかが用意してないだろうかと考えたが、ファリルは腰が抜けているし、私が確かめに行くのも、痛む足では時間がかかりすぎて無理そうだ。

……私がなんとかするしかない。

あまり自信はなかったが、癒しの力で毒を中和してみることにした。

「私の力で解毒できるか自信がないけど、とにかくやってみるね」

さっき骨折を治すのに力を使いすぎてしまったので、正直できる気がしなかったが、できなけれ

ばこの子は死ぬかもしれない。だったら私も死ぬ気でやるしかない。

食あたり程度は治したことはあるが、毒の治療なんてしたことがないから私の癒しが効くのかも分からない。

だけど腐ったものも毒も似たようなもんだ！　と自己暗示をかけて死ぬ気で癒しをかけ続ける。

全身から汗が吹き出し、頭が割れるように痛む。

体が限界を告げていたが、力を最後の一滴まで振り絞るようにして癒しをかけ続けると、噛まれて変色し始めていた傷が綺麗な色に戻り始めた。そして噛み痕《あと》もほとんど見えなくなった頃、それまで死にそうな顔をしていたウィルがポツリとつぶやいた。

「……痛くなくなった」

どうやら解毒に成功したらしい。おお、やればできるもんだな！　私すごい！　と自画自賛しようとしたが、ここで私の力が臨界点に達して地面にぶっ倒れてしまった。

双子はアワアワしてなにか言っているが、煮えたぎる湯にぶち込まれたように頭がぐらぐらしていたのでよく聞き取れなかった。

双子はさすがに私がぶっ倒れたことに責任を感じたらしく、二人がかりで私をみんなのところまで運んでくれたので助かった。まあ運び方が丸太の持ち方だったのが少々どうかと思うが。

ぐったりする私を見た司祭様と騎士団長さんはものすごく驚いていた。

「聖女様がいないと思ったら……おい！　ウィル、ファリル！　お前ら何をしたんだ！」

騎士団長さんが怒号を上げると双子はビクッとして、真っ青になって震えている。

「……いや、違います……私が森でこけて……怪我したんで、双子が運んできてくれただけで……」

私がそう言うと、ファリルは驚いたようにこちらを見て、ウィルは今にも泣きそうになっていた。なんで……と小さくつぶやく声が聞こえる。

別に庇ったわけではないが、落とし穴についてはもう私が散々説教してある。毒蛇のことは事故だ。二人ともぺしゃんこにへコんでいるから、もう一度ここで大人たちから怒られたら立ち直れなさそうだと思ったので、今は話を伏せただけだ。

彼らはすごい魔術師かもしれないが、しょせんはまだ子どもなのだから、周りの大人が彼らの心を守ってやらなくてはならない。

騎士団長さんは納得していないみたいだったが、ともかく私を安静にさせるのが先決だと司祭様が言ったので、急遽《きゅうきょ》寄る予定の無かった町で宿を取って休ませようと決まった。

一番近い町は女神教が浸透している地域だったので、宿も聖女様ご一行と知って一番いい部屋を用意してくれた。フツーに生きていたらこんな高級宿一生泊まることはないから、本当だったら隅から隅まで見て回って満喫したいところだが、如何《いかん》せん体調が悪すぎて喋るのもしんどい。

フルパワーで癒しの力を使ったもんだから、頭がぐわんぐわんして熱も出ている。

完全にオーバーヒート。

司祭様が珍しくまともに心配しているようだったが、とにかく寝かせてくれと言ってベッドに運んでもらった。

司祭様は私の靴を脱がせて足を拭いてくれたり、頭を冷やしてくれたりして新妻並みにかいがいしく私の世話を焼いてくれている。どさくさに紛れて服も着替えさせられた気もするが、つっこむ気力もなかった。

「セイラン、薬湯は飲めますか？　熱さましの効果があるものを双子が用意してくれたので……」

「……飲めないです」

「自分で飲めないのなら口移しで流し込みましょうか」

「すみませんでした今すぐ飲みます」

椀に入ったどどめ色の液体を見て、こんなの毒だろと思ったので飲みたくなかったのだが、司祭様の圧がすごくて飲む以外の選択肢は残されていなかった。

半身を抱き起こされて、椀を口元に傾けられる。薬湯は地獄みたいな味がしたが、半ば無理やり流し込まれた。

すごい味の残る口を水で濯《すす》いで、ようやくベッドに横たえてもらえたけれど、頭がグワングワンして眠るに眠れない。そんな様子の私を見て、司祭様が問いかけてきた。

「あなたは先ほど転んだと言いましたが、本当はなにがあったんですか？　ただ怪我の治癒をしただけでこんな風にはなりませんよね。双子になにかされたのでは？」

やっぱりさっきの言い訳じゃ納得していなかったらしい。これまで力の使い過ぎで体調を崩したところを見せたことなんてなかったから、司祭様が疑問に思うのは当然だろう。

「自分の怪我を治したあとに、たまたまウィル君が毒蛇に噛まれて……なんとか解毒しようと頑張ったら、力を使いすぎたみたいです」

毒蛇と聞いて司祭様は顔色を変えた。そういや毒蛇のことを話していなかったと思い出して、慌てて『ちゃんと解毒できているはず』と付け加えたが、そういうことじゃないと怒られてしまった。

「何故それを黙っていたのです？　そもそもどうしてあの二人と森の奥になど行ったのですか。大方、双子がなにかあなたに嫌がらせを仕掛けたのではないですか？　その結果、あなたはこんなに辛い思いをしているのに、なぜ二人をかばうのか理解できません」

呆れたように司祭様は言うが、まあ確かに私もやらかしたのが騎士団長さんとかいい大人に落とし穴に嵌《は》められたのなら絶対に許さなかったけど、でも……。

「あの子たちは、まだ子どもじゃないですか」

私の返事を聞いて、司祭様は呆れた声をあげた。

「あなたとそういくつも変わらないでしょう。私から見ればあなたもまだ子どもです」

「でも私のほうがお姉ちゃんだから……」

それに双子は落とし穴の時から様子がおかしかった。ゲラゲラ笑っていたけど、どこか怯《おび》えているみたいな目をしていた。それを見て、あの子らもああいうことをせざるを得ない精神状態だったのかもしれないと思うと、責める気持ちにはなれなかった。

司祭様は私の返答が意外だったようで、しばらく口を開きかけては止めて、を繰り返していた。

しばらく何も言わない時間が過ぎた後、

「……そうやってあなたは、何もかも受け止めて、我慢して生きてきたんですか」

と言って、汗で額に張り付いた髪を優しく払った。

長くて綺麗な指が目の上を何度も滑っていくのをぼんやり眺めていると、なぜだか少し切ないような気持ちになる。

「誰だって抱えられる量には限度があるんですよ。いくら年上だからと言って、あなたが何もかも背負い込む必要なんてないんです。その細い腕で、全ての重荷を背負うなんて無理だとどうして思わないのでしょうか……。と言っても、きっとそうしなければいけない状況で生きてきたから、あなたにとってはそれが自然なことだったんでしょうね。でも、これからは頼ることも覚えてください。今は私もそばにいるのですから」

頼ると言われても、雇い主と従業員の関係でなにを頼めばいいのか分からない。私が黙っていると、司祭様はふう、とため息をつきながら笑った。

「あなたに信頼してもらえるよう私も努力しましょう。だからこれからセイランもできるだけ私に心を開いてくれると嬉しいです」

司祭様はそう言って私の額にそっと手を載せた。

女性の手みたいだと思っていたけど、おでこに載せられた手のひらは案外大きくて、やっぱり男の人なんだなあ、と場違いなことを考えていた。

司祭様は目的のためには手段を選ばない腹黒という認識だったから、信頼してもらえるよう努力するなんて殊勝《しゅしょう》な言葉を言われてちょっと驚いた。私が思っていたより、この人は人情深いタイプなのかもしれない。

彼の言葉に曖昧《あいまい》に頷くと、司祭様はふっと柔らかく微笑んだ。あ、今のは作り笑顔じゃないなと思って、私もほんの少し笑顔を返した。

話している間に薬が効いてきたのか瞼《まぶた》が重くなってきた。

「眠そうですね。あなたが眠るまでそばにいますから、安心してゆっくり休んでください」

「いや……別にいなくても大丈夫です……」

「そう言うと思いましたが、面と向かって言われると案外傷つくものですね」

全然傷ついていなさそうな顔で言っていたが、司祭様はベッド脇から立ち上がって『なにかあったらすぐ呼んでください』と言い残して部屋から出て行った。


静かになった部屋で、まどろみながら色々なことを考えていると、半分夢を見ているように今日のことや家族のことが無作為に浮かんでは消えて行った。

双子たちは大丈夫かな……。

熱出すとか、何年振りだろ……。

風邪の時期は、いつも弟妹たちの看病に追われて、自分の具合が悪いとか考える余裕もなかったから、熱を出しても横になるなんてできなかった。

こんなふうに自分の体調優先で寝てしまうのなんて初めてかもしれない。

弟妹は熱を出して具合が悪いといつも私に甘えたがった。

病気で弱っていると不安になるんだろうね。

だから私はいつも元気でいなきゃいけなかった。

私が具合悪くなったら、家族が不安になるから。

……みんな元気にしているかな。

一番下の子はよく夜泣きをしていたので、私がいなくて最初は寂しがったかもしれない。

でもお世話係の人が来てくれるようだし、報酬で家計も潤ったから以前よりよっぽど幸せに暮らせているだろう。

忘れられていたらちょっと寂しいけれど、毎日ご飯を食べられて、健康に過ごしているならなんでもいいか……。


熱でうつらうつらしていると、ごそごそと布団を揺すられた気がして、そこにある手を掴んだ。

これは……弟の手かな。

嫌なことがあると、弟たちは私の布団に潜り込んで時々泣いていたから、今日もなにかあったのかもしれない。

「うーん……どした？　お姉ちゃんとこ来る？」

えっ、という声が聞こえたような気がしたが、ぐいと両手を引っ張って布団に入れてやる。

「ねんねしな……。お姉ちゃんがだっこしててあげるから……」

お姉ちゃん？　と呼びかける声が何度か聞こえたが、その都度『うん……うん……大丈夫だよ

『……』といつも通り適当に相槌《あいづち》を打っていると、何となく嬉しそうな声が聞こえてきた気がした。

弟が寝付くまで起きていてやりたかったが、熱のせいで返事をするのも正直しんどくて、気付けば私は意識を失うように眠ってしまっていた。


朝の光を瞼の裏に感じてゆっくりと目を開けてみると、昨日とは打って変わってすごく頭がすっきりしていた。

こんなふかふかのベッドで寝るのは初めてだったから、泥のように眠ってスピード回復したみたい。お高いベッドすごい。

久しぶりに家族の夢とか見て、気分のいい目覚めだった。

寝汗かいたし、着替えるか～と思って起き上がろうとすると、両腕が上がらない。

ん？　と不思議に思って首だけ上げてみると、なんと両脇に例の双子が挟まっていて、すやすやと寝ていた。

「んんん？」

なんで双子が一緒に寝てるのカナー？？？　疑問いっぱいで硬直していると、双子がパチッと目を開けて二人して私を見上げてにっこり笑った。

「お姉ちゃんおはよう」

「お姉ちゃん元気になった？」

「お、おはようございます……？　あの、なぜお二人は、ここで寝ているのかな……？」

「ええ～？　何言ってるの？　お姉ちゃんが一緒に寝ようって言ったんでしょぉ！」

「ぎゅうぎゅう抱きしめてくるからさぁ、僕らも寝かしつけられちゃったよ！」

おぅ……マジか……。多分寝ぼけて弟と間違えたわ。よりにもよって、大嫌いな聖女様に抱きしめられるとか屈辱だったろうに。申し訳ない。

「あー、それはごめん。ちょっと具合悪くてぼんやりしていたもんだから……」

「うん、いいよ。元はと言えば僕らがお姉ちゃんに怪我させちゃったからだもんね」

「僕らすごく反省したんだ。もうあんなことしない」

「「だから、許してくれる？」」

二人は声を揃えてうるうるした目で見上げてくる。あ、あざとい……。妹もよく怒られそうな時こういう手を使っていたが、分かっていても許しちゃうんだよねえ……。

「いや、もう怪我のことは気にしなくていいよ。それよりウィル君は噛まれた傷はどう？　ちゃんと治ってるかな」

そう訊ねるとウィルは満面の笑みでぎゅっと抱き着いてきた。

「お姉ちゃんのおかげですっかり綺麗に治っているよ！　ホントにありがと。あのあと……ダレンに蛇に噛まれたこと話したんだけど、お姉ちゃんがいなかったら足を切り落とすことになっていたかもってすっごく怒られた」

怒られたことを思い出したのか、ウィルは震えながらその話を教えてくれた。

あの蛇は毒性が強く、噛まれた時の対処法は騎士団では手っ取り早く患部をざっくり切り取るらしい。解毒薬が無ければ最悪切り落とすしかないと聞いて、双子はあったかもしれない未来を想像して震えあがったそうだ。泣きそうなウィルを見て、ファリルも一緒に涙ぐんでいる。

「僕……蛇がすごく苦手で……ウィルが危ないのに恐怖で固まっちゃってなにもできなかったんだ。お姉ちゃんがすぐ動いてくれなかったら、僕はウィルを失っていたかもしれない。あの時のお姉ちゃん、すっごくかっこよかった。ウィルを助けてくれてありがとう」

そう言ってファリルはチュッと音を立てて私の頬にキスをした。

「あっ！　ずるーい！　僕も！」

反対側からウィルが飛びついてきて同じようにキスをしてくる。

いや、ちょっと待て。君ら昨日まで荒ぶる野良猫みたいな雰囲気だったのに、いきなり距離ナシになっていて驚くんだけど。

まあ……思ったよりも結構ヤバかったと知って、恩を感じてくれているんだろう。

「それは本当にもういいから、あのーひとまず部屋出ていってくれる？　寝汗かいたし着替えたいんだよ」

そういや寝起きだしヴェールも被らず素顔丸出しだけど、双子たちも突っ込まないし、本物聖女様の顔が割れてないんだから、もう素顔でいてもいいよね？

「じゃあお風呂準備してあげるよ。お湯入りたいでしょ？」

「まだふらふらしているから、僕らが洗ってあげるよ」

高級宿の風呂はどんななのかなーと意識を飛ばしていたら、双子がなんかさらっととんでもない提案してきた。もちろん秒で断る。

「いやいや何言ってんの。お風呂は入りたいけど、一緒には入らないよ？　一応君ら他所《よそ》のお子さんだしさ……」

当然のごとく私が断ると、二人は先ほどまでのニッコニコ顔から一変、ぷくーっとふくれっ面《つら》になって怒り出した。

「えー！　なにそれ！　だって昨日、僕らのお姉ちゃんになってくれるって言ったじゃん！　もう僕ら他人じゃないよ！」

「お姉ちゃんができたって僕らすっごく嬉しかったのに、他所の子ってなに？　昨日の約束は嘘だったの？」

「はい？　お姉ちゃんになる？　えっと、私が君らの？」

よくよく聞いてみると、私は昨日どうやら寝ぼけながら適当に相槌を打っていた時にそんな話になっていたらしい。

おう……。昨日の私……人の話はちゃんと聞こう。

なにがどうしてそういう話になるのか皆目《かいもく》見当もつかないが、約束してしまったものはしょうがない。

まあそれでも怪我の功名《こうみょう》というか、昨日まであれだけ敵意むき出しだった双子と和解できたのは良かったかもしれない。旅の間、ずっとギクシャクしていたらしんどいからね。

ん？　でも、旅が終わって本物とまた入れ替わったらおかしなことになるんじゃないかな？

ちょっと心配になったけど、まあその辺は司祭様がちゃんと考えているだろう。最初っから無理な代役なんだし、それをごり押しした司祭様が後始末もしてくれると信じよう。

一晩で突然友好的になった双子と、風呂に入る入らないと揉めていると、司祭様と騎士団長さんが部屋に入ってきた。

「ファリル！　ウィル！　いないと思ったらこんなところに！」

「まさか昨晩から聖女様のところにいたのか？」

双子は暴れて抵抗したが、二人にとっ捕まって外に連れ出されていった。

この日を境に、なぜか双子は私に超友好的になり、おはようからおやすみまでとにかくベッタリくっついて離れなくなった。なんなん？

『Side：魔術師の双子』

僕ら双子は、とある町の平凡な両親がいる家庭に生まれた。

僕の名前はファリル。双子の片割れはウィル。

お腹のなかから一緒だった僕らは、生まれた時からそっくりだったので、母さんは先に生まれたのが僕かウィルのどっちか分からなくなってしまったそうだ。だから僕らは兄も弟もなく、もう一人の自分のような感覚で育った。

実際、僕らは赤ん坊の頃から、お互いの感覚を共有できた。離れていても、意思の疎通ができたので、それが当たり前と思っていたが、他の人はそんなことできないと知った時は驚いた。

そして、僕とウィルは他の人と違って『特別』なんだと知った。

僕らの住んでいた町では、子どもは五歳になると教会で洗礼を受ける決まりになっていた。そこで女神のギフトを持っているかの鑑定が行われるのだ。僕とウィルも五歳になったその年に、教会へ連れて行かれた。

「二人とも、女神様のギフトがあるといいわね」

母さんが笑顔で僕らにそんなことを言っていた。

その時、僕とウィルはもう自分たちに特別な力があると分かっていた。だから洗礼式で絶対にギフト持ちだと言われると確信していたし、それを両親に自慢して褒めてもらおうと、ウィルと二人でニヤニヤしながら話していた。その結果が、僕ら二人の運命を捻《ね》じ曲げてしまうなどとは思いもせずに。

町の教会には、聖都からやってきたという偉い人がいて、子どもたちの鑑定をしていた。

僕らの番になった時、二人同時に鑑定を受けた。すぐに偉い人が驚いた顔になり、僕らと両親にこう告げた。

「彼らには優れた魔力のギフトがあります。すぐに魔術師による鑑定を受けてください」

そうして大人たちがたくさんいる別室に連れていかれ、一人ずつ鑑定を受けることになった。

ウィルが『僕が先！』と言うので、手をかざしてみなさいと魔力計を差し出された。

瞬間、計器の針が振り切れんばかりに反応したので、大騒ぎになった。これは百年に一度の逸材だなどと教会の人たちが大騒ぎして、両親が飛び上がって喜んでいたのを今でもはっきりと覚えている。

次に鑑定を受けた僕も、ウィルほどではないが同じように針が強く反応したので、二人そろって高位魔術師並みの魔力があり、しかも全属性に適性があるという鑑定結果まで出たため、その場にいる人々が大騒ぎしていた。

そして、僕らは魔術師協会に引き取られると決まった。

「え？　ウチに帰れないの？　なんで？」

教会に来ていた偉い人たちの一団と共に、このまま聖都へ行くと告げられ、家に帰れないと分かったウィルは泣き叫んだ。

僕は両親に取りすがり、他所へやらないでと叫んだが、両親は申し訳なさそうにしながらも、それが二人のためだからと言われ、そっと距離を取られた。

僕の絶望した感情が、泣いているウィルにも流れ込んで、二人で感情を増幅しあって、僕らは二人してその場で倒れてしまった。

目を覚ました時はもうとっくに町を出ていて、移動の馬車の中だった。

一定以上の魔力量と複数属性を有する子は、有無を言わさず親元から離され、魔術師団の養成所で力の制御を学んで魔術師として育成すると国の法律で決まっているらしい。

僕らが泣こうが喚こうが、親元には帰れないという事実を何度も何度も言い聞かされ、やがて僕らも諦めざるを得なかった。

とはいえ、こんなに幼い時からその素質を発現するのは非常に珍しいらしく、小さな子どもだからまだ親元にいてもいいのではと多少議論になったらしいが、僕らのギフトが特別過ぎて、それは叶わなかった。

大抵のギフト持ちは、特定の属性にしか能力を発揮できない。そのなかでも、たとえば水属性であったなら、水を沸騰させるだけ、甕《かめ》に水を満たすだけなど、ひとつの事象に限定するギフトであれば雑魚ギフト、水に関すること全般に干渉できれば、色々な機関から声がかかるような優良ギフトと分類される。それに加え、複数の属性が使えれば、魔術師の適性があるとして、最も尊ばれる。

僕らの場合、全属性が使える上、この歳ですでに桁違《けたちが》いの魔力量を有するのであれば、早く力のコントロールを覚えないと周囲に危険が及ぶかもしれないと言われ、師団の監視下に置くべきだと判断されてしまった。


養成所の宿舎には、同い年の子などおらず、一番若い子どもでも十六、十七歳くらいだったので、僕らは非常に異質で浮いた存在だった。

まだ五歳だった僕らは、いくら栄誉なことだと言われても、親と引き離されて他人ばかりの場所で生活させられるのが辛くてしょうがなかった。

夜、寂しくて泣いても『どうしたの』と声をかけてくれる人はいない。不安な時、『大丈夫だよ』と大きな手で抱きしめてくれる人も僕らのそばにはいなかった。国の金で養育され、衣食住まで賄われていることを自覚せよという周囲の大人たちに弱音を吐くことなど到底できず、僕らはお互いだけを支えに生きてきた。

奇しくもその環境が、僕らの魔術師としての才能をさらに高める結果になった。

昔から僕らは全ての感覚を共有することができたが、二人の絆が強まるほどその力は強くなり、ある時、僕は『魔術も共有できるんじゃないか?』という考えに思い至った。

ウィルにそのことを相談してみて、試してみようという話になった。ウィルは広範囲に放つ魔法が得意だが、僕は範囲を限定しない魔法は苦手だった。試しにウィルが詠唱した魔法を僕が放つというのをやってみたら簡単にできた。

魔法も知識も魔力も共有できるようになった僕らは、はっきり言って最強だった。僕らだけ倍の速度で教育課程を進められた。個々で先輩魔術師と手合わせしても、二人分の魔力と技を使える僕らは負けることはなかった。

だがそのせいで、他の魔術師たちよりも上の立場になってしまい、養成所内でも人々から距離を置かれるようになり、僕らはますます孤独を深めていった。

孤独な幼少期を過ごしたせいか、僕とウィルがどこか壊れた人間に育った自覚はある。

大切なのはお互いだけ。国家も王も魔術師団もどうでもよかった。仲間が死んでもどうとも思わないし、他に居場所もないから命令には従ってるが、もし明日この国が崩壊しても、僕とウィルが無事なら構わないと思うくらいには感情が壊れていた。

そして、そんな僕らの壊れた人格に拍車をかけたのは、確実にあの女だ。

――――今代聖女、ロザーリエ。

この国では『聖女』と呼ばれる女神教のシンボル的存在の女性がいた。

歴代の聖女は皆人格者だったらしいが、悪いことに今代の聖女様は、聖女とは名ばかりの非常に残酷でわがままな女だった。僕らは幼いながら魔術師見習いとして王宮にあがることが度々あったので、その時に聖女様に目をつけられてしまったのだ。

「私、あれを飼いたいわ」

僕らを見かけた聖女が放った一言が、これだったとのちに聞かされた。

魔術師団に交渉にきた聖女の取り巻きたちがそのセリフをそのまんま伝えてきて、だから双子を寄こせと言ってきたそうだ。

もちろんそんな馬鹿な要求は師団長が一蹴してくれたが、聖女側も引き下がることはなく、王様を通じて魔術師団のほうに『聖女の遊び相手になってあげなさい』と通達が来た。

師団長は、双子はまだ見習いなのでと断っても、勉学や訓練の空き時間の時だけでよいからと、結局ゴリ押しされてしまった。

幼かった僕らは、聖女がどんな人なのか知らないままアイツの前に連れていかれた。聖女の宮殿はゴテゴテとしてまとまりのない装飾があちこちに施《ほどこ》されていて、はっきり言って趣味が悪かった。

通された庭に、聖女はいた。

デカい玉座《ぎょくざ》みたいな椅子にアイツは座っていて、周りにはうっとりと聖女を見つめる大人たちが群がって口々に聖女を褒めたたえているので、子ども心にも気持ち悪い光景に映った。

聖女にはべる取り巻きたちが、様々なお菓子が載せられた盆を俺たちに見せてきて、こちらにおいでと猫なで声で呼びかけてきた。

僕らは何も警戒せずそちらへ歩き始めた時、ずぼっと地面が抜けて僕らは穴に落ちてしまった。

穴の底には蛇が山ほどいて、僕らは泣き叫んで助けを求めたが、穴の上からのぞく大人たちはそんな僕らを見てケラケラ笑っていた。

その大人たちの中心にいたのは、もちろんあの聖女だった。

おかしくて仕方がないといった風に腹を抱えて笑っていて、ヴェールからチラと覗く赤い唇がテラテラと光っていて、蛇の舌のようだと思ったのをやけにはっきりと覚えている。

付き添いで僕らと一緒に来てくれた魔術師が聖女に抗議して、ようやく僕らは蛇の穴から助けだされたが、恐怖と吐き気で僕はすぐに気絶してしまったので、その後の記憶はない。

なんとか意識を保っていたウィルから聞いた話によると、僕は痙攣《けいれん》をおこしていたので、毒蛇が混じっていて噛まれたのではないかと大騒ぎになり、師団長までもが駆けつける大問題に発展してしまったそうだ。

結局、僕は恐怖で気絶しただけと診断され、怪我もなかったのだからと聖女たちが仕出かしたことは、厳重注意だけで終わらされてしまった。

それから僕らは蛇が死ぬほど苦手になった。

蛇を見ただけで、息もできないほどに恐怖を覚えるようになり、あの時のことはトラウマになっている。二度と聖女のところには行きたくないと師団長に訴えたし、師団長も王様に直接掛け合ってくれたけど、聖女が望んでいるのだからと取り合ってもらえなかったそうだ。

むしろ、国の金で養育されている身なのだから、王の指示には従うべきだと僕らに直接王の側近が脅しに来て、僕らも拒否できなくなってしまった。

師団長は、だったらせめて僕らに危害を加えないように、と念押しをして、聖女の宮殿に行くときは必ず大人の魔術師が一緒に行きそばを離れないことを条件に、聖女の呼び出しに応じることになったが、それから僕らの地獄が始まった。

勉学が優先だと言って何度断っても、何かにつけて僕らはアイツに呼び出されて、ペットのように扱われた。いや、ペットならまだよかったのかもしれない。僕らは完全にアイツのおもちゃだった。付き添いの魔術師の目が届かないところに連れていかれ、好き放題にされた。

女装させられたり、虫を食わされたり、首輪と紐をつけられ一日中引きずり回されたり。笑いものにされて僕らは精神がおかしくなりそうだった、
そんな地獄のような日々が続いて、いつものように呼び出しがかかって聖女の宮殿に連れていかれた時、精神的に限界が来ていたウィルが『行きたくない！』と叫んでその場から逃げ出してしまった。

付き添ってくれた魔術師と聖女の側近が慌てて追ったが、ウィルは魔法で姿をくらましていたのですぐに見失ってしまった。

ああこれでまた聖女に僕らをいたぶる口実ができてしまったと暗澹《あんたん》たる気持ちになったが、ウィルがもう限界だったのは分かっていたので責めるつもりはなかった。

探し回る他の奴らからそっと離れて、僕はウィルの後を追った。

ウィルは宮殿の裏手にある森で、大きな木の下に蹲っていた。声をかけるまでもなく、僕が来たのを感じたウィルは涙でぐしゃぐしゃになった顔を上げる。

「ねえ、ファリル。僕もう無理。魔術師なんかなれなくていい。ここから逃げたい」

「逃げても師団は追手をかけてくるよ。従わない場合は狩られるって言われているでしょ」

魔術師が反逆者になることがないよう、師団から勝手に逃げ出した者には厳しい仕置きが待っている。僕らがいくら強くても、魔術師全員を敵に回したら勝てるはずもない。

「師団長にもう一度、聖女から受ける仕打ちについて相談してみよう。僕らが本当にもう限界だって訴えればなんとかしてくれるかもしれない」

僕らの魔術師としての価値は高いはずだ。聖女のわがままで潰して使えなくなっては国の損失だと思わせればいい。見習いでなく正式な団員としてどんな仕事も受けるようになれば、価値を示すことができると説得すると、ようやくウィルは泣き止んだ。

「とにかく戻ろう。具合が悪くて吐きそうだったとか言えば大丈夫だよ」

「……うん。ごめんねファリル」

立ち上がって戻ろうとした時、森の奥にあるガゼボに誰かがいる物音がして、僕らは慌てて気配を消した。目を凝らしてみると、聖女と男が隣り合って座っていた。

聖女はなにかを言いながら男の頬を撫でている。男女の睦言《むつごと》のようなその光景を見てしまって気まずくなると同時に、吐き気を覚える。

聖女が男といちゃついている光景なんて見たくもなかったので、ウィルを促してその場を離れようとしていたら、聖女がいつも被っているヴェールを捲って男の前で素顔を晒《さら》した。

キスでもするのかと思ったが、聖女は男の目をじっと見るだけで動かない。

何をしているんだ？　と目を離せずにいたら、どろりと聖女の瞳が濁り、それを見つめていた男が『あ、あ、あ、あ』と奇妙な声を上げ、よだれを垂らし始めたので、僕とウィルはその光景の異様さに震えが止まらなくなった。

やがて男は崩れ落ちるように地面に突っ伏すと、聖女の足に縋《すが》り付いてキスをし始めた。

「ひっ……」

恐怖で声を漏らすと、聖女がこちらを振り返った。

「っ、逃げるよ！」

ウィルが隠遁《いんとん》魔法をかけながら僕の腕を引いて走り出す。

「な、なんだったの、あれ！　なんの儀式？」

「分かんない！　でもなんか気持ち悪い……っ」

何を気持ち悪いと感じるのか分からないが、とにかく異様な雰囲気に怖気《おぞけ》が止まらなかった。ただひたすら走って、養成所の宿舎にまで戻るとようやく息をつけた。

「あ、あれ、もしかして、洗脳魔法なんじゃない？　あれが聖女のギフト？」

「でも、魔法は感知できなかったよ？　ギフトって……鑑定しないと分かんないけど、あんな気持ちの悪い気配のギフト聞いたことない……」

普通の人が見れば、ただの男女の睦言としか思わないだろうが、魔術師である僕らにはあれが魔術にしか見えなかった。だが術式も魔力も感じなかったから余計に不気味に思える。

「……とにかく、師団長のとこに行こう。僕らも心配されているし、聖女の嫌がらせの件と一緒に報告して、判断してもらえばいい」

聖女の宮殿からウィルが逃げたことは師団長の元にも報告が行っていて、僕らが顔を出すとまずは無事でよかったと心配してもらえた。師団長も僕らが受けている仕打ちは聞き及んでいて、どうにかしなければと動いていたところだったらしい。

直接話を聞かせてほしいと言うので、聖女から受けた仕打ちとともに、先ほど見た異様な光景を師団長に伝えてみた。

僕らが感じた不気味さと違和感を上手く伝えられたかどうか分からなかったが、師団長は話を聞いて、眉間《みけん》に深い皺《しわ》を刻んで何かを考えこんでいた。

「……二人が見た限り、魔法ではなかったのだね？　でも何か気持ち悪いものを感じた……」

「ロザーリエ聖女の目が澱《よど》んだように見えたんです。それを見たら怖気が止まらなくなって、なにか良くないものを感じた……としか言えないですが」

僕とウィルの両方から同じ話を何度も聞き返し、何かを考えこんでいた師団長は、副団長を執務室に呼び、人払いしてから部屋に遮蔽《しゃだん》魔法をかけた。

「双子はまだ見習いだったから知らせていなかったが、魔術師団は以前から聖女を調査をしていた。聖女と会ってから人が変わったようになってしまうという報告を受けて、私たちは聖女が禁じられた呪術を使っているのではないかと疑っていた」

呪いの類《たぐい》は禁術だ。もし呪術を使って人々を洗脳しているのなら、たとえ聖女であっても厳罰は免れない。

「だがどれだけ調べても、呪いが使われた痕跡《こんせき》がつかめなかったのだよ」

聖女に心酔している側近や取り巻きたちを鑑定してみても、呪いの気配は皆無《かいむ》で、違法薬物などの線も疑ってみたが、どれも空振りだったそうだ。

だから調査は完全に手詰まりだったが、それでも聖女がなんらかの方法で魔術師が感知できないようにしている可能性を考えて、秘密裏に調査を続けていたらしい。

「双子が遭遇した場面から推測すると、ロザーリエ様の目に秘密が隠されていて、私たち魔術師にそれを見抜かれては困るから、ヴェールで隠している……と考えられないか？」

魔術師のなかに、聖女の顔を見た者はいない。取り巻きに加わった魔術師もいないという事実も加わると、師団長による仮説が信憑性《しんぴょうせい》を増してくる。

「仮に、その考えが当たっていたとしても、今の我々にはそれを証明する術《すべ》がない。あれが呪いだと暴くには、その仕組みを解明しないとならない。呪いや邪法に関する文献をもう一度洗い直してみるか」

「呪いに関することなら教会のほうが詳しいんじゃないですか？　大昔には悪魔祓《ばら》いもやっていたと聞いたことがありますし、教会にある過去の記録とか見せてもらえれば……」

僕がそう提案してみたが、師団長はすぐさま首を横に振る。

「魔術師団は今の教会を信用していない。現在の大司教は聖女の後見人だ。もし聖女が禁術を使っていたとしても、大司教は聖女の擁護《ようご》に回るだろう。だから我々の動きを教会に知られるわけにいかないんだ」

そして師団長は、この件は僕らの胸にとどめておくこと、そしてしばらく謹慎するように命じてきた。一応今回ウィルが逃げ出したことの責任を取るという名目だが、聖女から僕らを遠ざける口実にすると言った。

師団長はそう言ってくれたが、王を使ってまでも僕らを呼び出していたあの聖女が、すんなり諦めるとは思えず、不安はぬぐえなかった。

謹慎が明けるとすぐに、正式な魔術師の称号を得た。これも師団長の采配で、また聖女から呼び出しがあった時には、任務のため不在だと言い訳するためだ。

だが予想に反して、その日以来、聖女からの呼び出しはぱったりとなくなった。

あちらの意図が読めなくて不気味だったが、ひとまず関わらなくなって、僕らの生活は平穏を取り戻した。

聖女からの接触もなく、かといって師団長の調査も進展がない状態が続いていたある時、王から聖女による教会巡礼の計画が発表された。

危険な旅になるため、国家最強の魔術師である師団長を王は指名していたのに、それに待ったをかけたのが聖女だった。恐らく師団長に己の術を見抜かれることを警戒して避けたのだろうが、身近で護衛されるのに中年の男では嫌だというろくでもない理由をつけて断ってきた。かなりもめたが、結局聖女に甘い王がそのわがままを許した。

そして案の定というか、同行者には魔術師の中で唯一お気に入りだった僕ら双子が指名された。かつての僕らは聖女に逆らえず怯えてばかりだったし、まだ魔術師として未熟であるから呪いについても誤魔化せるとなめられていたのだろう。

師団長は何度も双子では経験不足だから自分が行くと主張したが、聖女が嫌がる以上師団長の同行は認められないと王に一蹴されて、僕らの同行が決定してしまった。

「王の決定は覆《くつがえ》せない。やむを得ない、ウィルとファリルは聖女の動きに注視して、旅のあいだ呪術を使っている気配がないか探ってくれ。だが一番の目標は、お前たちが無事に帰ってくることだ。決して無理はするな。できるだけ聖女とは距離を取れ」

幸い、護衛メンバーには騎士団長のダレンも加わっている。それに、巡礼業の指揮官は、司祭のルカ様だ。この二人は僕らと同じ聖女の被害者で、それが縁で親しくなった。職務でも協力することが何度かあったが、仕事ぶりでも人間性でも信頼できると感じていた。

師団長も、この二人がいるなら大丈夫だろうと判断したため、僕とウィルは正式に護衛メンバーに加わることとなった。

出発前に一波乱あって、聖女が職務を放棄して逃げ出したというハプニングがあったのだが、ルカ様はそれも把握《はあく》済みで、取り巻きと切り離して聖女だけを連れてくるという快挙を成し遂げた。取り巻きがいない状態の聖女は、借りてきた猫のようで、よほど急いで連れてこられたのか、いつものゴテゴテとした衣装でなく、質素な服を着せられ紅も引いていないみじめな姿をしていた。

それを見て、僕らも少し溜飲《りゅういん》を下げた。

味方のいない状態で、敵に囲まれながら過酷な旅をしなければならないという事実は、わがまま放題で甘やかされてきた聖女には死ぬほど屈辱で辛いことだろう。

旅のあいだ、自分がしてきたことの報いを受けて少しは思い知ればいいと思っていたのだが……。

「聖女様！　さあどうぞ俺を踏み台にしてください！」

まさかの事態で、ダレンがおかしくなった。

コイツとルカ様だけは大丈夫だと思ったのに、とうとうダレンも聖女に取り込まれてしまったと分かった時の僕らの絶望は、とても言葉では言い表せない。

「……ダレンからはやっぱりなんの術も感じられない」

「状態の鑑定をしたけど、健康そのもの。やっぱり僕らじゃ感知できない呪法とかがあるんだよ」

ウィルと二人、ダレンの変化について出来得る限りの鑑定をしてみた。だが何をどうしても、おかしくなった理由が見つからない。

呪法についての知識はないが、それでもなんらかの術式があるはずなのだ。なんの鑑定にもひっかからないとなると、聖女が用いている呪いは、別の原理が働いているものなのかもしれない。

「でもさ、ダレンに呪いをかけられるんだったら、なんでもっと前にやらなかったんだろ？　散々呼び出している時にやればよかったのに」

ふとウィルが思いついたようにそんな疑問を口にした。

「……確かに。ていうか、だったらルカ様がまだ取り込まれていないのもおかしいよね？　アイツ僕らよりもずっと前からルカ様に執着していて、しつこく付きまとっていたのに」

聖女のルカ様に対する執着は異常なほどで、あらゆる手を使って自分のものにしようと画策していた。その必死さに、僕らでさえもルカ様に同情したくらいだ。

結局、ルカ様が『自分を従わせたいなら殺せばいい』と宣言して、処刑か解放かの二択をつきつけ、聖女が諦めたという過去がある。

だからもし聖女が、相手を思い通りにできる呪いのような術を持っていたら、なんとしてもルカ様にかけるはずなのだ。それがなされていないということは、ルカ様には呪いがかけられないのか、なにか一定の条件を満たさないといけないのか……。

ウィルと二人であらゆる可能性を考えるが、情報が少なすぎて仮説を立てることも難しい。

「危険かもしれないけど、アイツに近づいて調べてみる？」

「うん、色々ちょっかい出してみて、アイツのこと揺さぶってみよう」

今のダレンでは聖女から僕らを守ってくれるとは思えない。危険でもこちらから攻めて、聖女の隠している力を見極めなければ、この先、僕らも取り込まれるかもしれない。

――アイツの奴隷になるなんて、絶対にごめんだ。

そして僕らは、怯える気持ちを押し殺して聖女に絡んでいくようになった。

復讐の気持ちもあったが、聖女の怒りを煽ってボロを出させようとして色々嫌味を言ってみたが、取り巻きがいないと反論もできないのか、聖女からは思ったような反応が返ってこなかった。

だから嫌味くらいでは効果が無いと判断して、今度はちょっと乱暴な策にでてみることにした。

落とし穴に嵌めてやろう、と言い出したのはウィルのほうだ。

落とし穴が僕の酷いトラウマになっているのをウィルは知っていて、同じ目に遭わせてやれば、少しは僕の気が晴れるんじゃないかと気を遣ってくれているのが感じられた。

蛇が大量に入っていたのは最初の一回だけだったが、その後も『ちょっとしたいたずら』と称して聖女と取り巻きたちは僕らを何度も落とし穴に嵌めてくれた。

毎度毎度、虫だの生ゴミだのが入れ込まれた穴に落ちた僕らを、アイツらは爆笑しながら見ていた。あの屈辱は、された者にしか分からない。

同じ目に遭わせて、思いっきり蔑《さげす》んで笑ってやれば、あの女はきっと激怒するだろう。怒りで理性の箍《たが》が外れたら、我を忘れて謎の力を使うかもしれない。

だから聖女を騙して落とし穴に嵌めてやったのだが……。

ちょっと加減が分からず穴を深く掘りすぎてしまったらしい。あんな高さから落ちたら怪我をするかもとか全然考えていなかった。

まずいまずいまずい。骨折なんて大怪我では、巡礼の旅も続けられない。僕らのせいで巡礼が失敗に終わったとなったら、首が飛ぶのは僕らだけじゃなくて師団長も責任を取らされる。

どうしようどうしようと、穴から引っ張り上げた聖女を前にして、僕らはパニックになっていた。

焦りと混乱で、お前が悪いと聖女のほうを責めてしまう。

だが聖女は、冷静に怒りながら、落とし穴の危険性といたずらの定義を滔々と説教し始めた。

……は？

……いや、怒るとこ、ソコ？

アイツは、自分を落とし穴に嵌めたことや、骨折させられたことには一言も触れない。

意味が分からない。演技しているんじゃないかと疑ったが、本気で言っているように聞こえる。

そして、もっと予想外のことが起きた。

確かにそんな怪我くらい聖女なら自分で治せと口走ったが、そんなことできるわけがないと思っていた。

治癒魔法は複雑な術式で、それも視認できる状態の傷などを塞ぐ程度の方法しか存在しない。止血する魔法、肉を塞ぐ魔法、皮膚を再生する魔法など、複数の魔法を重ねつなげて、傷を治すというやり方だ。それもかなり細やかな魔力調整が必要で、誰にでもできるものではない。

骨折ならば、折れた個所を露出させて直接骨をつなぐ魔法をかけるという方法なら、僕らにも可能だが……こんな風に体内に直接働きかけて折れた個所を治す魔法など見たことがない。

それに、コイツは今なんの術式も使っていなかった。ということは、これは……。

「女神のギフト……」

「これが、聖女の力？」

嘘だろ？　とウィルと二人、唖然としてアイツの力を見ていた。

聖女の名にふさわしいギフトを持っていたなんて信じられない。

これが隠されていた聖女の力？

でもこんな聖なる力だったら、なぜ隠す必要があった？

疑問だらけだったが、ともかく僕らのしたことがバレる前に戻らなくてはならないと気付き、さっさと来た道を戻ろうとしたが、聖女は骨折を治した部分が痛むらしく、ゆっくりとしか進めない。仕方なく速度を合わせてゆっくり歩いていたら全然進まないので、僕らはだんだん焦り始めていた。

「ヤバイ、そろそろ戻らないとルカ様に気付かれそう」

「ねえ、だったら近道して急ごうよ」

来た道ではなく、藪を突っ切って戻れば早いとウィルが言い出したが、今の聖女の足じゃそこは進めないと思って引き留めようとした。だがウィルも焦っていたせいで僕の返事を待たず藪に足を突っ込んでいった。

「ぎゃあっ！　痛っ！　い、痛いっ！」

その瞬間、ウィルが叫んだ。慌てて藪から引き抜いた足に蛇が噛みついていて、その光景を見た僕も絶叫して腰を抜かしてしまった。一目見て毒蛇だと分かったが、過去のトラウマが蘇《よみがえ》ってきて体が硬直してウィルが危機だというのに僕は動くことができなかった。

どうしようどうしよう！　ウィルが死んじゃう！　助けて！　痛い痛い痛い怖いファリル助けて死んじゃう助けて！

ウィルの叫びが耳と頭に流れ込んできて、恐怖の感情が増幅してパニックに拍車をかける。混乱していてお互いの接続を遮断することもできず、気絶してしまいそうだった。

――その時、アイツが動いてくれた。

蛇を叩き殺して、ウィルの傷を見て毒蛇だと判断し、毒が回らないよう素早く足を縛った。

血清はないかと訊かれたが、部隊の荷物に積んであるかなんて、ルカ様に確認しないと分からない。どんどん変色するウィルの足を見れば、危険な毒であるのは間違いない。

するとアイツは『私の力で解毒できるか自信がないけど、とにかくやってみるね』とひかえめに宣言して、ウィルの足に癒しをかけ始めた。

解毒魔法ならば、本来毒の組成が分かったものに対し術式を構築して、毒成分をひとつひとつ分解していくという手法しか僕らは知らない。

聖女のギフトがどんなものか分からないが、本当に解毒なんてできるのかとか、もし効かなかったらウィルはどうなるんだと、癒しをかけ始めたアイツに理不尽な怒りの言葉をぶつけたが、アイツの耳には届いていなかった。

必死の形相《ぎょうそう》で力を振り絞っているアイツの姿を見たら、何も言えなくなってしまった。

癒しの力を流し続けているうちに、聖女の体がうっすらと光り出した。

見たこともない光景に、僕とウィルは唖然として聖女の顔を見るが、本人は全く気付くことはなく、玉のような汗をかいて解毒に集中している。

「これ、魔法とは違う感じがする……」

ウィルが脳内で話しかけてくる。

僕らは双子だから魔力の譲渡も違和感なくできるが、他人の魔力はよっぽど相性が良くない限り、大量に流し込まれたら拒絶反応を起こして気分が悪くなったりするのが普通だ。

「気持ちいい」

思わず漏れたウィルの本音が僕の脳内に聞こえてくる。

毒で変色したウィルの足がだんだん綺麗に治っていき、ウィルの顔がほっと緩んだのを見て、完全に毒が消え去ったのが分かった。

僕はただ驚くしかなかった。

こんなことができるなんて……。信じられないが、こんなの間違いなく奇跡の力だ。

起きた出来事に理解が追い付かなくて茫然としていると、聖女が突然崩れ落ちるようにして倒れてしまった。何が起きたのかとビックリしたが、すぐに力の使い過ぎで倒れたのだと分かった。聖女の持つ力の原理は分からないが、魔法と同じで無尽蔵《むじんぞう》に使えるものではないはずだ。魔術師も魔力が尽きれば動けなくなる。

無理をしすぎると生命活動にも影響するから、決して限界は超えるなというのが魔術師の鉄則なのに、僕らはそんな基本的なことも忘れていた。

考えてみれば、自分の骨折を治したあとにウィルの治療もしたのだ。限界を超えると分かっていて、それでもウィルを救うため力を使ってくれた。

もうこれまでの恨みがどうとか言っている場合ではない。急いで彼女をルカ様たちの元へ運ぶ。

案の定、ダレンが『お前ら聖女様に何をしたんだ！』と怒鳴ってきたが、それを聞いた彼女が僕らのしたことを内緒にして庇ってくれた。

命を救われた挙句、僕らが怪我をさせたことまで自分のせいにして庇うなんて……。

僕らは聖女のことが分からなくなってしまった。

僕らをペットとして弄び笑っていたあの悪魔と、目の前の彼女が同じ人物だとは思えない。

結局お礼も謝罪も言えないまま、彼女はルカ様が介抱するからと言って宿に運び込まれていった。

最後に見た彼女は、高熱を出して意識が朦朧《もうろう》としていた。ぐったりする姿を見て、さすがに僕らは罪悪感を覚えた。

「おい、ウィル、ファリル」

彼女が運ばれていくのを後ろから眺めていた僕らに、ダレンが厳しい声で呼びかけてきた。

「お前ら、何があったかちゃんと話せ」

彼女が僕らを庇っているとダレンには分かっていたらしく、迷いなくそう訊ねてきた。

以前のダレンだったら、聖女が誰かを庇うなんてあり得ないと言うだろうに、今は完全にあの人を信頼しきっている。

嘘をつくつもりもなかったので、森で起きたことを包み隠さず全て話した。

ダレンは何も言わずただじっと聞いていたが、ウィルが毒蛇に噛まれ、彼女が癒しの力で解毒してくれたと言ったら目を見開いて驚いていた。すぐにウィルの足を確認し、そこに噛み痕すらないのを見てさらに驚いていた。

「その毒蛇は兵士でも痛みでのたうち回るほど毒性が強いんだ。血清を投与しなければ大人でも死ぬ可能性が高い。そんな毒をきれいさっぱり消してしまえるなんて……本当に奇跡の力だ」

ダレンはあの蛇に噛まれた時の対処法として、騎士団ではすぐに噛み痕周辺の肉をえぐり取って、毒が体に廻らないようにすると言った。血清があっても、すぐに打たないと助からないことも多いらしい。そんな恐ろしいことになっていたのかもと思うと恐ろしくてまた震えが止まらなくなった。

「お前らも今回のことで、俺が言っている意味が分かっただろ？　あの方は本物の聖女様だ。少なくとも、俺にとっては」

「……どういう意味？」

「変な謎かけするのはやめてよ。ちゃんと説明して」

「お前らがちゃんと自分で気付いてくれたら、全部説明してやるよ。あと、推測の域を出ない話もある。ソレに関しては、お前らが俺を信用してくれないと話すことができないからな」

自分の目で見極めろと言ってダレンは僕らの頭を撫でた。

ひとまず、迷惑をかけたことを詫びると、ダレンは笑って『謝る相手が違うだろ？』と言って僕らの背中を押した。

「怪我させたこと、ちゃんと謝ろう……」

「うん……それに助けてくれたお礼も言いたい」

まずはそれからだ。ダレンの言葉はまだ理解できていないが、僕らが知らない真実があるということは分かった。その片鱗《へんりん》はもう見えている。

僕らは謝罪とお礼をすべく、彼女の部屋の前まで来ていた。

寝ているかもしれないなと思いながらドアの前に立つと、中からルカ様の声が聞こえた。なにか会話をしていたので、聴感魔法を使って少し様子を窺うことにした。

話はやはり僕らのことだった。ルカ様も僕らのしたことに気付いていて、なぜ僕らを庇うのかと彼女に問いかけていた。

それは僕らも大いに疑問だったことだ。嘘をついてまで庇う理由が分からない。彼女がなんと答えるのか気になって魔法に意識を集中させていると、思ってもみない言葉が飛び出してきた。

『あの子たちは、まだ子どもじゃないですか』

更に、あなたもまだ子どもだと言うルカ様に対して、でも自分のほうがお姉ちゃんだからと言ってのけた。

僕らを庇った理由は、ただ自分のほうが年上だから。

彼女の中では年下は守って当然のことのようだった。明らかに僕らが悪かったのに、そんな理由だけでこんな苦しい思いをしても庇ってくれるなんて、逆にどうかしている。

『あの方は本物の聖女だ』

ダレンの言葉が脳裏に蘇る。

『少なくとも、俺にとっては』

その言葉の意味をもう一度考えていると、ルカ様が部屋から出ていく気配がしたので僕らは慌てて隠れた。ルカ様に見つからないようしばらく時間をおいてから、僕らは彼女の部屋にそっと忍び込む。起きていればまず謝罪とお礼を言おうと思っていたが、彼女はぐったりした様子で寝入っていた。

いつも被っていたヴェールはもちろん外されていた。

――宮殿で会っていた頃のロザーリエ聖女は薄布で完全に表情を隠していた。

ルカ様が聖女を捕獲して連れてきた時には、修道女のヴェールを目深《まぶか》に被り、額帯で目元を隠していたので、その姿を見た僕らは、コイツ化粧する暇もなく連れてこられたんだな、くらいにしか思わなかった。

ヴェールの下の素顔。

一度だけ見た、あの異様な光景とともに蘇る。

毒々しい紅を刷いた唇を、嫌な形にゆがめ笑っていた聖女の顔。気持ち悪い瞳の印象だけが強烈に残っていたが、あの時みた顔と、目の前で眠る彼女の顔は絶対に違っていた。

――ロザーリエ聖女じゃない。別人だ。

どうしてもっと早く気付かなかったんだ。答えは最初から目の前にあったのに。

なんて鈍いんだと僕らはお互い顔を見合わせて苦笑してしまった。そもそもあのわがまま聖女が大人しく捕まってルカ様に従うわけがない。

アイツが身一つで大人しく連れてこられた時点で気付くべきだった。まったく、憎しみで思考が煙っていたとしか思えない。

「ルカ様はなんで言ってくれなかったのかな?」

当然の疑問と不満が、ウィルの口から出てくる。

「……師団が教会を信用できないように、ルカ様も僕らを信用できないと思っているのかな」

ルカ様の考えていることは分からない。

だがダレンが呪われたわけでも洗脳されたわけでもないと分かって、少し安心した。

聖女とは別人の女の子。そして奇跡の力を持つ、女神の愛し子のような人。僕らはこの優しい人になんてことをしてしまったのかと罪悪感でいっぱいになった。

彼女は人の気配がしても起きる様子もなく、熱が高いみたいで少しうなされていて、細い肩が苦しそうに上下している。

頼りなさげなその姿は、僕らよりも小さな子どもに見えた。

うなされていたし、だいぶ汗をかいていたので、水でも飲んだほうがいいんじゃと揺り起こそうとしたら、彼女は僕とウィルの腕を掴んで、自分のベッドに引っ張り込んだ。

「「えっ?」」

ぎゅっと両腕で抱きしめられ、よしよしと頭を撫でてくれる。

「お姉ちゃんがだっこしててあげるから……」

不明瞭な声だったが、確かに彼女はそう言った。一瞬、僕らに対して言っているのかと思ったが、寝ぼけている彼女をみてすぐに勘違いだと分かった。

きっと彼女には弟がいるんだ。それも、とても大切にしている弟が。

僕らを庇ったのも、普段から姉として家族を守っているから自然と出た言葉なのだろう。腕は放してくれそうにないので、僕らも抵抗せず彼女の胸に顔をうずめると、無意識なのかまたよしよしと頭を撫でてくれる。

「お姉ちゃん……って言ってたね」

「僕らを弟と勘違いしたんだね」

「「いいなあ」」

僕らは同時に羨望《せんぼう》のため息をついた。

きっと彼女の弟は、こんな風に当たり前のように抱きしめて一緒に寝てもらえていたんだろう。寂しい時、頭を撫でて慰めてもらっていたんだろう。

自分が怪我と熱で苦しんでいるというのに、人に『大丈夫だよ』と優しく声をかけられるこの人は、自分のことよりも弟を優先して生きてきたんだ。

絶対に味方になって助けてくれる存在がいるというのは、どんな感覚なんだろう？　きっとすごく心強いんだろうな。そう思うだけでなんだってできるような気がしてくるに違いない。

羨ましい……と、嫉妬と羨望が入り混じった感情が、僕らの胸をチリチリと焦がした。手を伸ばせば当たり前に抱きしめてくれる存在なんて、僕らには縁のないものだった。

「……ねえ、ファリル。弟が羨ましい。僕らもお姉ちゃんが欲しい」

ウィルの泣きそうな声が聞こえてくる。

この人が欲しい。僕らのものになってほしい。この人なら、壊れた僕らの心を救ってくれる。縋り付いて一緒に沈みかけても、振り払わないで手を伸ばしてくれる気がする。

だから僕は、魂の片割れであるウィルにこう提案してみた。

「うん、じゃあ彼女に僕らのお姉ちゃんになってもらおうよ」

「え、僕らのお姉ちゃん？　なってくれるかな？」

「うん、って言ってもらえばいーんだよ。簡単でしょ？」

「……そっかあ。そうだよね」

「『彼女が自分で『お姉ちゃん』って言い出したんだから、いいよね』」

僕らははやる気持ちを抑えつつ、彼女の頬にちゅっとキスをした。

くすぐったいのか、もにょもにょと身じろぎする彼女の耳元で魔力を込めてそっと囁く。

「『ねえ、僕らのお姉ちゃんになってくれる？』」

契約の言葉。約束。誓約。盟約。魔術師が口約束の時に使う誓いの魔術。それを彼女にかける。

お互いの合意がなければ結ばれない契約だ。

「『お姉ちゃん、返事して？　約束のキスをして？』」

「う～ん……うん、大丈夫だよ……お姉ちゃんがついてるから……」

寝ぼけ声で答えながら、彼女は僕らのおでこにそれぞれキスをしてくれた。

嬉しさがこみ上げて、二人して顔を見合わせてにまにまと笑う。

「僕らのそばにいてくれるんだよね？　お姉ちゃん」

「もう撤回できないからね、お姉ちゃん」

そう言ってお姉ちゃんの胸に顔をうずめていると、すうすうと穏やかな寝息が聞こえてきた。

「……約束したから、もう逃がしてあげないよ」

もう一度耳元に口を寄せて囁くと、彼女はくすぐったそうに身を震わせていた。


「ダレンが言っていた意味が分かったよ。彼女がロザーリエ聖女と別人だって分かって安心した」

「彼女が何者か、ダレンは知っているの？」

朝起きて、僕らの不在に気付いたルカ様とダレンが、お姉ちゃんの部屋に駆けつけてきた。

僕らが一緒に寝ていることに驚いて不思議がっていたが、すぐ問答無用で寝室からたたき出されてしまった。

僕らは、ダレンをとっ捕まえて部屋に連れ込んで昨日の疑問をぶつけた。

「何者かなんて、訊くまでもないだろう。女神の寵愛を受けたギフトを持つ彼女こそが、聖女を名乗るにふさわしい。俺は自分の目で見たものを信じる。彼女は俺が選んだ聖女だ。だが……教会はそれを認めないだろうな」

教会のいう聖女の認定は、『聖女のしるし』を持つ者とされている。それに例外は存在しない。

「なるほど。分かった気がする。いくら奇跡のギフトを持っていても、教会はお姉ちゃんを聖女とは認めない。だったら、お姉ちゃんの力は教会にとって脅威になりかねないね」

「だから俺は、彼女を守るために女神に導かれたのだと思う」

今の教会のトップはロザーリエの後見人が就いているから、ロザーリエの地位をおびやかしそうなギフト持ちの存在を教会が認めるはずがない。むしろ、人心を惑わす詐欺師だと濡れ衣を着せられて処刑されるかもしれないなどとダレンが言い出すのでぞっとしたが、あり得ない話ではない。

「……ルカ様はどこまで知っているのかな？　ていうか、ルカ様って味方？」

「俺個人としては、ルカは信用できる人間だと思うが、教会の教えが染みついているアイツは、『しるし』を持たない者を聖女とは認めないだろうし……どうもアイツも事情を知っていたとは思えないんだよな」

彼女が替え玉だってくらいの認識しかなかったのではないか？　というのがダレンの考えだった。だから彼女の力を知って、これからどう動くのか見極めたいと言う。

「ルカ様は分からないけど……教会が信用できないというのは、ウチの師団長も同意見だよ」

そこまで言って、ウィルが僕に目配せをする。

「魔術師団は、ロザーリエ聖女に対してとある疑いを持って調査をしている。これまで師団の極秘事項だったけど、ダレンには話してもいいかも」

ダレンが味方に付くなら、情報を共有しておいたほうがいいと判断した。

僕らが一度だけ見た光景。

聖女が呪法を用いて人々の思考を操っているのではないかと、師団長は疑っていること。

だが鑑定を行っても呪いの気配は見つかっていないということまで説明すると、ダレンは何度も大きく頷いていた。

「そもそも、あの気持ち悪い力が女神のギフトだとは思えないんだよね。お姉ちゃんの癒しの力を体感したから、余計にそう感じる」

「だから僕ら魔術師も知らない禁術を使っているのかと考えたんだけど、まだ決定的な証拠はみつかっていない」

呪いか……と呟くダレンは、実はと言って過去に自分もロザーリエの顔をみたことがあると教えてくれた。

「ヴェールを捲って顔を晒してきてな。その時は、ご自慢の顔で俺を籠絡《ろうらく》しようとしているのかと思ったんだが、そういえばロザーリエ様の瞳がどろっと濁ったように見えて……でも気持ち悪いとしか思わなかったな。そういえば確かに、俺が表情を変えなかったら期待外れみたいな反応をしていた。あれは呪いが失敗してがっかりしていたのか？」

その後ぱったりと聖女から呼び出されなくなったことを考えると、ダレンには呪いがかからないと分かったから諦めた、とも考えられる。

「なんでダレンは無事だったんだろ？　まあまだ呪いって話も確定じゃないけどさ」

「でもアイツ、魔術師には顔を見せないじゃん。効かないタイプもあるんじゃない？　もしかして、ダレンも魔力持ちだったりする？」

「ん？　まあ、魔法の才能はまるでないと言われたが、ギフトはあるぞ。鑑定で筋肉のギフト持ちだと言われた」

「「は？　筋肉？」」

「ああ、ものすごく珍しいって教会で笑われた。だから普段ギフト持ちだとは見られないし、知っている者はほとんどいないが」

そんなことを真面目な顔をして言うから、耐えられなくなった僕らの腹筋は崩壊した。

「「なにそれ！　だっさ！」」

だって筋肉のギフトだよ⁉　なんだよそのアホみたいな祝福！　ダレンは何故笑われているのか分からないと首をひねっているのでそれがまた面白くて笑ってしまう。

ひとしきり笑うと、ひとまず見えてきた事実があると告げた。

「聖女の力は、ギフト持ちには作用しないいんじゃないかな？　それだとつじつまが合う」

「正解な気がする。ルカ様を取り込めなかったのも、きっとそれが理由だよ」

「あ？　ルカはギフト持ちなのか？　知らなかった、聖職者なのに珍しいな」

ルカ様は魔術師になれるくらいの魔力持ちだが、幼い頃から顔が良すぎて、本人が望まなくとも老若男女問わず周囲の人間を魅了《みりょう》してしまうから、危険だと判断されて教会に放り込まれたらしいと聞いたことがある。

「じゃあその線で決定だね。ひとつ情報が増えた。師団長に報告しよー」

「やったね、これで分かることがあるかも」

うきうきする僕らに、ダレンはちょっと声を潜めて、俺からも話したいことがあると続けた。

「実は騎士団もロザーリエ様のことに関して調べていたことがあるんだ。その件から俺が考えた可能性の話で……まだ何も確証はないんだが、お前らの意見をききたい」

ダレンの話が始まる前に、宿の出発時間になってしまったので、僕らはまた夜にでも改めて話そうとその場では話をきくことができなかった。

まあいい、急がなくても巡礼のあいだ相談して考える時間はたくさんある。

「あのクソ女も逃亡中だし、ひょっとするともう帰ってこないかもしれないかもね」

ウィルがはしゃぎながらそんなことを言うが、それはちょっと希望的観測すぎる。

けれど、お姉ちゃんと出会って、これまで停滞していた調査にも希望が出てきて、全てが良い方向に進んでいると僕も感じていた。

ダレンが絶対的な味方について、僕らはちょっと浮かれすぎていたんだと思う。

久しぶりに感じる高揚感で、僕らはこの旅に潜む悪意に、まだ気が付いていなかった。

第四章『聖女の肩書きによるプラシーボ効果が万能すぎる』

うーん、どうしてこうなった?

狭い馬車のなかで、私の両サイドにはファリル君とウィル君がべったりぎっちりくっついている。

そして向かいには貼り付いたような笑顔の司祭様が座ってらっしゃる。

「ファリル、ウィル。あなたたちは何故ここにいるのですか？　護衛なら馬車の周囲を警護に当たるべきでは？」

「護衛だからお姉ちゃんのそばにいるんですぅー。ルカ様こそ女性と密室に二人きりなんてどうかしてるよ？」

「これからお姉ちゃんのお世話は僕らがするから、ルカ様こそ外で護衛に当たればいーじゃん」

私そっちのけで司祭様と双子たちがやいやい言い合っている。

ちなみに双子は私が寝ているところにも潜り込んでくるようになって、朝起きると双子の頭が両脇にコンニチハしているという状態が、三回に一回はある。

司祭様が私の寝室やテントに守護魔法をかけてくれて、騎士団長さんが物理的に入り口を固めて双子の侵入を阻んでいるのにも拘《かかわ》らず、王国屈指の魔術師である二人はあらゆる術を用いてくるので、あの二人をもってしても、三回に一回は突破されているそうだ。

でもまあ、私はどれだけうるさくてもぐっすり眠れるタイプなので、もう双子が入ってきても気にならないからどうでもいいか、と開き直って、最近は寝室の入り口でドッタンバッタンしているのも無視して寝てしまっている。

その日もまた、例のごとく双子は馬車に同乗していて、司祭様は苦い顔をしていた。

「ウィル、ファリル。私は聖女様と次の巡礼地について打ち合わせをしなくてはならないのです。

二人で話さなければならない事柄もあるので、一旦馬車から出て行ってください」

「なんで僕らが聞いちゃいけないの？　旅の仲間に言えない内緒話があるの？」

「ルカ様ってことあるごとにお姉ちゃんと二人きりになりたがるよね？　密室でいつも何をしているのかなあ？」

「「やらしーやらしーいやらしいー♪」」

「……変な歌を歌うのはやめなさい」

最近は特に敵意むき出しの双子たちに司祭様も手を焼いているようだ。

ちょうど反抗期の年頃だしねー。男子の成長の過程だからしょうがないよねー。

とはいえ、あんまり感情が顔に出ない司祭様もだんだんイライラを隠さなくなってきたし、馬車の中はいつもこんな感じで居心地悪いことこの上ない。いい加減嫌になってきたので、休憩で外に出た時、騎士団長さんに『馬に乗りたい』と再びアタックしてみた。

「もちろんいいですよ！　では俺に乗りますか？　それとも馬に乗りますか？」

「だから馬だって言ってるじゃないですか。勝手に選択肢を増やさないでください。そして踏み台にもならないでください。フツーに乗せてください」

「はい……すみません……普通に……普通にですね」

先に釘を刺すと、騎士団長さんはしぶしぶ、本当にしぶしぶといった感じで、私の脇と膝裏に腕を入れて抱き上げてくれた。

まさかのお姫様抱っこだったが、人間踏み台よりはよっぽど普通だ。

軽々と持ち上げているので、さすが筋肉のなせる業《わざ》だなあと感心していると、後ろから絶妙にハモった叫び声が聞こえてきた。

「「あ――――っ！」」

双子は怒りながら騎士団長さんにしがみついて、ぽかぽかと筋肉を殴っている。

「ダレンってばお姉ちゃんに何すんだよ！　やらしい！　変態！」

「僕らだって抱っこしたことないのに！　お姉ちゃんの初めてを奪うなんて！」

「お、おい待て。俺は不埒《ふらち》な真似などしていない！　ただ馬にお乗せするだけだ。双子じゃあ体が小さいから聖女様を抱き上げられないだろ？」

「はー？　僕ら魔術師ですけどー？　術使えば楽勝だし！」

「筋肉でものを考えるダレンと一緒にしないでね！」

「「浮上せよっ！」」

双子が同時に杖を振ったとたん、私の体がポーンと上空に投げ飛ばされた。

「ぎゃ――――！」

「「あ、しまった」」

雲に手が届く勢いで放り上げられ、見たことのない景色に一瞬現実を忘れそうになるが、上がり切って落下し始めたところで、これ墜落死するヤツだわと気が付いて絶叫した。

「おっ、落ちてるー！　死ぬ死ぬ死ぬ！　ぎゃ――――！」

「聖女様！」

落下してきた私を、騎士団長さんが空中でジャンピングキャッチしてくれたので、落ちるまいと必死に騎士団長さんの首にしがみつく。

「し、死ぬかと思った……」

「大丈夫ですか聖女様！　おい、二人とも！　なんてことするんだ！　危ないだろう！」

「ちょっと出力間違えただけで、ちゃんと受け止めるつもりだったよ！」

「それをダレンが邪魔して横取りしたんじゃん！　筋肉ダルマのくせに空を飛ぶなよ！」

ぎゃーぎゃーと言い合いになっていたが、一瞬死を覚悟した私はそれどころではない。もう落ちるまいと騎士団長さんの首にぎゅうぎゅうとしがみ付いていると、そこに騒ぎを聞きつけた司祭様までもが駆けつけてきた。

「お戻りにならないと思ったら……これはどういう状況ですか？　聖女様はいつの間にダレンとそれほど近しい関係になったのですか？」

「近しい……？　あっ……」

ふと気が付くと、騎士団長さんの顔が目前にある。首にしがみついていた私は、騎士団長さんとほっぺが触れ合っている。なんてこった、友達でもギリアウトな距離感ではないか。

「あわわわわ。す、すみません」

「いっ、いえいえ！　聖女様に絞め落とされるなら本望ですので！　もっとお願いします！」

それは無理などと言っていると、蚊帳《かや》の外にされていた双子がぷくっと膨れっ面になって、無言で騎士団長さんの尻に魔術師の杖を突き刺し始めた。

「って、痛っ！　いてててて！　コラやめろ危ないだろ！　聖女様が落ちるっ！」

「ダレンだけ、いいとこ取りでズルい！」

尖った先端を容赦なくザクザクと刺すので、騎士団長さんが痛みで飛び跳ねている。ていうか大事な商売道具をそんな使い方していいのだろうか。騎士団長さんは相当痛かったらしくて、腕の中の私を取り落としそうになる。

すると、ひょいっと横から司祭様が私を騎士団長さんの腕から抱き上げた。

「ひょええ！　なにすんですかあ！」

「聖女様は馬に乗ってみたかったのですか？　でしたら私に仰ってくだされぱお手を貸しましたのに。ダレンは力はありますが、やることが雑で危なっかしいのでお勧めしません。それとも……こういう粗野な男のほうが聖女様はお好きなんですか？」

小首をかしげていい笑顔で問いかけてくる司祭様。顔が近いなあ。

「いや、でも、司祭様は細いですし、そんな無理しないでください。明日筋肉痛になっちゃいますよ」

こんなたおやかな男性に力仕事をさせては申し訳ないので、気を遣ったつもりで断ったのだが、司祭様は明らかにムスッとした顔になった。

「プププ、ルカ様振られてやんの」

「うける。絶対自信あったのにね」

双子がクスクス笑っている声が聞こえると、司祭様は更にムッとして、私を抱きかかえたままスタスタと馬車に戻って行ってしまった。そして問答無用で座席に放り込むと、御者さんに出発の合図をしてさっさと出発してしまった。

外で双子が『入れろー！』と騒いでいたけど、司祭様はしっかり内鍵をかける始末。

え？　なんか司祭様メチャクチャ怒ってない？

「あ、あの……司祭様？　なんか、私、まずいこと言いましたか？」

恐る恐る訊ねると、司祭様はムスッとしたままそっぽを向いている。これは……怒っているというより、拗ねているのかな？

「……顔を見て、女性のようだと言われることが多いですが、私はれっきとした男性ですし、あなた一人を持ち上げたくらいで筋肉痛になんてなりませんから」

ボソッと司祭様が呟いた声が聞こえて、何の話かと一瞬疑問符が浮かんだが、さっきの私の発言に対する反論だと気付く。

え？　もしかして、細いって言われたことを怒ってる？

「あわわわ、すみません。別に馬鹿にしたわけじゃないんです。司祭様はホラ、頭脳派っていうか、力仕事は騎士団長さんが向いているだろうから、適材適所みたいな意味で……」

と、フォローのつもりで色々言い訳してみたが、司祭様の顔がみるみる険しくなっていったので、多分フォロー失敗してる。

「……私でもちゃんとあなたを守れるくらいには強いつもりです」

司祭様はそう言ったっきり黙ってしまった。

重ねて謝るのも逆に失礼な気がするので、私ももう余計なことを言わずにお口チャックする。

あーホント余計なことを言ってしまった。思ったことをすぐ口にしてしまうのが私の悪いところだ。今後気を付けよう。


それからしばらく大人しく馬車に揺られていたら、突然馬車がガクンと揺れて急停車した。

「わ、びっくりした。なにかあったんですかね?」

「……私が見てきましょう。セイランは出ないでください」

司祭様はそう言って懐《ふところ》からしれっと鍵を取り出して扉を開けて出て行った。ていうか自分は鍵持ってたんかい。なんかずるいな。

ひとまず私は安全が確認できるまで中に居ろと言われ、閉じ込めないことを条件におとなしく馬車に留まった。馬車の小窓から見る限り、道の先に大きな石が大量にばらまかれていて、馬車で進むのが難しいようだった。

その先にはもう目的の領地が見えているので、おそらくは私たちの訪れを妨《さまた》げる目的で撒《ま》かれたのだと私でも推察できる。

「こんなでけえ石をよくもまあ丁寧にまき散らしたもんだ」

呆れた様子の騎士団長さんの声が聞こえる。

ひとつひとつ退けるとなると大変な手間だ。迂回するか歩いていくことにするのかな？

「ファリル、ウィル。お願いできますか？」

「おっけー」

様子を見ていると、双子が司祭様に呼ばれ馬車の前に出た。

「転移せよ」

双子が杖を向けると、道に落ちていた石がカタカタ……と音を鳴らし始め、動き出した。杖が指し示す方向へ、大きな石が次々とお行儀よくぴょんぴょんと移動して行って、道の両脇に捌《さば》けていった。あっという間に行く手を阻んでいた石は綺麗に片付いてしまった。

うわーすごい。双子仕事してる！　偉い！

そして何事もなかったかのように馬車が進み始めた。

え、すごい。魔法が使えたら、畑の開墾とか朝飯前じゃん……。私もこんなしょぼいギフトじゃなくて、魔術師の素質とかがよかったなあ……。

ぼんやりと自分が魔法を使う妄想を繰り広げてニヤニヤしていると、突然馬の嘶《いなな》きが聞こえ、再び馬車が止まった。

尋常じゃない馬の鳴き声に、恐る恐る顔を外に出して見てみると、今度は先頭の馬が不自然な形で倒れていた。どうやら泥に足を取られて倒れてしまったようだった。折れているな、という声が聞こえてきて、怒られそうだが心配になって外に出て様子を見に行ってみた。

「まったく、なんて嫌なトラップを仕掛けてきやがる」

「馬車の車輪をハメる目的だったんでしょ。穴が見えにくく隠されていたから、まだ先にもトラップがあるかも」

「探索魔法をかけよう。この感じだと多分、村に近づくほど危険な罠を仕掛けられているよ。マジでむかつく」

双子と騎士団長さんがイライラした様子で話しているのが聞こえる。

「馬は大丈夫か？」

「ダメですね、完全に折れている。これでは立ち上がれない」

騎士団長さんが声をかけると、馬の様子をみている司祭様が首を振りながら答えた。

どうやら道のアチコチに見えにくく穴が掘られていて、そこに足を取られた馬が脚を折ってしまったようだ。

「馬にとって脚の骨折は致命的だ……これは諦めるしかないな」

大きい町のそばであれば、まだ治療のしようもあったが、一番近くにある村は、巡礼隊に明確な拒絶を示している。とても治療を手伝ってもらえるとは思えない。

歩けなくった馬は置いていくしかないと騎士団長さんが言ったところで、馬の乗り手だった騎士さんが悲痛な声をあげた。

「ちょ、ちょっと待ってください。俺の馬なんですよ！　俺はどうすればいいんですか！」

「諦めろ。置いていくしかないだろう。どこかで馬を調達するまで我慢しろ」

乗り手の騎士さんは全く納得していない様子だったが、騎士団長さんがそれを諫めたので、騎士さんはしぶしぶ諦めて、仲間の馬に相乗りさせてもらえるように頼んでいた。

「この馬は諦めますから、早く新しいのが調達できるところまで行きましょう」

話がまとまった様子で、じゃあ迂回するかこの村の巡礼は諦めるのかと話し合いながら、みんなは移動を始めた。

もう怪我をした馬のことはそのまま置いていくようで、振り返ることなく横を通り過ぎようとしていたので、この辺で我慢ができなくなり私は例の騎士さんを引き留めた。

「いや、ちょっと待ってくださいよ。連れていけないのなら、殺すべきでは？　あなたがこの子の飼い主さんなんですよね。無責任じゃないですか」

「は？　なんで殺すんですか？　俺は騎士ですから、無益な殺生《せっしょう》はしたくないんですよ」

相手がいらっとしたのが伝わってくる。でも私も言いたいことがあるから引くわけにいかない。

「無益というのなら、じゃあ解体して食料にしましょう。それなら有益な殺生になりますよね」

私の言葉で場の空気が凍り付いた。騎士さんが、一気に顔色を変えて食って掛かってきた。

「なんだと⁉　俺の馬を殺して食うつもりか？　聖女を名乗っているくせに、よくそんな野蛮なことを言えるな！」

「おいっ！　聖女様になんて口の利き方だ！」

殴り掛からんばかりの勢いだったので、騎士団長さんがひっぱたいてその騎士さんを止めた。

彼の怒りはまだ収まらないようだったが、私の話はまだ終わっていない。

「騎士団長さんの言うように、馬の骨折は致命的であるということは私も知っているので、諦めるしかないというのも理解しています。でも、治療が無理と判断したなら、苦しみを長引かせないためにも、放置していくのではなくちゃんと殺してあげるのが飼い主としての義務と責任じゃないですか？　そして命を無駄にしないために、食料にするというのも意義ある行為だと私は思います」

「あ……」

小さい頃、よく乗せて遊んでもらった近所の農耕馬が、骨折してしまったから安楽死させると聞いて、殺さないでと泣きわめいて周囲を困らせた覚えがある。

体が大きな馬は、立ち上がれなくなると内臓疾患を引き起こしてしまう上に、無理に立たせても他の脚に負担がかかって結局別の病を発症して死んでしまうこともある。だから苦しませないためにも馬が動けなくなったら殺処分して食べると村では決まっていた。それが命の責任の取り方だと飼い主に諭され、供養だと言って馬刺しと桜鍋をたらふくごちそうになった。美味《うま》かった。

それまで私を非難する目で見ていた周囲も、ハッとした顔になって、倒れこむ馬を振り返った。

死ぬとこを見ないほうが気持ちは楽だが、世話になった馬なら最後まで責任を持つべきだ。放置して行こうとするのを見て、私は黙っていられなかったのだ。

私の言葉の意味を理解してくれた騎士団長さんが、ガバッと頭を下げた。

「仰る通りです！　本来なら上司である俺が指摘しなければいけないことでした！　お前にも申し訳なかった。騎士団に貢献してくれた馬に感謝をもって、苦しまないように殺してやろう」

そう言って騎士団長さんは、悲痛な表情で腰の剣を抜こうとしたので、いやいや早まるなと慌てて止めた。

「ていうか骨折なら私が治せるかもしれないので、殺すのはちょっと待ってください」

「「「はあ？」」」

周囲にいた人々が、疑問の声をあげた。

「多分ね、今調子がいいから骨折くらいなら治せると思うんです」

「はあ⁉　治せるって……だったら早く言えよこの……！　っあ、つい……すみません……」

思わず口の悪くなった騎士さんを騎士団長さんが素早くひっぱたいたが、私もわざと先に治せるかもと言わなかったので、お互い様だ。ちょっといじわるな言い方をした自覚はあるから、相手が怒るのも当然だ。

本当に治せるのか？　と再度問われたが、確かに以前はこんな大きい馬の骨折なんて不可能だった。だがここんとこ移動だけで癒しの力を全然使ってなかったので、現在、力が満タンなのである。それに先日、自分の骨折を治してみて要領が分かっている。力がどれくらい必要か、予測できたので、今の私なら余裕なのである。

馬の脚の折れた箇所に手をかざし、癒しの力をかける。最近、癒しをかける時に相手の状態もなんとなく分かるようになってきた。骨折のように目には見えない患部であっても、手ごたえが伝わってくるので、治癒できたかどうか判断しやすくなった。

癒しの力をかけ始めて数分経った頃、骨がつながり怪我の箇所の痛みも引いたようだった。

自分にかけた時より短時間でしっかり骨がつながり、馬はきょとん顔で何事もなかったかのように立ち上がる。

「い、一瞬で治った……」

そうなんですよ。ここ最近、十分な睡眠と栄養も量もたっぷりな食事のおかげですこぶる体調がいいんで、癒しの力が爆上がりしているんすよー。健康って大事なんだなあ。食事が足りていない頃は、多分癒しの力も私の生命活動の維持に全振りされていたんだろうな。

周囲にいた人たちは、殺すしかないと思っていた馬が立ち上がったので、驚いた様子でわあっと歓声を上げた。

喜びムードで私も一安心だったのだが、そもそもの問題が解決していないことを皆すぐに思い出して、一瞬にして真面目な雰囲気に戻り話し合いが始まった。この道にトラップが仕掛けられていたから、馬が骨折することになったのだ。穴以外の罠も仕掛けてあるかもしれない。

「つーかこの先にある村の奴らが、聖女様が来るのを分かっててトラップを仕掛けたんでしょ？　先制攻撃を受けたんだから、こっちがやり返しても正当防衛になるよね？」

「そうだね、じゃあ罠を仕掛けた奴らの足跡を可視化するから、今すぐ犯人を殺《や》りにいこうよ」

「そうだな。これは正当防衛だから仕方がないな」

双子と騎士団長さんが悪い顔で不穏な会話を交わしているので、周囲にいる騎士さんたちも『そっすね！　殺られる前に殺りましょう！』とどんどんテンションが上がっていく。

司祭様止めないのー？　と思ってチラチラ見ると、司祭様はふう、とため息をついて、道のわきに広がる雑木林に目線を送る。

「わざわざ足跡を追わなくても、あちらから出てきてくれるようですよ。双子もダレンも分かって言っているんですから、人が悪い」

するとき雑木林の奥からがさがさと音を立てて数人の男が気まずそうに出てきた。どうやらずっと隠れてこっちの様子を窺っていたらしい。え？　みんな気付いてたの？　早く言ってよ。

「聖女様に危害を加えようだなんて、とんでもない罰当たりだな」

騎士団長さんがすごい怒気をまき散らしながら男たちに迫ると、彼らは反発することなく膝をついて降伏の姿勢を見せた。

騎士団長さんは、何の抵抗もなかったことを不自然に思ったようだ。

「何を企《たくら》んでいる？」

剣を突き付けながら問いただすと、男たちの一人が答えた。

「女神教が聖女を送り込んでくると聞いて、邪魔してやろうと思ったんだ」

危害を加えるつもりだったと村人は白状した。

「……大事な土地にいきなり教会を勝手に建てて、その上、信仰を強制してくる女神教なんて俺たちにとっちゃ侵略者でしかない。報復覚悟でやったことだ。村を守るために、罠を仕掛けることにためらいなんてなかったんだが……」

そこで男は仲間たちと顔を見合わせて、それから私のほうをちらりと見た。

「だけど、アンタらがその、聖女様と言い争っているのが聞こえて……ちょっと思っていた女神教の奴らとは違うかもしれないと思ったんだ」

「俺たちの村では、牛をたくさん飼っていて、乳と労働力を提供してくれる牛たちをとても大事にしている。だから、牛を処分する時は必ず飼い主が自分の手で解体まですると決めている。さっき馬の脚が折れた時、聖女様が『ちゃんと殺してあげるのが飼い主としての義務と責任』と言っただろ？　あの時、話をきいていた俺たちもそう思っていたんだ。まさか聖女様からそんな発想が出るとは思わなくて、本当に驚いたんだ」

そこで男たちは、ずいっと膝を動かし私のほうに近づいてきた。

「アンタの言う命に対する責任の取り方は俺たちと同じだ。聖女なんて女神教の回し者だから、頭の悪い理想論ばかり押し付けるような奴かと思っていたんだが、アンタは違うんじゃないかと……。それなのに、いきなり罠に嵌めるような真似をして悪かった。申し訳ない」

深々と頭を下げ謝る男たちに、自分の馬を殺されかけた騎士さんが怒鳴りつけた。

「ふざけるな！　汚い手で攻撃しておいて、悪かったで済むか！」

激高する騎士さんだったが、騎士団長さんが黙らせる。

「許す許さないを決めるのは聖女様だ。お前は黙っていろ。聖女様、この者らはあなたに危害を加える目的で罠を仕掛けました。許すべきではないと俺も思いますが、どうされますか？」

彼らの処遇は私が決めなくちゃいけないらしいが……そんなことより……さっき彼らはとても大事なことを言っていた。

「牛……をたくさん飼育しているんですか？」

「あ、ああ……。まあ、ウチの村は酪農が主産業だし……？」

突然の話題転換に男たちは目をぱちぱちさせている。

「牛乳も？　バターも？　チーズも？　ヨーグルトも？」

「そりゃもう、今の時期は乳牛が山ほど乳を出すから、売る分のほかにチーズなどの加工に回しても余るくらいだ。俺たちも毎日、嫌というほど飲んでるし……ていうか、これなんの話だ？」

「牛乳飲み放題！　天国じゃないですか！　じゃあ、お詫びとして私たちに美味しい牛乳をふるまってくださいよ！　牛乳飲みたい！」

「はあ？」

ウチの村は酪農家が少なかったので、乳製品はあまり口にしてこなかった。だから時々分けてもらって飲む牛乳は本当に美味しくて、我が家で牛を飼えば飲み放題なんじゃ？　と安易に牛が飼えないかと一時期考えたが、常に乳を出すわけじゃない上に、飼育にとてもお金がかかると知って速攻諦めた過去がある。

「ああ！　できれば牛舎も見学させてもらえないですか？　飼育のノウハウとか……乳製品の作り方とか……」

いつか牛を購入した時のためにプロに飼育方法とか聞いておきたいと思ったのだが、周囲の人々を見渡すと、全員ポカーンとしている。しまった、お詫びに牛乳飲ませろだなんて、聖女様の発言としては卑しすぎた。

なんて言い訳しようと考えていると、男たちがガシッと私の手を掴んでぶんぶんと上下に振る。

「もちろん飲ませてやるよ！　我が家の牛たちは健康で他より乳が良く出るのが自慢なんだ！　他とは餌が違うんだよ！」

「それならウチの牛乳は味がいいって評判なんだぜ。聖女様、美味い牛乳が飲みたいならウチに来てくださいよ」

「いやいや、ウチはチーズ用の乳牛だから、味が濃厚だぞ。聖女様、チーズの作り方を見たくないですか？　美味しいチーズ料理もごちそうしますよ」

てっきり不審がられると思っていたのに、男たちは私の申し出にちょう乗り気で、ぜひうちに来てくれと全員が前のめりで言ってくる。ウチだ、いやウチに来てくれ、と争いだしたので、司祭様がパンパンと手を叩いて彼らを黙らせた。

「聖女様は教会で祈りを捧げるためにいらしたのです。あなた方も、聖女様を村へお連れする気になったのでしたら、罠を片づけてこの道を通れるようにしてください。話はそれからですよ」

「あっ、そ、そうか！　そうだな、すまんかった。穴を埋めて馬車が通れるようにするから、俺たちの後ろからついてきてくれ」

そうして男たちは道の穴を埋め戻して、私たちを村へと誘導してくれた。ちょいちょい大掛かりな落とし穴が仕掛けてあるのを見た時はちょっと半目になったが、牛乳に目がくらんだ私は見なかったことにした。

村の入り口では数名の村人が立っていて、巡礼隊を自分たちの仲間が誘導して連れてきているのを見て、一斉に顔をしかめる。

「お前ら……そいつらに何かされたのか？　聖女なんか絶対村に入れるもんかって息巻いていたく

せに」

「あー、いやあ話してみたらそんな悪い子じゃないって分かったんだよ。酪農にも興味があるみたいだしさ……それで……」

呆れたように言われて、男たちは気まずそうにしていた。そんな彼らを見て、村人は心底軽蔑したように鼻で笑う。

「聖都で贅沢三昧《ざんまい》して暮らしている聖女様が、酪農なんかに興味あるわけねえだろ。なに騙されてやがるんだ……」

来ちまったもんはしょうがねえが……と、一番年嵩《としかさ》のおじさんが、こちらに向かって言った。

「祈りの儀式をやるのは構わねえが、村で布教活動をするのはやめてくれ。俺たちには俺たちのやり方があるんだ。終わったらすぐに村から出て行ってほしい」

その言い方は冷静だったが、完全に拒絶していることが伝わってきた。

「我々の目的は教会で祈りを捧げることです。すぐに次の目的地へ出発いたしますのでご心配なく」

「ちょっと待ってくれよ！　あのな、この聖女さんは多分俺たちが思っているような子じゃないと思うんだ。ウチの牛乳も飲ませてやるって約束しちまったし……」

さっきの男たちがそう声をあげるが、村の人々は冷たい目線をくれるだけで全く無視して、『教会はこっちだ』とだけ言って歩き出してしまった。

この村に建てられた教会には、現在神父は派遣されていないのだと司祭様が教えてくれた。以前はいたのだが、度重なる村人からの嫌がらせに、いつの間にかいなくなってしまったそうだ。

それ以来無人だから、教会の中は荒れ果てているかもと言われたが、実際見てみると想像以上の汚さだった。中は蜘蛛《くも》の巣だらけだし、祭壇は壊れているし、なぜか女神像に鳥の糞までついている。こりゃ酷いや。

儀式用の服に着替えるスペースもないので、仕方なく簡易衣装だけを羽織って儀式の準備をした。

椅子もないだだっ広いだけの礼拝堂では、後ろのほうでさっきの村人のおじさんたちが腕を組んで監視するようにこちらを見ている。さっさと終わらせろと言わんばかりだ。

私の後ろには、騎士団長さんと双子が村人を牽制するようについていてくれる。

ほこりまみれの祭壇は、司祭様が頑張って掃除をしてくれて、なんとかお祈りができる形にしてくれた。

この様子じゃ、誰もここを掃除したりしてないんだろうなあ。

もうね、すでに廃墟みたいだから、まずはお掃除目的でお祈りするよ、私！

お掃除魔法を極限にまでかけてピッカピカにしてやる！　だって鼻がちょうムズムズするから。

最初っから飛ばし気味に力いっぱい祝詞をあげると、自分でも過去最高くらいにお掃除魔法が出た。もうブワ――――って感じで出まくった。

女神像についた鳥糞が綺麗になるまでやったろうと、ちょっと力みすぎた感は否めないが、綺麗になって悪いことなどあるまい。綺麗な場所なら大事にしてもらえるかもしれないしね。

吸い込む空気もすっきりしたあたりで儀式を終えると、あれだけ汚かった教会内がピッカピカになっていた。

よし、女神像も綺麗になったし、いい仕事したなー。

司祭様はもちろん、双子も騎士団長さんも何度か儀式のお掃除魔法は見ているので、さほど騒ぐことなく、さっさと引き上げムードになっていた。

だがおじさんたちは、お掃除魔法に驚愕《きょうがく》したようで、顔を真っ赤にして感嘆の言葉をつぶやいていた。

「これが聖女の力……？」

「す、すごい……奇跡か……」

いや違うよ？　ニセモノのしょぼい力だよ？

汚れが落ちただけでしょ？　これが奇跡なわけないよね？

明らかに過剰な賞賛の声が聞こえてきて、私は心の中で突っ込んだ。

と、思ったけれど、今日は気合を入れまくったせいか、聖堂にいるみんなも丸洗いしたみたいに綺麗になっていて、見ると肌ツヤまで良くなっているような気がする。

「す、すげえ！　見てみろお前、顔ツヤッツヤだぞ！」

「そういうお前はキューーティクルすげえぞ！　サラッサラやん！」

そんな声が聞こえてきて、思わずそちらを見ると、さっきまで小汚かったおじさんたちが確かにツヤツヤサラサラになっている。

え？　頑張ればお掃除魔法で服の汚れだけじゃなくて全身丸洗い＆トリートメントもできちゃう

の？　知らなかった！　私、凄くない？

……ていうかこれ、村に帰ったら商売にできないかしら。……でも人間丸洗いのためにお祈りを使ってたら、おじいちゃん神父様に怒られそう。

「では聖女様。無事お祈りも終わりましたので、早く片付けて出発の準備にはいりましょう。この村の方々も終わり次第早急に出て行ってくれと仰ってましたからね。聖女様には儀式でお疲れのところ忙《せわ》しなくさせてしまって、本当に心苦しいのですが、急ぎましょう」

盛り上がる人々に水を差すように、司祭様が冷たい声でそう言い放つと、その場が一気に静まり返った。

「ちょ、ちょっとお待ちください！　あの、ええと、聖女様がお疲れでしたら、こちらで休憩できる場所をご用意いたしますので……」

さっきまで終わったらすぐに村から出て行ってほしいと言っていた村人さんたちが、まるっきり態度を変えて、そんなに急がなくてもと引き留めてきた。

「はァ？　アンタらさっきまでさっさと出てけって言ってたじゃん。だからこっちは急いで出て行くんですけどー？」

「引き留めたいならまず言うことあるんじゃなーい？」

双子たちがニヤニヤしながら言うと、村人さんたちはズサーっと地面に突っ伏して、揃って『すんませんでしたァ！』と謝罪した。

「俺たちが間違ってました！　奇跡の力を、身をもって体験して目が覚めました！　神様の御使いに不敬を働いたまま追い出したりしたら、罰が当たります！　どうかお詫びする機会をお与えください！」

地面に突っ伏したままプルプルと震える村人さんたちの前に、司祭様がゆっくりと進み出て、勿体ぶった態度で語りかける。

「聖女様は寛大なお方ですから、お許しくださいますよ。この方は、傲慢《ごうまん》どころか贅沢を厭《いと》うておられて、食事はその土地の人々が口にするのと同じものをいただきたいと常日頃仰っているのです。そうすることで、人々の気持ちに寄り添おうとされているのですね。この村は酪農がさかんと伺って、それならば、村の方々が丹精込めて育てた牛の乳を飲んでみたいとお話しされていたんですよ」

……も、物は言いようだなあ！　司祭様が言うと、すんごい有難いお言葉みたいに聞こえる。

牛乳を飲みたいってだけの私の発言が、ちゃんと聖女っぽいエピソードに変換されてるし、司祭様のご高説を聞いたその場の人々は、『なるほど……さすが聖女様！』みたいに納得して感動しちゃっている。

お掃除魔法は確かに便利だけど、お祈りのついでに起きる副次的効果なだけで、別に奇跡の力でもなんでもない。だけどお掃除魔法を見たことがない人は驚くだろうし、それに司祭様の話術が加わると、みんな聖女様凄いフィルターをかけられちゃうらしい。

おじさんの一人が、『ぜひ我が家でおくつろぎください！』とグイグイきたけど、最初に牛乳飲ませてくれると言った人と約束してるんで、と言って断った。

約束した人のおうちに皆でお邪魔することになったのだが、突然現れた魔物討伐隊……もとい聖女ご一行に、奥さんが目を真ん丸にしていた。

とまどいながらも夫から事情を聞いた奥さんは、急いで準備をしてくれた。

搾りたての牛乳と、ついでに『もしよろしければ……』と、ちょうど焼き立てだという奥さん手作りのチーズパンを添えてだしてくれた。

小腹が空いていたので有難くいただいたのだが、牛乳もパンも美味すぎて感涙した。ホントに美味い。搾りたてやばい。パンも柔らかくてフワフワで、練りこまれたチーズのうま味でいくらでも食べられる。

「美味い……美味すぎる……」

あまりの美味さに咽《むせ》び泣く私を見て、お腹を空かせた可哀想な子とでも思ったのか、奥さんも泣いてた。なんかごめん。

他の人にも、ぜひウチの牛乳とチーズも飲んで食べてくれ！　と誘われたが、最初の家でお腹いっぱいだったので、牛舎だけ見せてもらった。

そこで今年生まれた子牛とか撫でさせてもらって、ものすごく充実した時間を過ごした。子牛可愛い。服は子牛のよだれでベタベタになったけど、ちょう癒された。

もう泊っていきなよ！　と村の人たち皆に言われたが、司祭様が華麗にスルーしてテキパキと片づけを始めている。

「次の予定がございますから、我々はこれで」

必死に引き留められたが、旅の計画の時点でここでは滞在の許可が下りなかったので、というと全員が気まずそうに目をそらして黙ってしまった。

せめてものお詫びにと、どでかいチーズやら牛乳缶をお土産に持たそうとしてくれたのだが、どう考えても食べきれないので、手に持てる分だけいただいた。そのほかにも明らかにお金と思われる袋を渡そうとしてきたが、あまりの重みに恐ろしくなって、食べ物以外は全部お断りした。

馬車に乗って、いただいたお土産を眺めながら一息ついていると、私は大変なことに気が付いた。

「はっ……！　司祭様！　私今回、村の人たちを癒して回るみたいなアレ、やってないですよ⁉　牛と遊んで終わっちゃいました。どうしよう……」

「ああ……それは最初からやらない予定でしたから、問題ないですよ。この村は特に女神教に対する反発が強く、そもそも村に入れないと考えていたんです。そのつもりで日程を組んでいましたからね」

派遣されてきた神父も追い出されたくらいだから、教会そのものも燃やされたりして無くなっていてもおかしくなかったと司祭様は言った。

「お気づきでなかったでしょうが、最初の道で仕掛けられていた罠は地面の穴だけじゃなかったのですよ。あなたに分からないように彼らはこっそりと仕掛けを解除していましたが、飛び道具まで仕掛けてありましたからね。村人の仕打ちにダレンや双子は怒り心頭でしたよ。あなたはきっと頼まれれば彼らにも癒しを与えていたのでしょうが、はっきり言って彼らは女神の恩恵を受けるに値《あたい》しない。だからすぐに引き上げたんですよ」

「え、そ、そうだったんですね。いや、でも罠を仕掛けた人たちも、結局飛び道具は使わなかったし、謝ってくれたじゃないですか。割と皆いい人だったんじゃないですかねー？」

　完全に乳製品に胃袋を掴まれていた私は罠のことなんてすっかり忘れていたのだが、司祭様はめっちゃ怒ってるようで、謝ったからいいじゃんという私の意見には納得がいかないらしい。

「……あなたの人柄に触れなければ、あの男たちは飛び道具も使っていたでしょうけどね。それに儀式の後、あれだけ敵意むき出しであった村人が手のひらを返してきたのは、聖女様の力を見て、その恩恵にあずかりたいと欲が出たからでしょう。皆、決していい人などではありませんよ。ですが……結果として、無理だと思われていた土地で儀式が行えたのは素晴らしい功績です。全てセイランのおかげですよ。本当にありがとうございます」

　ありがとう、と改まって言われ、私は返答に困ってしまった。それは私の功績じゃなくて、正しくは『聖女』の肩書きの影響力がすごいってだけのことだ。

「うーん、まあ、ちゃんと聖女役のお仕事ができていたならよかったです。なんだかんだ言って、聖女様の知名度ってすごいんですね。女神教を毛嫌いしている地域に聖女を巡礼に行かせた理由がよく分かりました」

　他に選択肢が無くて恐々《こわごわ》引き受けた替え玉のお仕事だったが、今更ながら責任重大な役目だったんだと改めて気付かされた。

　もっと真面目に聖女様を演じないといけないなー、と一人でウンウン頷く私を、司祭様が何とも言えない顔で見ていた。

それからの旅は順調そのもので、訪れる場所で大きな反発もなく、ちゃんと宿泊場所や食事を用意してくれるところばかりでとても快適だった。

寝るところもご飯もいただけるし、特にこの代役仕事に何の不満もなかった。だから本当になんの悩みもなかったのだが……。

順調に行き過ぎていていたせいで、今更ながら私はニセモノが聖女を演じていることに罪悪感を覚えるようになっていた。

だいたいどの場所でも最初に教会へ行って祈りの儀式を行うのだけど、見学に来た人々がお掃除魔法を見て、『これが奇跡の力か！』と、とても感動してくれる。でもごめん、それ奇跡じゃなくてお掃除するだけの魔法なんで、聖女様の奇跡じゃないんです。

それなのに司祭様が、『そうです、これが聖女様の起こす奇跡なんです』とさらっと嘘をつくので、否定もできない。お掃除魔法が聖女様の十八番《おはこ》みたいになっちゃって本当にいいんだろうか？　あとから騙された！　とかって苦情来ない？

そしてどうやら私が持つ癒しの力も、聖女様フィルターが加わると、大抵の人には奇跡に見えちゃうらしくて、涙を流して感謝されるので騙してる感が半端ない。

いやいやいや、あなた外反母趾《ぼし》が治っただけだよね？　そしてそちらのおじいさんはドライアイが治っただけっていうしょぼさだよね？　本当にそれ奇跡と思ってる？

あまりに大げさに言うので司祭様がサクラを混ぜているんじゃないかと思うくらいだ。

まあ、そうやって皆がすごいすごいと私を持ち上げてくれるので、仕事は滞《とどこお》りなく進むし、とても楽だ。

たまに石とか投げてくる人がいても、どっか調子悪いとこを治してあげたりすると、もう秒で手のひらクルーで『聖女様万歳！』みたいにシフトチェンジしてしまう。

いやあ……君らチョロすぎない？　騙されやす過ぎない？

まあね、ゴテゴテと飾り立てた衣装を着て厳《おごそ》かな雰囲気だしてやれば、実際よりも凄い効果に見えちゃうのかもね。なんていうか、聖女様バイアスみたいなものがかかっているのかな？

あまりにもそういうことが続くと、だんだん私も『ニセモノなのにすんません……』みたいな気持ちがして、仕事だと割り切って考えられなくなってきた。

巡礼の目的からすると、これって大成功なんだろうけど……純粋に聖女様を信じてくれている人を騙しているみたいで、私はだんだん皆に申し訳なく思うようになり、気分が落ち込んでしまう日が増えてきた。

まあ最初っから騙すお仕事って分かって引き受けているんだけどね……。分かっていたんだけど……。やっぱり罪悪感から目を逸らせなくなってきた。

その日も巡礼に廻った村で、オヤツとかお土産をたくさんもらってしまった。美味しそうなオヤツを前に、馬車の中で私は思わずため息が漏れる。

「疲れましたか？　セイラン」

「あ、すみません。大丈夫です」

今日の馬車の中は司祭様と私の二人だけだった。双子はこの先の道に危険な箇所があるので、今は外で警戒に当たってくれている。

「そのオヤツは村の特産品であるはちみつを使った菓子だそうですよ。みな聖女様にお礼の気持ちを込めて贈ってくださったものですから、有難くいただきましょう」

お礼の気持ちを込めて、と言われ私の胸はズキンと痛んだ。

「……そうなんですよね。腰痛が治ったお礼にって、おばあちゃんが手渡してくれて……。でも、これって本来、私がいただいていいものじゃないじゃないですか。聖女様を信じてくださったのに、ニセモノがそれをもらうなんて、なんか申し訳なくて……」

「申し訳ない？　どういうことですか？」

訝《いぶか》しげな司祭様に私は最近思っていることを話してみた。最初から、ロザーリエ聖女の代役のお仕事だと分かってはいたが、嘘をつくというのがこんなに辛いとは思ってもみなかった。

私は嘘をついて家族を苦しめる父親が大嫌いだった。

嘘つきクソヤローの父親を心の底から軽蔑していた。だけど、このお土産も村の人たちを騙して巻き上げたみたいなものだとしたら……やっていることはあの父親と変わらないんじゃないかと思う。そのことを話すと、司祭様は呆れ顔になって、そして身を乗り出してきていきなり私の頬をムニっとつねった。

「そんなくだらないことで悩んでいたんですか？　勘違いも甚《はなは》だしいですよ。セイランを聖女に仕立て上げたのは私であって、あなたは自ら『聖女です』などと名乗ったことは一度もないでしょう。だから嘘などついていないですよ。あなたが気に病むことではありません」

何でも背負いこんでしまうのはあなたの悪い癖ですね、と言ってムニムニと頬をつねり続ける。

えーっと……これは体罰のつもりなのかな？　別に痛くないけど、どうやら私は司祭様に叱られているらしい。

「ひゃい。ふみまへん……」

素直に謝ったが、司祭様の指は頬を摘まんだままだ。

馬車の中は膝が触れ合うほど狭いので、身を乗り出した司祭様の顔が目の前にあって、ちょっと気まずい。

「セイランは……」

司祭様は何かを言いかけて止まった。さきほどよりも近い距離に司祭様の顔がある。なんだろう？　内緒話でもするような近さで、お互いの鼻が触れそうになる。

あまりにも近いので、司祭様の綺麗な目の虹彩や、毛穴一つない肌が良く見える。え、ていうか本当に毛穴がひとつもない。すごい、同じ人間とは思えない。この人だけ別次元で生きているんじゃないかしら。

私が変な顔をしていたのがおかしかったのか、司祭様はふっと笑って、それまでつねっていた頬を優しく撫でてきた。

「セイランは、求められればどんなに汚れた手でも泥まみれの足でも嫌がらず触れて癒しを与えていますよね？　だから皆、あなたの優しさと癒しをくれたことに感謝して、お礼をくださったのです。それは決して聖女という肩書きに対してではありません。私もあなたの行動を見て、何度も目が覚める思いをしました。あなたはもっと、自分のしたことを誇っていいのですよ」

「え……ど、どうしたんですか？　司祭様が優しい……。まさかそんなフォローをしてくれるとは思わなかったからなんか裏がありそうで怖いです……」

「仮にも聖職者である私をそんな人でなしみたいに言わないでください」

ちょっとむっとした司祭様はまたムニっと私の頬をつねる。

「私はあなたのしてきたことを正当に評価しているだけですよ。セイランは自分のことを軽くみていますが、この巡礼の旅が順調に進んでいるのは偏《ひとえ》にあなたの働きによるものです。あなたの誠実さは、人の心を打つ……頑《かたく》なだった人の心をも動かす力があるんですよ。それに、もしロザーリエ様が巡礼に来ていたら、最初の村で取り巻きたちが暴走して村人を大量殺戮《さつりく》しかねないですから、そこで旅は失敗に終わっていたでしょうね。だから……私はあなたにとても感謝しているんです。セイランを見つけられたことが、私の人生にとって最大の幸運でした」

大量殺戮って、ロザーリエ様とその周辺はどんだけ過激派なの？

でも、『あなただからできたこと』という言葉はとても嬉しかった。

この司祭様、腹黒で悪だくみしかしていないイメージだったから、そんな風に私を評価してくれるとは思わなかったので、正直驚いてしまった。

「ありがとうございます……司祭様って本当は優しい人だったんですね。最初、私この仕事が終わったら司祭様に消されるんじゃないかとか思ってましたけど、疑ってすみませんでした」

私がそういうと司祭様は苦虫を噛み潰したみたいな顔になったが、すぐに表情を引き締めて、少し声を潜めてこう言った。

「この役目にあなたを据えたのは私です。だから……私はあなたを守る義務がある。この先なにがあっても、最後まで責任を持って必ずあなたを守ります。それだけは忘れないでください」

「あ、ハイ……？　頼りに、してます……？」

別にもう疑ってないのになあと思いながら曖昧に頷いたが、司祭様はもう一度頬をムニムニと摘まみながら、『忘れないでくださいね？』と念を押した。

この司祭様の言葉の真意を、私は身をもって知ることになるのだが、この時はただ聞き流してしまっていた。


巡礼の旅は、時々トラブルがありつつも順調に進んでいた。

当初予定していた日程よりも早く進んでいるので、ある時、騎士団長さんがこんなことを提案してきた。

「しばらく野営が続いたし、この先の町で宿を取って少し旅の疲れを癒してはどうだろうか？　ずっと休みなしで来たから、聖女様もお疲れだろう」

そう言って私に対し、ちょっと気遣わし気な目線を送ってきたので、ここんとこ元気のない私を心配してくれたのかなと感じた。

司祭様もそう思ったようで、すぐに騎士団長さんの意見に同意する。

「そうですね。馬車や武具の調整もそろそろ必要だと思っていたところでしたし、少し長めに休みを取りましょうか」

司祭様が了承《りょうしょう》したので、私たちはその町で数日滞在することにした。

その町は運河が通っていて、物流が盛んな商業地区で有名なところだった。ド田舎村から出たことのない私はこんな大きな町に来たことがなかったから、どでかい壁門を見ただけで完全にビビッていた。大都会！　こんなにたくさんお店が並んでいるのみたことない！

「ねえ、お姉ちゃん！　せっかくのお休みなんだから、僕らと出かけようよ！」

「美味しいスイーツの店とか行きたくない？　僕ら案内してあげるよ」

大都会にびびる私をよそに、双子はテンション高めにお出かけに誘ってきた。

「す、すいーつ……？　甘味処《かんみどころ》ですかね……？　いや、私、お金持ってませんし……」

「だったらあなたの財布として俺をお連れください聖女様。移動の足にもなりますので、お役に立ちますよ」

「騎士団長さんはどうして椅子とか財布とか人間以外のものになりたがるんですか？　奢《おご》ってもらうわけにいかないので私は結構です」

私たちの会話を横で聞いていた騎士団長さんがお金を出すと言ってきたが、それはお断りした。

砂糖をふんだんに使った菓子なんて、絶対高いに決まっている。こちとら甘味といえば花の蜜を吸うとかいうレベルの暮らしをしていたのだ。サラサラの白砂糖が売られているのを見たことがあるが、値段を見て目玉が飛び出そうになった。砂糖を食べなくても生きていけるのに、そんな嗜好《しこう》品《ひん》なんかに大枚をはたくなんてもったいない。

「巡礼のお仕事の経費として計上しますから行きましょう、聖女様。滞在する町の様子を知ることも大切なことですよ。お仕事の一環です」

司祭様がそう提案してきたので、結局みんなに押し切られる形で、スイーツ店なるものに行くことになってしまった。


宿に荷物を置いて部屋を出ると、双子と騎士団長さんと司祭様が勢ぞろいして待っていた。

「え？　まさかと思うけどみんなで行くんですか？」

「僕らは嫌だって言ったんだけどねー警備が薄くなるから三人だけじゃダメだって～」

「この面子《メンツ》じゃ目立ちすぎるから余計に危ないんじゃない？」

「双子は国内屈指の魔術師ですが、見た目で言えばまだ子どもです。女性と子どもだけでは変な輩《やから》に目を付けられるかもしれないですから」

双子も司祭様には反論しにくいようで、そのまま総勢五名でスイーツ店へと向かう。

が、目立つ。

すんごい目立つ。

まず司祭様が目立つ。いつもは修道服を召してらっしゃる上、髪も長いので中性的な印象なのだが、今はお店に行くためか普通のシャツにズボンというい で立ちだから、ただのカッコいいお兄さんになっている。

そして騎士団長さんはタンクトップ。そして剣を背負っている。

なんでタンクトップ？　ガチムチ丸出しでまあ強そうだけど、職業不詳の不審人物にしか見えない。暑いの？　二の腕自慢なの？　上着を着てこい。

そして双子はいつもの魔術師の制服じゃなく少年っぽい白シャツ半ズボン。可愛い。

シャツはなんかフリフリでリボンとかついてるし、それに半ズボンの組み合わせ、ちょう可愛い。

可愛いが×2だから余計に可愛い。

冷静になってみてみると、双子の容姿はとびぬけて可愛いと思う。瞳の色が違うのも、ちょっとおっとり系のファリルとやんちゃ系のウィルの組み合わせなのも、二人のかわいらしさに拍車をかけている。まあ、これだけ可愛いから聖女様のおもちゃにされたんだよね。二人には迷惑な話なのだろうが、とにかく彼らは人目を引く。

このメンバーに修道服の女子が加わるんだから、何つながりの集まりなのよと目立ってしょうがない。道行く人々の視線が痛い。

目的のスイーツ店とやらに着いた時、店員さんがぎょっとして、慌てて出てきた店長さんが、こちらが何かを言う前に全てを察したみたいな顔になって、そのまま店は私たちの貸し切りになってしまった。職権乱用みたいで気まずい。

「どれでも好きなものを選んでください。セ……聖女様はどういったものがお好きですか？　このフルーツたっぷりのケーキは今日のおすすめらしいですよ」

「気になるの全部頼んで分けっこすればいーじゃん！　ね、お姉ちゃん」

「このフレーバーチョコレートも美味しそう。店員さーん、お勧めを適当に見繕《みつくろ》って」

「あなたの財布はここに居ますから、どうぞ遠慮なく頼んでください！」

ふるーつけーき？　ちょこれーと？

あれ？　これ食べ物なの？　宝飾品かなにかじゃないの？

だってショーケースの値段をチラッと見たら、目ん玉飛び出そうな数字が並んでたよ？

見たこともないお菓子を前にして私が固まっているうちに、気付けば皆がいつの間にかいろんなケーキや焼き菓子を注文してくれていた。

アワアワしている私を他所に、まるで綺麗な宝石のような見た目の菓子がテーブルいっぱいに並べられていく。

芸術品みたいな美しいティーカップに淹《い》れられた紅茶と共に、色とりどりの菓子を皆がニコニコしながら勧めてくる。

さ、どうぞと言われたが、私は手を付けることができなかった。

目の前にずらっと並んだ美しい菓子を眺めていると、どうしようもなく悲しくなってきて、いろんなことが頭に浮かび涙がにじんできた。

少し前まで私は、毎日どうやって弟妹たちのお腹を膨らまそうかと、そればかり考えて暮らしてきたのだ。私の給金だけでは家計は厳しく、少しでもお腹いっぱいになるように、我が家では水でかさ増ししたシチューやスープとかばかり食べていた。

堅い黒パンでもいいからお腹いっぱいまで食べられたらなあと、弟妹たちも思っていただろうけど、誰も文句も言わずいつも『お姉ちゃんのシチュー美味しいね』といってくれていた。

量や栄養よりも見た目の美しさと味を追求したこの菓子は、きっと夢のように美味しいのだろう。

でも、この小さなケーキひとつの値段で、ウチの家族はきっと一週間はお腹いっぱい食べられる……そう思ってしまうと、どうしても食べられなかった。

「聖女様……？　どうかされましたか？　具合が悪いのでしょうか」

私が黙ったままなので、司祭様が窺うように声をかけてきた。双子も、騎士団長さんも心配そうにこちらを見ている。

食べられないでいる理由をちゃんと伝えたいが、双子と騎士団長さんは私がニセモノだと知らないのだから、かさ増しスープや弟妹たちの話をするわけにはいかない。

でも、なにもなかったふりをしてこれを食べる気持ちには到底なれなかった。

「すみません……このケーキひとつの値段で、多分貧民層の人間なら一週間は家族全員の食事が賄えるな、と思うと……私が食べるわけにはいかない気がして……。自分が働いたお金でご褒美に買うならともかく、これは皆さんが支払ったもので、私は一銭も出していません。だから、やっぱり私にはこんな贅沢品を食べる権利はないんです。せっかく連れてきてくれたのにごめんなさい」

彼らは私を聖女様だと思っているからこの高価なお菓子を食べさせようと思ってくれたわけで、ニセモノが素知らぬふりをして食べるのは憚《はばか》られた。

やっぱり最初から断るべきだったと反省していると、双子たちが抱きついてきた。

「お、お姉ちゃんごめんね！　僕らお姉ちゃんの気持ちも知らず……そうだよね、野営で出した雑草かゆとか、汚いポケットから出した豆とかを旨《うま》い旨いって食べる人が、贅沢品を欲しがるわけないのに……」

「高級スイーツでお姉ちゃんの気が引けるだなんて思った僕らが馬鹿だった！　ごめんなさい！」

いや、これは私のわがままで……と言って双子と揉めていると、騎士団長もガバッと床に突っ伏して、『すまん！』と謝り合戦に参加してきた。

「貧民の気持ちを慮《おもんぱか》り、己の贅沢を禁ずるとは……っ。卵のひとつも無駄にするなと言ったあなたなら、こんな見た目ばかりの菓子を望まないだろうと気付くべきだった！　目が曇っていた自分を殴ってやりたい！　聖女様、やはりあなたこそが本物の女神の御使いだっ！　どうぞ愚かな俺を踏みつけて罰してください！」

「いや踏まないし……何気に商品も貶《けな》しちゃってますから、もうお店の人にも迷惑だから帰りましょうよ……」

カオスな状況にわたわたと困っていると、司祭様が立ち上がって『帰りましょう』と皆を促してくれた。

注文した菓子は、お持ち帰りにして騎士さんたちと分けて食べようということで話は落ち着いた。

帰りの道中、司祭様の表情が冴えないので、私のわがままでみんなの気遣いを台無しにしてしまって申し訳ないと改めて謝ったが、『あなたは悪くありません』と言って黙り込んでしまった。

司祭様はいつも飄々《ひょうひょう》として感情が読めない人なので、少し感情的になっているのを見て、やっぱり先ほどの私の発言で怒らせてしまったのかもしれないと不安になった。

思い返してみれば、お土産をくれる人たちも、私が遠慮すると『人の好意は素直に受け取るべきだ』と言って不満そうにしていたかもしれない。

良かれと思ってしたことを断られたら、やっぱり不快に思うこともあるよな……。


この日をきっかけに、司祭様はなんだかとってもよそよそしくなって、以前のように質問責めにしてこないどころか、ほとんど話しかけてこなくなってしまった。

明らかにあのスイーツ店での出来事が原因だよね⁉

いや、それとも何かもっと別な件で、私があまりよろしくない振る舞いをしちゃっていたのかも。

最近は、割と上手く仕事ができているんじゃないかとちょっと調子に乗っていたから、どっかでボロを出していたのかなあ。

この仕事は、顔の見えない代役なのだから、私がもし使えないと判断されれば誰かと交代とかあり得るかもしれない。その辺も司祭様の胸一つなのだから、もっとふさわしい人が見つかれば、あり得ない話ではない。

「途中でクビとかあるのかなあ……」

正直この仕事内容なら、私でなくとも教会関係者なら誰でもできる。祝詞が言えればいいわけだし、私よりももっと演技が上手い人のほうが、布教活動には向いていると思う。

「選手交代ってなっても、前金は返却しなくていいよね……？」

司祭様を信用していないわけではないが、あちらもこの巡礼の責任があるわけだから、私が使えないと判断すれば容赦なくお取り替えするかもしれない。

私はちょっと今後のことが心配になってきていた。

『Side：司祭の男』

『お前は私を喜ばすためだけに存在しているのよ』

聖女から何度となく投げられたこの言葉を、忘れることはないだろう。

先代の聖女が身罷られる時に、聖女のしるしが消えていくのをこの目で見て、聖女というのは本当に神から賜《たまわ》った称号なのだと知った。

当代の聖女が死ぬと、次に『聖女のしるし』を持った者が生まれてくるとされている。

そのため、教会はしるしのある子を探し、次代の聖女を見つけてくる役割も担《にな》っていた。

生まれてすぐ、しるしの存在に気付いた親が教会に申し出てくることもあるが、敬虔《けいけん》な女神教徒でないかぎりしるしの意味に気付く者は少ない。

そのため、子どもたちには五歳になった時に、教会で洗礼を受けるよう義務付けられるようになった。洗礼式ではギフトの鑑定も行うため、有益なギフト持ちの子はその場で将来が約束される。

だからほとんどの親は、子どもを洗礼式に連れてくるので、その時に初めてしるしを持つ聖女が見つかるということも少なくなかった。

今代の聖女であるロザーリエ様も、洗礼式に教会を訪れた際、足裏にしるしがあるのを神父が見つけ、聖女として国に召し上げられた。

この時の神父は、聖女を見つけた功績として司教の位階を与えられ、その後聖女の後見となり大出世をしている。出世だの地位だのという俗世的なものに価値を見出すのは女神教の真義に背く行為との考えもあるが、実際のところ今の教会は階級社会である。

聖女の乳母や侍従に任命されれば、かなりの出世が見込める。聖女が見つかって以降、教会では誰がどの役目に就くか派閥ごとに折衝《せっしょう》を重ねていた。

教会には聖女の保護と養育を担う機関があり、一般教養のほかに聖典や歴史などを学ぶことになっている。養育係のほかに、それらの教育担当にも立候補者が多く、最終的には聖女の後見にその決定権がゆだねられた。

そしてようやく人員の配置が決まり、聖女教育が始まろうとしていたまさにその時、王家から横やりが入った。

突然、聖女教育のやり方に苦言を呈《てい》してきたのだ。

王は、今の教会は聖女を道具のように扱っているように感じると言い、その根拠として聖女の教育係等が決まるまで教会内部がゴタゴタしていたことを理由に挙げてきた。

曰《いわ》く、教会の権力争いに利用されている現状が聖女のためにならないと、教会が聖女に関する権利を全て握っているのもおかしいと主張した。

そもそも、女神教が国教と定められているのなら、聖女も『国の聖女』としてあるべきだとして、聖女は王家で育てると勝手に決めてしまった。

教会はその決定に対し何度も不服申し立てを行ったが、それに対し王は権力争いに聖女を利用し不敬を働いたなど様々な理由をつけ、その時の教会上層部の者全てに降格処分、または追放処分を言い渡した。この時の大改革により、教会はそれまであった権威を失った。新しく任命された司教たちは、王におもねる者ばかりで、改革後は聖女の教育に教会が口を出すことはできなくなってしまった。

唯一、聖女のことについて意見を出せる立場の後見は、この改革で王から大司教に指名されたため、王の決定は基本的に受け入れてしまう。

こうして、今代の聖女は歴代の聖女とは全く違う教育を受けて育つこととなった。


王宮に引き取られた聖女は、まともな教会関係者が危惧《きぐ》したとおり、正しい教育はなにひとつ受けずに育ってしまった。間違った特権階級意識だけを身に付け、贅沢三昧に暮らし、我慢というものを全くせずに暮らしたため、とても聖女にはふさわしくない人間性を身に付けていた。

上層部は頼りにならないので、下の者だけで聖女教育に少しでも関わらせてほしいと申し入れ続けた。だが当の本人である聖女が、教会の堅苦しさを嫌い干渉を拒んだため、結局なにひとつ学ばないまま成長してしまった。

聖女が公務に出る年齢が近づくにつれ、それまで自由奔放にやらせていた王家もさすがに聖女の現状に気が付いて焦りだした。

――――今の状態では、聖女の仕事がなにひとつできない。

儀式の方法や祝詞を全く覚えていない聖女を公務に出せるわけがない。

全くもって気付くのが遅すぎるが、王はその解決策として教会に聖女の補佐を頼んできた。

祈祷《きとう》も礼拝も、教会の者がおぜん立てしてやって聖女が滞りなく公務を行えるようにしてやれという無責任な依頼だったが、これも結局大司教が了承してしまったので、教会はその無茶ぶりに応《こた》えるしかなくなってしまったのだ。

そして私は、その無知で蒙昧《もうまい》な聖女の補佐役として抜擢《ばってき》されてしまった。

誰も引き受け手がなかった結果、大司教の派閥に属さない私に押し付けられたのだ。私が断ると、私を擁護してくれている上司たちに迷惑が掛かってしまうので、引き受けざるを得なかった。

そして、聖女との初対面の日。

問題児と成り下がった今代聖女、ロザーリエ様は聖女たる己の立場も理解せず、補佐役として来た私を見て、新しい下僕が来たと勘違いしたようだった。

「ねえお前、名前はなんというの？　お前が望むならわたくしの恋人のひとりにしてあげてもいいわよ。わたくしの手にキスをする栄誉を与えてあげる」

開口一番、とんでもないことを言い放ってきた。

私は怒りを抑えながら、自分は公務のための補佐役として派遣されてきたこと、聖職者であるからロザーリエ様の恋人にはなれないことを告げ、さきほどの提案を丁重にお断りすると、聖女は目に見えて不機嫌になった。

「わたくしからの慈悲を断るの？　失礼極まりないわ。お前がそんな態度を取るのなら、仕事なんかしてやらないから。せいぜい困ればいいわ」

自分の思い通りにならないことに腹を立てた聖女は、その後いくら私が公務のために必要な事項を教えようとしても全て拒否し、そんなことよりも自分に傅《かしず》けとあの手この手で籠絡しようとしてきた。自分にキスできることがなによりの褒美であると信じて疑わないようで、会うたびにキスをしろと命令される。

仮にも聖女が聖職者に対してキスをしろとせがむこと自体が異常なことで、言われるたびに嫌悪感が湧き上がる。

私が拒否の姿勢を貫いていると、人を使ってさまざまな嫌がらせを仕掛けてこまらせるようになった。聖女の王宮に赴いても、なにひとつ教育は進まず、ただ私が取り巻きたちに甚振《いたぶ》られて終わるだけの無意味な時間だけが過ぎて行った。

これでは公務までに間に合わないと思った教会も、私を聖女の補佐役から外そうとしたのだが、聖女はそれも許さないとばかりに、己の後見である大司教に頼んで私が辞められないように命令させてきた。

私の解任を阻んでも、本人はその後も聖女教育を受けようとせず、全く意味のない時間だけが過ぎていった。

公務が行えないと、いずれ立場が危うくなるのは聖女のほうだ。

象徴としての役目も果たせない聖女など必要ないと民に思われてしまえば、ただしるしを持つだけの娘など意味をなさなくなる。そういったことを何度も何度も説明したところ、聖女は私に向かってこう言い放ったのだ。

「じゃあ私を楽しませることができたらお仕事をしてあげるわ。せいぜい私に尽くしなさい。お前の存在は、私を喜ばせるためにあるのよ。それ以外お前に何の価値もないわ」

そして手始めに自分の足を舐めろと、当たり前のように私に言い放ってきた。上手に舐められたら公務に行ってあげると、醜悪な顔で笑うのだ。

……これはもうダメだ。

あれだけ説明しても聖女の意味をひとつも理解できていない頭の悪さに私は絶望した。

この時、私は完全に彼女に見切りをつけていた。足を舐めろと言われても何の反応も返さない私の態度を見て、聖女は少し焦ったようだ。

「つま先にキスだけでも今は許してあげるわ。ホラ、私の前に跪きなさい」

取り巻きたちに指示を出して私を無理やり跪かせようとする。顔を顰《しか》めて抵抗するが、屈強な男たちに力ずくで押さえ込まれてしまう。

「うふふ」

そして聖女は嬉しくてたまらない様子で嫌な笑いを浮かべながら、左足で私の頬をするすると撫でた。醜悪なものが顔に触れるというのはこんなにも悍《おぞ》ましいものなのか。足先が唇に触れそうになった瞬間、耐えがたい怖気が走り身をよじって抵抗した。

暴れる私を男たちが押さえ込み、顎を掴んで無理やり上を向かせた。すると聖女は立ち上がり、私に顔を近づけヴェールを捲ってみせた。

いつもヴェールで隠されているというのに、その顔には濃い化粧が施されていた。淫蕩《いんとう》さを強調したような化粧の仕方に、鳥肌が立つ。

何の意図があって顔を晒すのかと不思議に思い黙ったままでいたが、聖女はこちらを窺うようにじっと私の目を覗き込んでくる。後ろからは『ほぅ……』という感嘆の声が漏れているが、美醜に興味のない私にはこの顔のなにが良いのか分からない。

ただじっと見つめる聖女の青い瞳が、一瞬どろりと濁ったように見えて、その瞬間、嫌悪感が体中を突き抜けた。

私は思わず魔法を発動して押さえ込む男たちの拘束を解いてその場から逃れた。

異様な冷や汗が噴出し、吐き気が込み上げる。一瞬のことだったので、ただの目の錯覚なのかもしれないが、体中が拒否しているのが感じられた。

「あちっ！　お、おい！　聖職者が魔法で人を攻撃するだなんて神に背く行為だ！」

「ならばその聖職者を力ずくで従わせようとするのも女神に対する冒涜《ぼうとく》です。どうしても従わせたいのなら、私を殺せばよろしい。死体であれば抵抗しませんよ」

「貴様！　ロザーリエ様を侮辱するか！」

取り巻き連中は私を殺しかねないほどに激怒して、一触即発の空気になっていたが、意外なことにそれを止めたのは聖女だった。

「もういいわ。つまんない」

聖女がそう言い放ったので、取り巻きたちもおとなしくなり、その場は何事もなく収まった。

これ以降、聖女が無理に私を呼びつけることも無駄な嫌がらせをしかけてくることもほとんどなくなったので、今度こそ私の拒絶の意思が伝わったのかと少し安心していた。

しかし後日、ロザーリエ様が私を教会から除名して自分に寄こせと大司教にかけあったと聞いた。

だが結局、私は聖女の補佐役を降りるだけで処分は済んだ。

私はあの一件以来、教会が擁立《ようりつ》する『聖女』の存在意義に疑問を抱くようになっていた。

足に口づけしろと言われた時に、足裏に聖女のしるしがあるのが一瞬見えたが、亡くなった先代のものとはずいぶん違うように感じた。あの聖女のしるしは、汚い色味で歪んでいて、美しさのかけらもなかったからだ。

今、この女を聖女足らしめている理由は『聖女のしるし』だけ。

歴代の聖女には、人を癒す力や、植物を成長させる力など、その名にふさわしい奇跡が備わっていた。今のところ、今代の聖女にどんな力があるのか知らされていないので、教会側は全く分からないままだ。人々の心を癒す力がおありだと取り巻き連中は口々に言っていたが、それが本当に属性なのかそれとも抽象的な話なのか分からない上に、誰かに癒しを施したのを誰も見たことがない。

聖女とはいったいなんのために存在しているのか。あんな醜悪な人間でも、しるしがあるだけで聖女と認定されてしまうのなら、いっそいないほうがいい。

そんなふうに思うようになってしまった頃、王から聖女による教会巡礼の国務が発表された。

王はその巡礼の総責任者に私を指名してきたのだ。

政治的にも絶対成功させたい重要な国務であるため、他に適任者がいないと言われ、旅の計画も予算も聖女に関することも全て私の采配で構わないとの条件まで出されたため、私は引き受けざるを得なかった。

王が希望する巡礼地を巡るとなると、相当過酷な旅になる。

今回ばかりはロザーリエ様もわがままは許されないと分かっていたのだろう。どんなにごねても巡礼が中止にはならないと理解すると、彼女はなにもかも放棄して旅行に行く計画を立て、愚かなことに本当にそれを実行してしまった。

私と一部の教会関係者は、聖女が出奔しようとしている情報を早い段階でつかんでいたが、色々協議した結果、黙認すると決めた。どうせロザーリエ様ではまともな礼拝もできないのだから、いなくても構わない。

巡礼の話を聞いた時から、代役をたてる計画を考えていた。

それで見つけた少女が、セイランだった。

現在の大司教一派に属さない地方教会へ極秘で知らせを出し、条件に合う少女がいないか探してもらっていた。

ある時、この計画を知っている仲間の一人が、条件に当てはまる者がいるかもしれないという話を持ってきた。聖都から遠く離れた小さな町に住む、知り合いの神父からの紹介らしい。

そんな僻地《へきち》からよく情報が上がってきたなと感心したが、その神父の正体を聞いて驚いた。

――その神父は、カロン・ド・レ・グラーヴ師。

かつての大改革で失脚した元大司教その人だった。

幼い頃、私はこの方の側使いをしていた。同じギフト持ちとして師が私を引き取ってくださって、随分お世話になった恩がある。師が大司教になられてからは所属が変わり疎遠になっていたが、彼は例の大改革の際に王の不興を買い、身分剥奪の上、私財まで没収されていた。

その後、失意の中で聖都から去ったあとは消息不明となっていた。

彼が失脚したことで、彼を慕っていた者たちもその後の教会で立場を無くし、聖都を去ってから音信不通になってしまったグラーブ師を恨む声も多く聞こえていた。この情報をくれた仲間も、同じ憂き目にあって少なからず不満を漏らしていたはずなのに、いつのまにか連絡を取り合うくらいには関係を修復していたようだ。

教会総本部を追い出された方が、偽者の聖女役をたてるなどという我々の裏工作に加担することに違和感を覚えたが、替え玉役探しが難航していたこちらとしては有難い話なので、ともかく私は単身その村に向かい、グラーヴ師から直接話を聞くことにした。

そして、彼から替え玉役の少女の話を聞いた私は、さらに驚きの事実に直面する。

替え玉役として推薦された少女――セイランが持つギフトは、『癒しの力』。

歴代の聖女でも癒しの力を持つ者は稀《まれ》だった。

そんな珍しいギフトを持っているというのに、セイランは田舎の教会で雑用などをしていて、その上、本人は己のギフトが特別なものだとは知らないらしい。実際、力の程度を聞いてみると、痛みを和らげるくらいの効果しかないというので、ギフトの稀有《けう》さを知らない周囲の人間からも、大したことない能力だ、くらいにしか認識されていなかった。

どうして秘密にしているのかと訝しむ私に神父はこう告げた。

「今の教会本部を信用できないからですよ。稀有な力を持つあの子を守るためには、隠すしかなかったのです」

「……でしたら、どうして替え玉役などに彼女を推薦したのですか？」

実は彼女の家は、セイランが大黒柱となって一家全員を養っているため貧乏で、しかも今はちょうど借金問題に直面している。諸事情で妹が身売りせねばならなくなったが、神父自身も毎日の食事に困るほど貧しいため、金を貸してやることもできず、やむを得ずこの役目を紹介したという経緯があった。

「ロヴェ司祭殿ですからセイランのことを任せても良いと思ったのです。借金問題が明るみになった時と、あなたが計画したこの役目が重なったのは、きっと女神様のお導きでしょう」

幼い頃、人間不信になっていた私に、聖職者としての生き方を教えてくれたのはこの方だった。こんなに落ちぶれた生活をしていても、中央勤めの私にまだ信頼を寄せてくれるのは純粋に嬉しかった。だが、この時の私は、借金の話を聞いてこれは好都合だなどとも思っていた。

金でこちらの要求を通すことができるし、家族の安全を保障すると言えば大概《たいがい》のことは引き受けるだろうという打算しか頭になかった。そんな私の汚い考えが透けて見えていたのだろう。

セイランを連れて村を出る挨拶に訪れた時、神父はこそりと私にある言葉を伝えてきた。

「女神の夜の刻はもうすぐ明けます。魔を祓うため、再び女神の光が大地を照らし始めるはずです。その時まで、あなたは道を間違えぬよう、セイランを守ってください」

「光……?」

その意味を問い返すことは許されなかった。

恐らく、彼は私がセイランを替え玉として使い捨てるのではないかと危惧《きぐ》している。

確かに、女神の教えを守り、正しく生きていた頃の純真な自分はもういない。身を護るため、役目を遂行するため、人を騙し傷つけ貶《おとし》めることにいつの間にかためらいがなくなっていった。

そんな穢れてしまった私の心根を、この方は見抜いておられる。

目的遂行のために、セイランを傷つけることは許さないと釘を刺されてしまったようだ。

「でも、あなたは戦わずに逃げたというのに……」

大司教の地位を追われる時、その決定を不服として戦う道もあったはずだった。

彼を慕う下の者は貴族院に訴えようと動いていたのに、グラーヴ師は諾々《だくだく》と決定を受け入れ、独り聖都を去ってしまった。あの時から、私は正しく生きることを諦めたのだ。

憎まず、恨まず、欺《あざむ》かず、教えに背かず生きることは、正しい結果をもたらすどころか、身を滅ぼすだけだと知った。

腹芸を覚え、言葉を弄《ろう》して騙し、相手を丸め込む技術を身につけなければ、悪意ある人間の食い物にされてしまう。今更、彼の求める『正しさ』を顧《かえり》みる気にはなれなかった。

セイランのことは、役目を果たしてくれる限りは大切に守ろう。だが任務の都合上、金で雇った彼女に重荷を背負わせることになっても仕方ないと思っていた。

ほとんど騙すような形で連れてきたセイランは、文句も言わず私の提案を受け入れてくれた。卑怯な手で連れてきた自覚はあるが、あちらも金のために引き受けたのだからこれは公正な契約だと自分に言い聞かせた。

それに私は最初、彼女を信用していなかった。

いくら元大司教が信頼して大切にしている相手だとしても、環境が変われば人は変わる。以前は良い人間だったとしても、環境に呑まれて変わってしまうことなどよくあることだ。

このセイランも聖女の代役を務めるうちに、人に傅かれることに慣れ、贅沢を覚えて人間性が変わってしまうかもしれないと考えていた。

田舎者が、中央に出てきて贅沢を覚えて人が変わってしまい身を持ち崩した人間をたくさん見てきた私としては、今は純真そうなセイランをみても、油断できないと思っていた。

それに私は、この容姿のせいで子どもの頃から常にトラブルに見舞われていた。

幼子《おさなご》に劣情を抱く頭のおかしい人間が、この世には山ほど存在すると物心ついた頃には知っていた。誘拐未遂も数えきれないほど経験した。お前の容姿が人を惑わせるのだと、加害者から責められたことも一度や二度ではない。だから私は自分の顔が好きにはなれなかったし、このような身に生まれたことを呪ってすらいた。

そういった事情があって、私は女性に対しいつも距離をとるようにしていた。セイランに対しても、私の態度はあまりよろしくなかったと思う。

だが、しばらく接してみて、彼女が全然私のほうを見ないことに気が付いた。

会話をしても迷惑そうに必要最低限の言葉を返してくるだけで、私にはなんの興味もないのが伝わってきた。その事務的な態度を私は好ましいと思った。

元大司教のグラーヴ師に『私の光』と言わしめた彼女。やはり一般的な女性とは一線を画すのかもしれない。彼女の考えや価値観を知りたくなった。

どんなふうに世の中を見ているのか、彼女の意見を聞いてみたい。神父が私に伝えた言葉の意味が、彼女と話すことで分かるかもしれない。

試しに私の容姿についてどう思うか直球できいてみたのだが、セイランの答えは『左右対称で健康体』という、なんとも奇抜な答えだった。その意味を詳しく聞いてみると、セイランの意外な発想に驚かされた。

そうか、そういう見方もあったのか、と妙に納得してしまった。

確かに自分は両親から大切に育てられ、教会に預けられてからも十分すぎるほどの庇護を受けてきた。飢えた経験など一度もなく、ほとんど病気をしたこともない。この容姿も健康ゆえの賜物で、そういった恵まれた環境に自分がいる証明だと言えるのかもしれない。

彼女と話していると、今まで考えたこともなかったような発想を聞かせてくれたりするので、とても興味深く、私は色々なことを彼女に質問し続けた。セイランは迷惑そうなのを隠しきれていなかったが、それもまた私には面白かった。

生卵事件はさらに面白かった。

ゆで卵ならぶつけられても食べられたのに、と真面目な顔で主張するセイランを見て、私は笑いが止まらなかった。やはりこの子は違う。普通はまず物を投げつけられたことに腹を立てるのが当たり前だ。でもセイランは、卵が無駄になったことしか頭にないようだった。

生卵でべとべとに汚れた状態で、食べ物を粗末にするなと説教する彼女に、騎士団長のダレンは真っ先に己の非を認め謝罪をしたと聞かされた。

まだダレンはニセモノだと知らないはずなのに、蛇蝎《だかつ》のごとく嫌っていた相手に謝るほど、彼女の言葉は胸に響いたのか。

癒しの力を持ち、正しい行いができる……そんな人が、聖女であるべきなのに。

――セイランが、本物の聖女であってほしい。

そんなあり得ない期待と希望が私を支配する。グラーヴ師がわざわざ隠していたというくらいなのだから、万が一ということがあるかもしれない。

セイランにしるしがあったならと一縷《いちる》の望みをかけて、少々強引に彼女の着替えを手伝い、肌を見る機会を無理やり得た。

……当然と言えば当然だが、見た限り彼女の体からはしるしを見つけられなかった。

まあ、そんな都合のいい話があるわけない。どんなに醜くとも、あの女が聖女である事実は変えられない……そう思ってひそかに落胆していたのだが……。

セイランの祈りの儀式を行う姿を見て、考えが変わった。

そもそも、彼女はシスターとして正規に教育を受けたわけでもないから、祝詞を暗記しているとも思っていなかった。だから形だけお祈りをしてもらって、あとは私の指示通りに動いてもらうつもりだったのに、全く私の出る幕などなかった。

流れるような動作で祈りを捧げると、セイランは張りのある声で祝詞を上げ始めた。

次の瞬間、彼女の体から光があふれだし、祈りと共に部屋からその場にいた者まで、その光が全てを浄化していった。

――――こんな光景は見たことがない。

修行を積んだ聖職者が祈りを捧げると、確かに空気が浄化されることはあるが、それはあくまで体感で、目に見えるわけではない。

教会に伝わる聖典にも、このような技法は書かれていない。一瞬、子どもだましの魔法を使ったのかと疑ったが、術式のようなものは感知できなかった。祝詞は聖典にある文言と相違ないのに、彼女が諳んじるとこんな現象を引き起こすのか。

セイランのことは、代役として条件に当てはまっただけで、まさかこんな力を持っているとは思っていなかった。

奇跡のような光景を目の当たりにして、やはりセイランが聖女であるほうが正しいと思えてならない。どうしても諦めきれず、もう一度着替えを手伝う名目で今度は足の裏まで確認したが、やはりどこにもしるしは見当たらない。

……たとえどんな奇跡の力を持っていても、しるしが無い限り聖女とは認められない。

聖女のしるしは、女神から賜るその証だ。

先代聖女が身罷られる場に立ち会ったことがあるからこそ、あれが人知を超えた仕組みで存在しているものだと私は知っている。そして、聖典にあるとおりしるしを持つ者はその時代にひとりだけ。例外は一度たりともない。

「セイランは、聖女ではない……」

この時の絶望を、なんと表現したらよいものか。

しるしを持たないのに、誰よりも聖女にふさわしい力を持った彼女を、私はこれからどう扱ったらよいか決めかねていた。

その後、周辺を歩いて領民に挨拶をして回ったのだが、ここでも私は、セイランに対する認識を改めることになる。

私が何の気なしに言ったせいだが、セイランは出会った人たちに出し惜しみすることなく癒しを与え、皆の不調を次々と治していった。

「聞いていた話と全然違うではないですか……」

大した効果はないと本人は言っていたのに、騙された気分だ。

確かにセイランの言う通り、腰痛や歯痛などばかりで治療が困難な大怪我ではないが、痛みの軽減などではなく、何の副作用もなく完全に治癒できている。それも一人二人ではない。

次々と癒しをかけているが、セイランが体調を崩す様子もない。それがどれだけすごいことか、本人は全く気付いていないのだ。

それに、セイランは垢《あか》に塗《まみ》れた顔でも爛《ただ》れた手でも構わず触れるし、異臭を放つ相手であっても何一つ気にする様子もなく接し、平等に癒しを与えていた。

それに泣いて感謝する相手にセイランは『たいしたことしてないですけどね』と軽く受け流す。

貢物《みつぎもの》をたくさん渡されても、そこにどれだけ高価なものがあろうが食べ物しか受け取らないし、それも食べきれる量だけ取って、あとはみんなで分けてくださいと言う。

その姿に胸を打たれない者がいるだろうか？

女神教に批判的だった人々も、セイランの人となりを知るとあっという間にほだされていた。

騎士団長のダレンも、生卵の一件以来すっかりセイランに心酔していて、少し異常なほど彼女に服従している。

ただ、魔術師のウィルとファリルはそんなダレンの様子を見て怒りを募らせていた。あの子たちは幼い頃から聖女のおもちゃにされ、散々な目にあってきた。だからこそ、聖女を憎むダレンや私には仲間意識を持っていたのに、裏切られた気持ちになったのだろう。

暴走しないよう二人にはよく言い聞かせ、私もダレンも注意を払っていたのだが、ある時、事件が起きた。

ちょっと目を離した隙になにか起きたようで、ぐったりとして意識朦朧のセイランを双子が我々の元へ運んできたのだ。何があったんだと言っても双子は震えて首を振るばかりで話にならない。

ダレンがお前らが聖女様に何かしたんだろうと怒鳴ると、セイランが自分で転んで怪我をした、双子はそれを助けてくれたんだと言って彼らを庇った。

そんな彼女を双子も驚いたように見ていたから、やはり事実は違うのだろう。とにかくセイランを休ませないといけないので、急遽宿を取り彼女を運び込んだ。

熱が高く、体は燃えるように熱い。息をするのも苦しそうな姿を見て、今こんなことを訊くべきじゃないとは分かっていたが、何故こんな目に遭わされても双子を庇うのかと少し責めるように言ってしまった。

すると彼女は、あの子たちはまだ子どもだから、と当たり前のように言った。そんな理由で？と信じられない気持ちだったが、セイランからすると年上である自分が下の子を守るのは当然のことのようだった。

この子は……そうやって自分が傷ついても弟妹を守ることを優先して生きてきたのだろう。年の割に小さな体と、細い手足。自分の食事を減らしても弟妹たちに食べさせようとするセイランの姿が容易に想像できた。

この子は自分を大切にするという概念が無いのかもしれない。彼女の優しさは、危うさと表裏一体なのだなとこの時に気付いた。こんなに細い肩で、どれだけの重荷を背負ってきたのだろうか。そう考えるだけで胸が締め付けられた。

私が彼女の支えになってやりたいとこの時強く思ったが、今のままでは信頼が足りていないようだった。私の態度が悪かったせいだというのは重々理解しているので、これから挽回していくほかあるまい。

熱の具合を確かめるため、セイランの額にそっと手を添えると、少しくすぐったそうに目を細めた。その仕草が可愛らしくて、自然と頬が緩む。するとセイランはつられたようにふにゃっと微笑んだ。

その顔をみて、ぐっと胸が締め付けられて苦しくなった。なぜそんな感覚を覚えるのか分からなかったが、今まで見たことのないセイランの無防備な笑顔に少し動揺したのかもしれない。

薬が効いてきてセイランは眠そうにしていたので、私はそっと彼女の部屋を出た。

だが、翌日大変なことが起きた。

ダレンが『双子が部屋にいない』と慌てた様子で知らせにきたのだ。

昨日あれだけ反省していたように見えたが、まさかまたセイランに何かをするつもりなのではないかと心配になり、急いで彼女の部屋にかけつけたのだが……そこでは予想外の状況になっていた。

セイランの両脇にべったりとしがみ付いてニコニコしているウィルとファリル。しかもセイランのことを『お姉ちゃん』と呼び、甘えた声を出している。

どういうことだと訊いてもよく分からない返事しか返って来ず、しかもこれ以降双子はセイランを独占しようと私やダレンにも張り合うようになってしまった。

どうやら私が代役として連れてきたセイランも、ロザーリエ様と負けず劣らず大変な人誑《たら》しだったようだ……。

セイランとの関係が良好になるのは良いことなのだが、双子やダレンが彼女に心酔しすぎて、周りが見えなくなりはしないかと危惧していた。

彼らがセイランに心酔しだしたのは、聖女にふさわしい奇跡の力を見たからだ。あれでそれまで悪印象しかなかった聖女に対する見方を変えたのだろうが、彼女が替え玉だと知ったらどう思うだろう。彼らはしるしに対する認識が薄いから、セイランこそが聖女だと言い出しかねない。

だが……教会にとって持って生まれたギフトの稀有さは関係ない。

歴代の聖女に対しての侮辱になるので、ギフトの差で優劣をつけることは許されない。だからしるしを持つ者だけが聖女であり、女神に選ばれた方を崇め尊ぶべしと聖典で決まっているのだ。

そんな規定に意味はないと彼らが主張した場合、司祭である私は、彼らと袂《たもと》を分かつことになるかもしれない。

だからできることなら、彼らにはこれ以上セイランに入れ込んでほしくなかったのだが、遠ざけようとすると余計に反発されてしまい、私は対応に困っていた。

ある時、そんな私たちの不穏な空気に耐えられなくなったのか、ふと目を離した隙に、セイランが馬に乗りたいとダレンに頼みに行っていた。

突然絶叫が聞こえ、何事かと見に行くと、ダレンがセイランを抱きかかえている光景を目の当たりにした。セイランは彼の首に腕を回し、頬を寄せて密着している。

その瞬間、なぜか私は強烈な不快感を覚えた。新妻を新居に運ぶ夫のような姿に、苛立ちを感じて、思わずダレンからセイランを奪い取ったが、彼女はなんと『筋肉痛になるから無理しないほうがいい』と言い放ってきた。

……彼女は私のことを女性だとでも思っているのだろうか。

男性とも思われていなさそうな発言に私は思いがけずショックを受けていた。最初の頃は、好意も興味も感じられないセイランの態度が好ましいと思っていたのに、私はどうしてしまったのだろうか。私はセイランに対する感情が分からなくなっていた。

教会の教えに反しても、彼女が聖女であってほしいという気持ちを消すことはできずにいる。けれどその一方で、ただのセイランであってほしいと思う自分がいた。

ダレンも双子もセイランの特別な存在になりたいと必死に興味を引こうとしているし、巡礼で立ち寄った村の人々も、奇跡の力とセイランの人柄に心酔して『聖女様、聖女様』と鬱陶《うっとう》しいくらいにまとわりついてくる。

私がセイランを担ぎ上げ、こうなるように画策した結果だというのに、モヤモヤする感情をとめられなかった。その理由のひとつに、彼らがセイランを慕う姿が、ロザーリエ様の取り巻きたちと重なって見えたからだ。

人徳があるのは巡礼を行う聖女として悪くない。だがあまりにも周囲の者が心酔しすぎてしまうのは危険な兆候だ。

私だけは冷静であらねばならない。特別な感情をもってしまうと、物事を俯瞰《ふかん》して見られなくなってしまう。

もしセイランが、ロザーリエ様のようになってしまったら……と考えるとゾッとする。

人に傅かれるのが当然になって、贅沢を覚えてそれが当たり前になってしまったら、彼女も変わってしまうかもしれない。彼女が皆に好かれるほど、そんな不安は膨らんでいった。

だがセイランは、そんな私の不安を他所に、どれだけ人々に賞賛されても特に態度を変えることもなく、戸惑うばかりでむしろ迷惑そうな様子だった。

彼らをいかようにも利用できる立場を得てもなお、何かを求めることもなく、変わらぬ態度で接していた。

……私はそれでもまだ、彼女がいずれ俗世に染まってしまうのではないかという考えが捨てられずにいた。

今はまだ自分の価値に気付いていないから謙虚なだけで、いつかそれに気づいてしまったら、やはり考えが変わってしまうのではないだろうか。

セイランの存在が正当に評価されるべきだと思う一方で、あの聖女のようになってしまう可能性が頭をよぎり、彼女の力の稀有さについては本人に告げられずにいた。

もし彼女が選民意識を抱いてしまうようになったら、あの貧乏な村に帰りたくないと思うようになってしまうかもしれない。

弟妹たちは笑顔でセイランを見送っていたように見えたが、姉が自分たちのために大変な仕事を引き受けたのだと知っていて、せめて姉に心配をかけまいと、気丈に振る舞っていたのを私は知っている。

商人に売られる予定だった妹が『姉に内緒で自分を売って欲しい』と私にこっそり提案してきたり、弟たちも同じように自分ではダメかと訊いてきていたのだ。

この家族は、お互いを想いあい大切にしている。セイランがあのような環境でも純粋に育ったのも家族の愛があったからだ。

私はそんな彼らを見て、借り受けたセイランを無事に家族の元へ返さなくてはならないと思っていたので、できるだけ以前のままの彼女でいて欲しかったのだ。

だがそのせいで、セイランは自分が人々を騙しているのではないかと自分を責めてしまっていたのだと知り、私は自分が間違いを犯していたと気付いた。

セイランは、自分の能力を過小評価していたため、気休め程度の癒しの力しかないのに感謝されてしまい、皆を騙しているようで申し訳なく思って悩んでいたのだ。

私はまさかあれほど人々に感謝されてもなお、そんな認識だったのかと驚いてしまったが、そんな風に思わせてしまったことに罪悪感を覚えた。彼女が思い悩む必要などひとつもない。嘘をついて皆を騙しているのは私であって、セイランはなにひとつ悪くない。

私はこの子の何もかも背負いこもうとする性格を甘く見ていた。人を頼ることのできない彼女は、明らかに彼女の罪ではないことも人のせいにはできずに抱え込むのか。とことん苦労性なのだなと半ば呆れてしまう。

不安げな彼女をみていると、焦りのような感情が湧き上がってくる。私はセイランの憂い顔を見ていたくなくて、重い空気を変えようと彼女の頬を軽くつねった。

突然のことに彼女はきょとんとして私を見ていたが、その表情が面白くて、引き寄せられるように顔を覗き込んだ。

綺麗な青い瞳に私が映っているのが見える。彼女の瞳は、雲一つない澄んだ青空を思い起こさせた。その時、どろりと濁ったあの聖女の瞳の記憶が脳裏をかすめて、私はそれを振り払うようにセイランの瞳をじっと見つめた。

なんて綺麗なのだろう。まるで彼女の清廉《せいれん》さをその瞳が表しているようだった。

もっと近くで見たい欲求に押されるように、セイランに顔を近づける。

鼻が触れそうな距離に近づいても、何も気づかず無防備なままのセイランを見て、一瞬でも不埒な考えに囚われたことを反省する。

無垢《むく》な彼女は、私が何をしようとしたか分からず、不思議そうにしているだけだった。

純粋で、俗世に染まらぬままのセイラン。

ずっとこのままでいてほしいと思うが、それはもう無理なのだろうと分かっていた。

彼女を代役に選んだ時は、この旅が終われば村に帰してそれで終わりにする予定でいた。

だがあの奇跡の力をこれからも隠し通せるはずがない。彼女の利用価値に気付いた者があらゆる手段を持って奪いに来るだろう。なんの後ろ盾もない村娘のセイランでは、悪意ある者たちに抵抗する術がない。望まずとも、このままでは汚い欲に塗れた世界に彼女は引き込まれてしまう。

だから無防備な彼女を誰かが守らなくてはならない。

そう……セイランを守れるのは事情を知る私だけなのだ。

あの優しすぎて損な性格も、何もかも背負い込もうとする責任感の強さも、家族への愛の深さも全部、分かっているのは私だけだ。世間知らずな彼女を俗世から守らなくてはならない。

ひょっとして、グラーヴ師はこれを見越して私に彼女を託したのではないだろうか。

この替え玉の策も、教会の総意ではなくほとんど私の独断で動いているので、上層部はこの計画のことも当然セイランのことも把握していない。

今の教会は、たとえセイランの存在を知っても守ってくれはしないだろう。その力を尊ぶよりもロザーリエ様の脅威になると判断して、彼女を排除しようと動くはずだ。

全ての事情を知っている私にしか、彼女を守れない。彼女を脅かす全ての悪意から遠ざけ、守ることが私に託された役目なのだと感じていた。

この時の私は、全てを知る私こそがセイランの一番の理解者であり、唯一の守護者であると思いあがっていた。

それが大きな間違いであったと、自分がどれだけ驕《おご》っていたのかを気付かされる出来事が起こる。

それは双子の提案でその町で一番有名なスイーツ店に行った時だった。

双子の提案から始まったことだが、ずっと働き詰めだった聖女の労をねぎらおうという目的で、私と騎士団長も連れ立ってそこへ赴いた。

故郷の村からセイランは出たことがないと聞いていたから、きっとこんな流行《はや》りの菓子は食べたことがないだろう。色とりどりの美しい菓子を見て、喜ぶに違いないと単純に考えていた。

だが、彼女はその菓子に手を付けなかった。

震える声で、これは食べられない、と言って私たちに向かって頭を下げる。

『このケーキひとつの値段で、多分貧民層の人間なら一週間は家族全員の食事が賄えるな、と思うと……私が食べるわけにはいかない気がして……』

この言葉を聞いて、私は頭を殴られたような衝撃を受けた。

セイランが、菓子を買う余裕などない生活をしてきたのを知っていたから、こんな食べたこともないような高級な菓子をごちそうしたらきっと喜ぶと思って疑いもしなかった。彼女がこんな泣きそうな声で食べられないと謝るなんて思っていなかった。

……私は自覚のないまま、そうやって貧困層出身の彼女を見下していたのだ。

セイランの家庭の事情や、どれだけ苦労してきたのかも知っていたのに、私はそれをただの情報としかとらえていなかった。本当に彼女のことを親身になって考えていたら、あの菓子を見てどのように思うか分かったはずだ。

私は彼女を理解した気でいたが、セイランはきっと、ずっと私が高い位置から彼女を見下ろしているのを感じていたのだろう。こんな私に彼女が心を開かないのも当然だ。人を見下すような、選民意識を持った汚い人間が、彼女に好かれるはずもない。

どれだけ自分が驕っていたのかと自覚して、私は羞恥で顔があげられなかった。

何が彼女を守るだ。

何が一番の理解者だ。

思い上がりも甚だしい。

セイランの目には、私はあの醜悪な聖女と同じような人種に見えていただろう。

口数の少なくなった私をセイランは気遣うように声をかけてくるが、申し訳なくて彼女の顔をまともに見ることができなかった。

彼女に詫びたい。

だがどうやって詫びたらよいか分からず、それからずっと曖昧な態度を取り続けてしまった。

のちに、私はこの時にちゃんとセイランと話をしなかったことを激しく後悔することになるとも知らずに。

第五章『ニセモノは罪科の炎に焼かれて死すべし』

スイーツ店での一件から、司祭様は明らかに私に対する態度が変わった。

以前はもっと泰然としていて、私の仕事ぶりを面白がって観察していたような感じだったのに、今はあからさまに距離を取られている気がする。

町での滞在は、馬車の調整や武具の手入れに時間がかかり、二、三日の予定が少し延びて今日で五日目に突入していた。

私は特にやることもないので、司祭様に『休暇なのでのんびり過ごしてください』と言われたが、いかんせん貧乏性なので部屋でじっとしているのが辛い。

いつもなら暇さえあれば私のところに遊びにくる双子たちも、買い出しに出かけたりしていて、宿にあまりいない。

騎士団長さんとその仲間たちだけが交代で私の護衛として宿にいてくれるので、その人たちの鎧の手入れなんかを手伝ったりして、のんびりと過ごしていた。

「聖女様、こんなお手伝いなんかをさせてしまって申し訳ありません」

「いいよいいよー暇だしね。あと繕うものある？　そのズボンも膝薄くなってるから直そうか？」

騎士さんたちが鎧の手入れと一緒に自分の服のほつれたところを直していたので、私がやるよと申し出てみた。

「聖女様の縫製技術すごくないすか？　繕ったとこ全然分からないし、変な……じゃなかった可愛い刺繍《ししゅう》まで入れてくれてあるし」

「変じゃないよウサギだよ。繕ったとこ分からないように入れてみたんだよ」

我が家では服は擦り切れる限界まで着るので、必然的に裁縫がちょう得意になった。

自画自賛だが、ほつれや破れを繕う技術は天下一品だと思う。

騎士さんたちは、さすがに針仕事は得意じゃないようなので、よかったら手伝いますよと言ってみたらとても喜ばれた。可愛い刺繍は評判が悪いが。

あ、でも騎士団長さんだけは、クマちゃんの刺繍をメチャクチャ喜んで『家宝にします！』といってみんなに自慢してた。顔とクマちゃんが全然似合ってなかったから、みんな微妙な顔をしていたけど。

「聖女様が針仕事得意だなんて意外です。それに噂ではもっと……なんというか、傲慢な方だときいていたので……」

「ん？　あ、あー……そうですねえ、旅を通じて悔い改めたと言いますか……これが本来の私なんですよーハハハ」

危ない危ない。あんまりしゃべりすぎるとボロが出てニセモノだとばれてしまう。今日は騎士団長さんが外出しているから、普段話さない騎士さんたちと繕い物をしながらおしゃべりしているので、楽しくてつい余計なことを言いそうになる。

王都から来た騎士さんたちはみんな良いとこのお坊ちゃんなのかと思ったら、みんな出自《しゅつじ》は様々で、貴族の出の人もいれば、平民出身の人もたくさんいるそうだ。

家族の生活を自分ひとりで支えていると言う人も多くいて、みんな色々あって大変なんだなあと話をしていてしみじみ思った。

その日、司祭様が準備が整ったので明日には出発する旨《むね》を伝えてきた。

「分かりました。じゃあ明日まで私暇なんで、司祭様もなんか繕い物とかあります？　さっき騎士さんたちのを手伝っていて、刺繍を……」

「いえ、せっかくの休暇なのですから、あなたはそんなことをしなくていいんですよ」

「あ……ハイ。すみませんです……」

突き放した言い方をされ、慌ててつい謝ってしまうと『謝らないでください』とさらに怒られてしまった。

怒られたショックでその日は一日なんとなくショボーンとしていたから、皆に心配をされた。

明日出発となり、みんなバタバタしていたので、私は早めに部屋に帰っておとなしくしていようと戻りかけた時、一人の騎士さんが声をかけてきた。

彼は、以前に罠にはまって骨折した馬の持ち主さんで、あんなことがあったから険悪になるかなーと思っていたが、意外なことにあちらから話しかけてくれるようになった。

歩み寄ろうとしてくれているのかもなーと思い、こちらも気さくに会話を振ってみたり時々雑談をする間柄になったが、調子に乗って馬の調子を尋ねてしまった時、ものっすごく顔をしかめて『はあ?』とちょう低音ボイスで返されて以後無視されてしまったので、若干まだあの時の蟠《わだかま》りは残っているようだった。

とはいえ今日は機嫌の良い日のようで、いつになくにこやかな笑顔を向けてくる。

「今日はどうかされましたか?　なんだか元気がない様子でしたが……」

「あっ、いえいえ!　大丈夫です。それよりも、騎士さんたちはみんな準備終わったんですか?」

「ええ、だから今から荷造りで……って、あー忘れてた!」

「へ?　どうかしたんですか?」

騎士さんがなにか困った様子だったので訊ねてみると、買い忘れたものがあると言った。

どうやら昨日町を歩いている時、可愛らしい髪飾りのお店があって、故郷で待つ妹のお土産にいいかもと思っていたのだが、その時は他の人もいたし、女性ばかりの店で入りづらくて買えなかったそうだ。でもやっぱり妹のために買いに行こうかと思っていたが、明日出発となれば今日買いに行かねばならないからと、話の流れで私にこんなお願い事をしてきた。

「あの……聖女様にこんなことを頼むのはどうかと思うんですけど、一緒に店まで付き合ってくれませんか?　その店女性客ばかりで、男が一人で入れる雰囲気じゃないんですよ……」

一人が嫌なら仲間の騎士さんを誘ったらいいんじゃないかと言ってみたが、他の人たちとあんまり仲が良くないから頼みにくいし、そもそもゴツイ男が二人連れになったところで入りにくさに拍車がかかるだけだとちょっとキレ気味に言われてしまった。この人、ぼっち気味なのか。キレやすいからいけないんじゃないかと思ったが空気を読んで黙っておく。

「はあ、そういうの気になるんですね。じゃあ私で良ければ付き添いますよ。買うだけならそんなに時間かからないでしょうし。でも外出するって司祭様に……」

「いや、団長がそこに居たんで俺が伝えてきます。司祭様はまだ外出中だと思うんで」

そう言って騎士さんは小走りで宿の集会室へと行ってしまった。

司祭様も時間的に少し待てば帰ってきそうだが……。

でも最近の司祭様は、ちょっとよそよそしくて話しかけづらいし、こんなことで煩《わずら》わせたら迷惑かもしれないし……と逡巡《しゅんじゅん》している間に、騎士さんが戻ってきてしまったので結局そのまま宿を出て店へと向かった。


「おお……ファンシー……」

「ね、入りづらいでしょう？　女性連れでも正直入りづらいんですが」

着いた店はこれでもかというくらいポップでキッチュな店だった。確かにここでゴツイお兄さんが一人で買い物するのはしんどいだろう。

店にいる店員さんも頭に山ほど髪飾りを載せた奇抜な格好をしていて、とても近寄りがたい。

「妹さんこういうの好きなんですか？　すごい造形の髪飾りですけど」

「今、流行りらしいんですよ……なんかあいうのが欲しいって言っていて」

店の奥にあるひときわ派手な髪飾りを指さしている。騎士さんと一緒にその棚のほうへ向かうと、奥にある扉から店員さんが出てきた。

「あ、すみませんあの髪飾りを……」

「……この薄汚いドブネズミが」

ん？　なんて？

ちょっと何言ってるか分かんないし髪飾りを買いたいだけなんですけどと言いかけた私の口が、後ろからふさがれた。

「んむ⁉」

「聖女様は唯一無二のお方なんですよ。その存在に対し、こんな汚いネズミで代役を立てるなんて不敬にもほどがある」

後ろから私を拘束しているのは、一緒に来た騎士さんだった。さっきまでの人のよさそうな顔と打って変わって、ものすごく冷たい目で私を見下ろしていた。

なんで……？　と問おうとしたけれど、私の意識はそこで途切れた。

「……！　プハッ！　はっ……え？　ここは……」

「あ、気が付いたみたいですよ。じゃあ、裁判を始めましょうか」

意識が戻って、混乱した頭のままキョロキョロと周囲を見回すと、私は木樽の中に詰め込まれていて、頭上から声がしたと思って見上げてみると、数人の男女が私を見下ろしていた。

さっきまでいい人だった騎士さんと、頭に飾りが山盛りの店員さんと、とんがり帽子みたいな黒い被り物をした怪しさ満載の二人。

異様な組み合わせの四人が私の入った樽を囲むようにして立っていた。

とりあえずこの中で唯一の知り合いである騎士さんに話しかけてみる。

「騎士さん……これどういうことですか？　騎士さんとは割と仲良くなったつもりだったんですけど、ずっと私を騙していたってことですかね？」

どうやら私は相当人を見る目がなかったらしい。

「……俺はあの時からずーっとお前を殺してやりたいって思っていたよ。この俺に恥をかかせやがって。貧乏人の価値観なんかどうでもいいんだよ。それを偉そうに説教してきやがって、お前は何様だ。偽者のくせに皆に持ち上げられて、ずいぶんと思い上がっているようだったから、お前と話すたび腹が煮えてしょうがなかったよ」

なんの話か分からずきょとんとしてしまったが、聞いているうちにどうやら馬が怪我をした時のことを言っていると気が付いた。皆がいる前で彼の行いを責めたことが、彼にとっては『恥をかかされた』と思ったらしい。

女に馬鹿にされると死ぬほどキレる男って村にもいたけど、多分この人もその類だ。貧乏人の田舎娘にプライドを傷つけられて、ものすっごく怒りを溜めていたんだろうな。

「ええ？　あの時からずっと怒っていたんですか？　でも最近は騎士さんのほうから話しかけてきたりしてましたよね？　不満があったなら言ってくれればよかったのに……」

「馬鹿か。こうやっておびき出すために機会をうかがっていたんだよ。ネズミと口をきくのは死ぬほど苦痛だったがな、処刑するまでの我慢だと思って耐えたんだ」

「え？　処刑？」

なんかものすごく不穏な単語が混じっていたので聞き返してしまった。

「今からお前の罪状を読み上げ、有罪か無罪かを裁判をする。まあ裁判するまでもなく有罪だが、俺たちは正しい裁きを行わなければならないから、こうしてお前のために法廷を開いてやっているんだよ」

「ちょっとまじで何言ってるか分かんないんですけど、大前提として、私が聖女様の代役だってバレたんでこの状況になっているってことで合ってますかね？」

「ドブネズミは己の罪すら理解できないほど頭も悪いのね」

ポップでキッチュな店員さんがクスクス笑いながら私を罵ってくる。いや、絵面《えづら》とセリフのギャップすごいな。そして会話のキャッチボールが成り立たない。

ただ、司祭様にニセモノだとバレないようにと言われていたのにこの有様だから、ヤッチマッタナーと後悔しても遅い。

とんがり帽子みたいな被り物の人がもったいぶった風に巻物をくるくると広げ、書かれた内容を読み上げる。

「この娘は、聖女様の名を騙《かた》り、民から金品を巻き上げるという詐欺を働いた。おこがましくも貧民が聖女様に成りすまし、あのお方の名誉を著《いちじる》しく傷つけた罪は、非常に重い。よって死罪が相応である。なにか異議のある者は」

「異議なし」

「異議なし」

「異議なし。罪人にはふさわしい死に方を」

なにこの茶番。必要？　私を置いてけぼりで頭上では私の処刑が満場一致で決定したみたいなんですけどどうしたらいいですか？　ていうか、なんなのこの状況。

「偽者を仕立てたあの司祭は罪にならないのですか？」

「あれはロザーリエ様のお気に入りだから手出しはならない。ただ、自分の替え玉は、たとえ教会関係者であっても絶対に許さないとのお言葉をいただいている」

「処刑方法はどうされますか？　ご指示はありましたか？」

「罪を浄化するためにも、火あぶりがいいだろう。ロザーリエ様は、楽に死なせるなと仰っていたので、苦しみは長いほうがいい」

これ現実かな……？　地獄みたいな会話しているけど、これ私に関することなんだよね？　現実感のないまま、茫然と見上げていると騎士さんと目が合った。

すると、騎士さんは少しかがんで私に話しかけてきた。

「ロザーリエ様はとても聡明な方だから、あの司祭ならば自分の代役を立ててでも巡礼を強行すると予想して、こうなることが全て分かっていらしたんだ。国務に穴をあけるわけにいかないとしつこかったからな。だから密偵として俺が残されたんだけど、あの方が仰ったとおりになった。お前はおこがましくも聖女の衣装を着て恥ずかしげもなく名を騙って、それを近くで見ていた俺は腹が煮えて仕方がなかった。ああ、ようやく殺せる。長かったよホントに」

すぐにでも捕まえて排除したかったけれど、自分ひとりでは司祭様と魔術師の双子と騎士団長を相手に戦うのは無理だから、この町に近づくまで耐えていたんだ、とものすごく嬉しそうに私に語って聞かせた。

さっきの店は、本店が聖都にあり、聖女様の好みにあった装飾品を作るために取り巻きの一人が創設した店の系列店で、店員はロザーリエ様の熱烈な信徒だそうだ。

彼の主張は一旦置いておいて……でもネズミだの罪人だのと私を罵る前に、本来代役を立てなくちゃいけなかった理由をもう一度よく考えてほしい。

ここで私が死んで、巡礼が失敗したら困るのはロザーリエ様のほうなのである。

「あのさあ……不敬どうこうは一旦置いといて、巡礼の本来の目的をちゃんと考えれば、ここでニセモノを殺しちゃダメだと思いますよ。この巡礼業って王命で断れないから、苦肉の策で代役を立てたのに、ここで私を殺しちゃったら、巡礼が続けられなくてロザーリエ様が仕事放棄して逃げたことが王様にばれちゃうんじゃないですか？　だったらこのまま私が巡礼終わらせて、新婚旅行から帰ってきたロザーリエ様と交代するのが一番いいと思うんです」

だから私を殺しても損しかないよ！　とアピールしてみたが、私の言葉を聞いた騎士さんは無表情のまま私の髪を乱暴につかんで、無理やり樽から引きずり出した。

「何を言ってもお前の処刑は覆らないんだよ！　悪あがきは止めて、俺に土下座して不敬を働いたことを詫びるんだな！」

ホラ、跪けと頭をグイグイ押してくる。私が黙ったままでいるとキレた騎士さんが怒鳴りだした。

「おいっ！　なんだその態度は！　泣いて詫びろよ！　無様に縋り付いて命乞《ご》いしろ！　そうすれば少しはお前の罪も浄化されるだろうよ！」

「痛っ……！」

いや、もういくらなんでも理不尽すぎない？　私のしたことって、いわばロザーリエ様のしりぬぐい的な役割でしょ？　それなのに聖女の名を騙ったドブネズミとかものすごい罵りを受けた上に殺されるとか理不尽の極みなんですけど……。

と、言ってやりたかったけど、遠慮なく暴力を振るってくるので、この人ホントに私を殺すことにためらいとかないんだろうなと思うと、さすがに恐怖で震えそうになる。でも弱気を押し殺して、気丈に見えるよう相手を睨みかえしてやった。だってものすごく腹が立っていたから。

睨み返されたことがものすごく癇に障ったらしい騎士さんは、今すぐにでも殺してやりたいみたいな凶悪な顔になっていたけど、隣のとんがり帽子がそれを窘めた。

「おい、我々は正しい信念に基づき裁きを行うんだ。私刑は許さん。今から刑の執行を行うのだから、その準備をしろ」

全く理解できないが、彼らなりの正義があってそれに則《のっと》る必要があるらしい。

私は無理やり引き摺《ず》って連れて行かれ、視界が拓けてようやく気付いたが、ここは船の上だった。

周囲に建物は見当たらず、静かな水音と湿った森の匂いがするから、運河を通って町を抜けてきたのだと思う。すると、さっきの黒い被り物の人が私に向かって死刑宣告をする。

「お前の処刑は、生きたままの火あぶりだ。苦しみぬいて死ぬがいい」

見せつけるように、手に持った燃料とマッチを掲げてみせる。

――ああ、本当に私、死ぬんだ。

こんなかたちで死ぬとか、想像したこともなかった。

理不尽だな、と声にならないつぶやきを漏らす。

私の人生のなかで、理不尽だと叫びたい瞬間は何度もあった。

でも己の境遇を嘆いても泣きわめいても、何も変わらなかった。

どうせ世の中は不平等にできている。

クソ親父は家族を不幸にしてもお金を持ち逃げしても、バチは当たらずのうのうと生きている。

この世が平等であったなら、まだ幼かった兄姉が死んでクソ親父が生きているわけがない。

おじいちゃん神父様だって、ずっと教えを守って正しく生きてきたのに、全然報われず日々の食事にも困るほど貧しい生活をしている。

だから私が今ここで泣き叫んで助けてと懇願しても、誰もこの不平等さを正してくれたりはしないことを、私は知ってしまっている。

――だから絶対、無様に命乞いなんかしてやるもんか。

こいつらが、私が絶望する様を見たいっていうなら、泣き叫んでなんかやらない。死を免れないとしても、最後は絶望じゃなくて家族の幸せを祈って微笑んで死んでやる。

ばーかばーかと心の中で罵っていると、それが顔に出ていたのか男がものすごい形相で私を睨んでくる。とんがり帽子はそれを諌めつつ、火あぶりの準備をちゃくちゃくと進めていた。ごとりと音を立てて目の前に置かれた燃料の瓶を、見るともなしに見つめていた。

中身はとろみのある黄色味がかった液体が、船の揺れに合わせてたぷたぷと波打っている。

なんだかこの液体にものすごく見覚えがあった。

「…………台所にあるアレ？」

これ、ただの油じゃない？

いやまさかな。だって人間ひとり燃やそうってんだから、燃料が食用油なわけがない。でもどうみても食用油にしか思えない。あとあるのはマッチだけ。え？　まさか私燃やす用の材料ってこれだけとか言わないよね？

どうしても我慢できなくなって、とんがり帽子に訊ねてみる。

「あのー……その燃料って、もしかして食用油じゃないよね？」

「そうだが？」

「…………」

「ん？　なんだ？　恐怖で言葉が出てこないか？」

いえ、呆れて言葉も出ないんです。

「えっと、その油を私にぶっかけて、マッチで火をつけようとしてる？　あのね、油にマッチの火をつけても燃えないと思うよ？」

「…………は？」

ちょっと何言ってるか分からないみたいな顔をしているから、もう一度丁寧に説明してあげた。

油はマッチ程度の火では発火しないこと。ある程度熱しないと油は燃えないという台所常識を懇《こん》切《せつ》丁寧教えてあげると、その場にいた全員がポカンとしていた。

「え？　燃えない？　嘘だろ？　だって油だぞ？　おい、誰か知ってるか？」

「嘘、燃えるでしょ。はったりだよ」

「えー油で燃えないわけないでしょ。つーかやってみればいいじゃない」

「いいから早くしようよ。ここ羽虫多くてヤダ」

なんかワイワイ相談し始めたけど、誰も正しい人間の燃やし方を知らんまま来たらしい。正しい信念に基づいた裁きはどうしたんだ。こんなゆるゆるの計画でさっきあんな偉そうにしていたのかこいつらは。そもそも船の上で着火してどうするつもりだったんだろう？　一緒に燃えるつもりだったのか、単なるアホなのかな？　いやアホしかいなかったから、今こうなってるんだよね。まあ食用油でも芯を作れば火はつくと思うけど、そういうレベルの話じゃないんだよね。

「………なんかアホらしくなってきた……」

死生観について真剣に考えた私が馬鹿みたいに思える。もしかしてコレ壮大なドッキリとかってオチはないよね？

なんて思っていたら、愉快なロザーリエ様親衛隊の皆さんは、相談の結果とりあえずやってみようぜと決まったらしく、いきなりドボドボと頭から油をかけられた。

……うん、オリーブオイル。つーか人燃やそうってのに食用のいい油使ってんじゃないよ。

そして火のついたマッチを投げ込んできたが、案の定油に浸って火が消えた。

彼らは多分、火が油に触れた瞬間、ボッ！　と燃え上がるのを想像していたらしい。アレ？　オッカシイナァみたいな顔をしているけど、さっき私が言ったよね？　聞いてなかった？

燃えないと分かった彼らは、慌てて何か燃料になりそうなものを探し始めたが、見つからなかったらしい。まあ船の上だしねえ……。

「……っや、やっぱり、水葬にしよう！　それがいい！」

「そうだ！　それがいいと思っていた！」

「水責めのほうが苦しいと思うわ！」

「きっとこれもロザーリエ様の思《おぼ》し召しだな！」

火あぶりは無理っぽいと諦めたようで、手っ取り早く川に投げ込もうということで意見が一致していた。多分面倒くさくなったんだね。私、なんだかんだで生き残れる気がしてきたぞ。

「おい、ロープでそいつを縛れ」

とんがり帽子が縛ったほうがいいことに気付いちゃったらしい。水に落とされるだけなら潜って遠くに逃げればいいかと思ったけれど、さすがにそこまでアホじゃなかったか。

ちゃんとロープの先には重しをつけることも忘れなかったみたいだけど、みんなで私を縛ろうとしたが、さっき油まみれにしちゃったから手が滑って全然うまくいかない。

「うわ、ぬるぬるして持ちにくい」

「おい、命乞いとかして泣き叫べよ。聖女様に報告できないだろ」

「もうこれくらいでいいじゃん。早く落とそうよ、手がぬるぬる」

「ああん、髪飾りに油がついたじゃない！」

なんかね、全員不器用らしくて、私を縛るまでにものすごく時間がかかっていたから、準備ができた頃にはみんなぐったりしていた。

そして、わあわあ言いながら私を船の縁まで運んで行って、せーの！　と言って川に放り投げた。

ドボーン！　と水しぶきをあげて落ちた私は、すぐに縄をほどくために身をよじらせた。

多分あの様子ならすぐ解《ほど》けると思って、私は抵抗せずにいたのだ。

私を油まみれにしちゃうもんだから、手が滑って縄を上手く縛れていなかったんだよね。結び目が甘いし縛られた部分も油で滑るから、水に落ちてからでも解けると踏んでいた。

「んむむむ」

案の定、縄は水に入った時点ですぐに緩んで、結び目はすぐに解けた。

縄から抜け出したところで、息が限界だったので急いで水面に顔をあげると、まずいことに船の上にいる彼らに見つかってしまった。

「あっ！　沈まないぞ！　なんでだ！」

「縄解けてるじゃない！　ちゃんと縛りなさいよ！」

「おい、泳いで逃げるぞ！　なんとかしろ！」

「銛《もり》持って来い！　刺し殺せ！」

あの騎士さんが銛を振りかぶっているのが見えて、私は必死に岸に向かって泳いだ。だが、泳いでいる途中で背中に叩きつけられるような衝撃を受けた。

「っ……！」

背中に銛が当たってしまった。

おそらく肩甲骨あたりにぶつかったせいで、貫通はしなかったが、鉄の銛が背中にぶつけられた衝撃で、肺の中の空気が一気に押し出されて、痛みと衝撃で私は気を失った。

『Side：司祭の男』

「聖女様がいない？」

「うん、夕方から姿が見えない。警護につけていた奴らは部屋で寝こけててさ、何か盛られたみたい。そんで、騎士が一人行方不明。ソイツ、平民出身の奴で、ダレンが事前に身元調査をして確認したはずなんだけど、他の騎士たちが言うには、平民らしくない発言を時々していたんだって。身元を偽装していたのかも」

点検に出した馬車の車輪に不具合が発見され、その修理のために予定よりも長く町に滞在していたが、ようやく出発できる目途《めど》が立ち、今日はその準備に追われていた。

それぞれ準備のために外出していたのだが、セイランの警護は騎士数名とダレンに任せていた。だが、夕方になって宿に帰ってきたところ、双子たちがなにやらダレンと揉めていた。

どうしたのかと思えば、聖女が宿から消えたという。

双子は所用で外出する予定があったので、念のため、セイランの服に護符をつけておいてくれた。だがそれが物理的に破られた気配がしたので急いで帰ってきたそうだ。すると聖女が宿のどこにもおらず、警護につけていたはずの騎士が不自然に眠っていた。

ダレンは積み荷にいたずらをされていると報告を受け、馬車小屋のほうに行っていたので、聖女がいつ宿からいなくなったか誰も分からなかった。

「いなくなった騎士が聖女を攫ったと考えて間違いないんじゃないか？　今から町の出入りを封鎖しよう。居なくなってからまだそれほど時間は絶っていないはずだ」

自分が選んだ部下が犯人かもしれないと分かってダレンは怒り心頭だった。騎士の身元調査は私のほうでもしたというのに、まんまと間諜《スパイ》を引き入れてしまっていたことに自責の念が押し寄せる。

双子がじっとしていられず動き出そうとしたが、それを止めた。多分、私の予想が当たっているなら、その方法では見つけるのは難しい。

「……この町にその者の協力者が多数いるなら、封鎖しても無駄でしょう。彼女を攫ったのが、大きい勢力ならば、自警団にもその仲間が紛れているかもしれないから協力は仰げない。できれば絶対に信の置ける者だけで居場所を特定し、奇襲して取り戻すのが得策かと……」

「奇襲ったって、首謀者が誰なのか目的はなんなのかも分からないのだから目星もつけられないよ。それともルカ様は、心当たりがあるの？」

「ここはたまたま滞在することになっただけの町だぞ？　大きい勢力とはなんだ？　なにか知っていることがあるなら、全部話してくれ」

ファリルとダレンが、口籠《くちご》る私に畳みかけるように質問をぶつけてくる。

多分、セイランを攫ったのはロザーリエ様の信徒だろう。

彼女と一部の取り巻きは船旅にでてしまったが、我々巡礼隊がどうするかを、残った者に探らせようとするだろうとは思っていた。

聖女がいなくなって我々が困る様子を知りたいと、ロザーリエ様なら言いそうだ。だから私も国内に残った取り巻き連中の動向は教会の人間に探らせて、旅の途中も定期的に知らせを受け取るようにしていた。

見張りをつけられている可能性は考えていたが、事前に入念な身元調査をした巡礼隊のメンバーは大丈夫だと思い込んでいた。だがあちらはもっと前から間諜を仕込んでいたようだ。完璧なニセの身元を作り上げ、何年もかけて騎士団に紛れ込ませていたのだ。

聖女のニセモノを立てて巡礼を続けていることもロザーリエ様の信徒に逐一《ちくいち》伝わっていたのだろう。……これは私の落ち度だ。セイランの守りをもっと固めておくべきだった。

ロザーリエ様の信徒がセイランをどうするつもりなのか分からないが、無事に返すつもりなどないだろう。聖女にとって平民の娘など、塵《ちり》以下の存在だ。聖女に傾倒する人間も、聖女至上主義で同じ考えに染まっている。

時間がない。すぐにでも探索にかからないと、セイランの命が危ない。探索には三人の協力が絶対に必要だ。だが……。

私の当初の計画では、巡礼メンバーの誰にも替え玉のことは告げないつもりだった。本物の聖女が戻ってきた時に、必ずこの偽聖女のことを責め立ててくると予想がついていたから、全ては私ひとりが企て実行したこととして、教会も巡礼の仲間も無関係だとしておきたかった。

ロザーリエ様は気に入らない人間にはどこまでも残酷になれる方だ。この件に関わった者全員の首を刎《は》ねるくらいのことは言い出すだろう。だから断罪される対象は自分だけに絞っておきたかった。だからもし替え玉だと気付かれても、知らないふりをしろと言うつもりだった。

誤算が生じたのは、図らずもセイランが本物の聖女よりも聖女らしいギフトを持っていたことだ。

ダレンたちはあの力を見て以降、人が変わったように彼女に対し好意的になった。別人だと気付かれただろうかと思っていたが、彼らのほうから何か聞いてくることはなかった。

彼らの考えは読めなかったが、少なくとも、旅の終わりに私が『彼女は金で雇った替え玉だ』と告げて役目を終わらせようとしても、そこで納得して終わりになるとは思えなかった。

今の彼らの心酔ぶりを見ていれば、セイランが替え玉だと知ったらそれこそ『セイランが聖女にふさわしい』と言い出しかねない。

だが、彼らがセイランの味方につくとなれば、ロザーリエ様と事を構えることになる。教会はロザーリエ様につくだろうから、彼ら次第で騎士団、魔術師団と教会側との争いに発展しかねない。

それが分かっていたから、どう話すべきか判断がつかず問題を先送りしていた私が悪かった。

もっと早くに情報共有しておけば、むざむざ攫われるような事態に陥らなかったかもしれないと後悔しかないが、今は過ぎたことを考えている場合ではない。

ロザーリエ様の信徒は、巡礼を成功させる気が無い。自分たちの首を絞める行為だが、それよりもロザーリエ様のご機嫌取りを優先した。

この場で真実を包み隠さず明かして、彼らとセイランを探す手立てを考えなくてはならない。

「今まで黙っていましたが、攫われたのは、私が用意したセイランという聖女役の替え玉です。彼女を攫ったのは、ロザーリエ様の信徒でしょう。聖女の偽者で巡礼を行うと決めた時から、取り巻きたちの怒りを買うことは予想ができていました。仲間内に間諜が潜んでいることを見抜けなかったせいで、彼女を危険にさらしてしまった。あなたたちを騙していたことは許せないでしょうが、彼女を救うため、力をどうしてもお借りしたいのです」

どういう反応を返してくるかと三人の出方を窺ったが、返された言葉は意外なものだった。

「ようやく白状したな。ここまで来て誤魔化そうとしたら、ぶん殴ってやるところだった」

「僕ら、いつルカ様が話してくれるのかなって待っていたんだよ？」

「言うのをためらっていたのは、僕らを信用できなかったからじゃないんだよね？」

彼らはとっくにセイランがロザーリエ様とは別人だと気付いていた。そして、私が口を噤んでいたように、彼らもまた私を問いただださなかったのには理由があるようだった。

「聖女様の救出に向かう前に、ひとつ確認したい。ロザーリエ様の信徒が強硬手段に出てきた以上、このまま巡礼を続けることはできない。彼女を救うため、と言うが、助け出したあとのことはどうするつもりだ？　あの方をどう扱うつもりでいる？　あれだけの奇跡を披露してしまったのだ。もうただの替え玉だという主張は通用しないぞ」

ダレンが私に問いかける。双子も黙ったまま探るような目でこちらを見つめていた。

「……奇跡の力を持っていても、教会はあの子を聖女とは認めないでしょう。教会にとって、聖女のしるしが絶対なのです。彼女にはそのしるしがない。恐らくセイランの保護は望めないでしょう。それどころか、今の大司教はロザーリエ様の信徒に与《くみ》して、断罪する決定を下しかねない」

私はそこで言葉を区切ってダレンを見た。彼の表情に変化はなく、教会の意向は予想していた話だったようだ。

司祭として……本来私は、教会の意向に従うべきだが……。

「でも……私はもう、セイランが聖女であるかないかはどうでもいいのです。彼女を守るために私はここにいる。それが教会の教えに背くというのなら、離反者となっても構わない」

棄教《ききょう》するということは、私にとってこれまでの自分を捨てることと同義だった。それでもかまわないと思った。グラーヴ師が『私の光』と言った意味が今では痛いほどよく分かる。あの子は人々を明るく照らす光だ。絶対に失わせてはいけない。

じっと私の言葉を聞いていた三人だったが、急に緩んだ笑いを漏らした。

「その言葉が聞けてよかった。教会が聖女と認めないことは分かっていたが、ルカがどうであるか、まだ判断がつかなかったんだ。俺たちにとっては、あの方が……セイラン様が唯一無二の聖女だと思っている。教会の決まりなど俺たちには関係ない」

うんうんと双子が頷いている。どうやら私は彼らに試されていたようだ。

「僕らもルカ様に話したいことがあるけど、今はまずお姉ちゃんの捜索が優先でしょ。さっきから探索魔法を飛ばしているんだけど、どこにもお姉ちゃんの気配が引っかからないんだよね」

「多分、探索魔法阻害の護符かなにかを町全体に張り巡らしていると思うよ。それを片っ端《ぱし》からはがして痕跡を探そう」

ウィルの言葉にファリルが応じる。私の知らないところで、双子とダレンは決意を固めていて、さらにはこちらが知らない情報もなにか押さえているようだった。

とっくの昔に、彼らを巻き込んでいることに気付くべきだった。私が腹を決めかねていたせいで、敵に対し後手後手《ごてごて》に回ってしまったと後悔する。

「グダグダ悩んでいる暇ないよ。ルカ様も探索魔法は使えるでしょ？　今確実に信用できるのは、ギフト持ちのルカ様とダレンしかいないんだから、僕らだけでやるしかない」

「待ってください、ギフト持ちがとはどういう意味ですか？」

移動しながらファリルが説明してくれたことによると、魔術師団はロザーリエ様がなにか正体不明の呪術を使っているのではないかと以前から疑いをかけていた。

ロザーリエ様の取り巻きや信徒たちはその呪いによって彼女に傾倒していると考えているが、どうやらギフト持ちの人間にはその呪いがかからないようだと双子は予想していた。

その考えに行き着くまでの過程を一気に説明され唖然としたが、言われてみれば思い当たる節がありすぎる。

私も過去にロザーリエ様から感じた異様な気配を思い出して背筋が震えた。多分彼女はあの時私に呪いをかけようとしていたのではないだろうか。もし、私がギフト持ちでなかったら、と考えると背筋がゾッとした。

「そう考えると、残りの騎士たちもギフト持ちでないため誰も信用できないですね」

町の自警団にも信徒が紛れているかもしれない。とにかくまずは魔法阻害の護符をはがして回ろうとなって、私たちは三方向に分れた。


私は運河沿いの道を走り、建物の隅に貼られた護符を見つけたので、魔法で焼き払った。

するとこの周辺で探索魔法が可能になったので、運河に並ぶ船を中心にセイランの気配を探ると、ひとつの係船柱《ボラード》の周りで彼女の残滓《ざんし》を感じた。

その係船柱には船がつながれていなかった。

「船で町を離れたか……?」

ロザーリエ様の取り巻きや信徒は、ロザーリエ様が独自に解釈した教会の教えに従って生きている。彼らには彼らなりの大義があって行動しているから、セイランのこともいきなり殺すということはないと考えていた。

断罪のための擬似裁判か、粛清《しゅくせい》の儀式などを行うために信者たちが集まりそれを行うとすれば、人気のない場所へと移動するだろう。それには船で町を出てしまうのが一番あり得そうだ。

ここから船で川下に出たかもしれない……。

賭けではあるが、私は川を下ることにした。念のため、この場所に目印を残しておいた。ウィルとファリルならば伝わるだろう。

川を下り始めて町を抜けると、遠くのほうに小型の貨物船の明かりが見えた。

夜中に貨物船が移動するのは不自然だ。水音を立てないよう慎重に船に近づく。

すると船の上からなにかが水に投げ込まれ、高く上がる水しぶきが見えた。様子を窺っていると、水面に誰かが浮いてきて、その顔が目に飛び込んできた。

「――セイラン！」

投げ込まれたのがセイランだったと気付き、怒りで目の前が真っ赤になる。苦しそうに水面を浮き沈みする彼女の姿を見て、後先考えずに川へ飛び込んでしまった。

だが私が彼女の元へたどり着く前に、男がセイランに向かって銛を投げつけたので、それがセイランの肩を掠《かす》め、その衝撃で彼女は気を失ったのか水に沈んでいってしまった。

「……なんてことを！」

思わず大声をあげてしまうと、船上の者たちがこちらを振り返った。

しまった、と心の中で舌打ちをする。あちらが飛び道具を持っていれば、セイランを救う前に私がやられてしまう。今彼女を救えるのは自分しかいない。

知識程度にしかない攻撃魔法を詠唱して反撃に出るが、付け焼き刃で身を守りつつセイランを救出しに行けるのかと不安が頭をよぎる。この時初めて己が聖職者の道を選んだことを激しく後悔した。

その時、空を切り裂くような光と共に轟音《ごうおん》が鳴り響き、稲妻が貨物船に直撃した。

『ドオオオン！』

まるで大砲に打たれたような音を立てて、雷に打たれた船は真っ二つに裂けた。

突然の出来事に状況を認識する間もなく荒れ狂う波に翻弄《ほんろう》され波に押し流されてしまう。雷のように見えたが、水の中にいる私は感電することなく、波がおさまるとなんとか水面に顔を出すことができた。

「――――セイラン！　セイランっ！」

セイランの名を大声で呼ぶ。

何度呼んでも彼女の声は返ってこない。必死に周囲を見回して探すが、水面には彼女の姿はどこにも見えなかった。

すぐに水中に潜って探し始めたが、泥が舞い上がって川の中は視界が悪い。絶望しかけた時、泥の向こうに光がちかちかと瞬《またた》いているのが見えた。

光に導かれるように泳ぎ進むと、気を失い流されるセイランが居た。急いで彼女を抱き水面に上がる。その時、裂けた船が倒れるようにして沈み始め、川は津波のように荒れ狂った。

その衝撃で泳ぐことも敵《かな》わず、私とセイランはなす術もなく川を押し流されていった。

荒れ狂う水に、必死に彼女を離さぬよう抱きしめるだけでどうにもできずただ翻弄されていると、急に体が水面に押し出された。

水の圧力が無くなり、ようやく呼吸ができるようになった時には、私たちは川べりに打ち上げられていた。

顔をあげ周りを確認するが、どこまで流されたのか全く見当もつかない。セイランを見ると、肩のあたりから出血していて顔色は真っ青だ。

急いで水から引き上げ水を吐かせると、ひとまず呼吸はしていたのでそれに安堵する。だが意識が戻る様子がない。背中の傷からじわじわ血が流れ続けているので、とにかく止血をしなくてはと、乾いた岩陰に寝かせ、濡れた服を剥《は》いだ。

傷は思ったよりも深くなかったが、水の中にいたせいか出血量が多い。服を破り傷口をきつく縛る。

冷え切って意識のないセイランの姿を見ると、彼女を失ってしまうかもしれないという考えが頭をよぎり、情けないことに手が震える。

とにかく温めないと、と思い固く絞った布で濡れた体を拭いていく。

さすがに肌着まで脱がせるのはためらわれたので、水気だけでも取ろうと布で拭いていた時、彼

女の腿《もも》の内側になにかがチラリと見えた。

素肌をなるべく見ないようすぐに目をそらしたのだが、一瞬見えたものに見覚えがある気がして、どうしても確認しなくてはならないと頭の中で警鐘が鳴った。

「………まさか」

意識のない彼女の足を持ち上げて、腿の内側を見る。

足の付け根に近い部分には、聖女のしるしがあった。

本物の聖女の足裏にあったものなど比べ物にならないくらい、完璧で美しい形のしるし。一目でこれが聖女の証だと分かるほどの神秘的な造形だった。

「なんてことだ……セイランが……本物の……」

何故、という疑問が頭の中で渦巻く。

けれどその答えは最初から示されていたことに気が付いた。

「グラーヴ師か……！」

〝あの子を守るためには、隠すしかなかった〟

あの方は私にそう告げた。しるしを隠していた理由は考えるまでもない。グラーヴ師がセイランを見つけた時にはもうロザーリエ様が聖女として教会が認定していた後だった。

そして大司教についた者がロザーリエ様の後見となっている状況で、失脚して断罪された元大司教が本物の聖女を見つけたなどと言えるわけがない。謀反《むほん》を企てているとして、セイランともども処刑されかねない。

道を間違えるな、と私に言った師の姿を思い出していた。

だがこんなタイミングでセイランの真実を知ってしまって、私はこれからどうすればいいのか。

私は彼女の美しいしるしを見つめながら、必死に考えをめぐらせていた。

第六章『そんなとこに聖女のしるしがあるなんて一生知らなくてよかった』

うう、寒い。

そして背中が痛い。

凍えそうな寒さと痛みで目が覚めた。

……あー、そういや水に落とされた挙句、槍だか銛だかで刺されたんだっけ。

あれからどうなったんだっけと思いながら顔をあげると、私のまたぐらに誰かが顔を突っ込んでいるという衝撃の光景が目に入った。

「ぎゃあああああ⁉」

「うわっ！　セイラン！　……痛っ！　わ、私です！　落ち着いて！」

なんと私の股を覗き込んでいたのは司祭様だった。

「えっ司祭様？　嘘でしょ？　聖職者が女性の股を覗くなんて世も末……ってイタタタ」

「ああ、動かないでください。傷が開きます。今、火を熾《おこ》すので、安静にしていてください」

そう言って司祭様は林の奥へ走って行った。司祭様もびしょ濡れで、見ると周囲の岩に服が干してある。状況から察するに、溺《おぼ》れていた私を司祭様が助けてくれたんだろう。蹴り飛ばして悪いことをした。

すぐに司祭様は枝や葉を持って戻ってきて、魔法でポッとマッチほどの火をつけて火を熾した。明々《あかあか》とした火が暗闇を照らし、温かさが伝わってくる。

「すごい。司祭様は火の魔法も操れるんですか」

「生活魔法程度です。教会は戦いに使えるような魔法は禁じていますから……」

「でもすごいです……マッチ要らず……あれ……？」

司祭様と会話をしていると、急に視界がぐるんと一回転するような感覚がして、私は頭を起こしていられずパタリと地面に倒れた。

そしてもう瞼を開けていられないくらい暴力的な眠気に襲われた。

どうしよう……すっごく眠い。今日は色々あったから……水にも落ちたし、ものすごく疲れたせいだよね……眠くて意識を保っていられない。

寝ている場合じゃないとは思うが、眠くて仕方がない。だが司祭様はそんな私の様子をみて慌てて声をかけてきた。

「セイラン！　自分に治癒魔法をかけてください！　血を失いすぎたんです。傷をふさがないと危険だ……」

「すみません……眠いんで……あとでやります……」

「ダメです！　その眠気は失血のせいです！　まずは止血をしてください！　死んでしまいます！」

司祭様がなんか言っていたけど、もう眠くてしょうがないのでちょっと後にしてほしい。でも司祭様は許してくれなくて、私の耳元でわあわあ騒ぐ。

「起きてください！　今意識を失ったらもう目覚めないかもしれないんですよ！　治癒魔法はあなたにしか使えない！　どうか傷を！」

もう目覚めない……明日が来ないってことかあ……。でも……。

「まあ、それでも……いいかな……」

私が呟くと、さっきまでうるさかった司祭様の声がピタッと止まった。

「時々……寝る前に……明日がこなければいいのにって……思うことがあるんですよ……」

「セイラン……？　なにを……」

「私が頑張らなきゃって……家族を守らなきゃって……でも時々……明日がくるのが……辛いって思う時があって……」

眠りにつく時って、なぜかいろんなことを考えてしまって、無性に弱気になることがあるじゃないですか？　と口の中でモゴモゴ呟く。言葉になっていたかどうかは分からないけど。

眠くて意識が朦朧としてきた私は、今まで誰にも言えなかった弱音が口をついて出てしまった。

「もう、このまま目が覚めなければいいのにって……」

家族の前ではどんなことがあっても『ダイジョブダイジョブ！』と言って強がって、実際なんとかなってきたが、本当は不安でしょうがない時もたくさんあった。

家族を不安にさせたくないから、みんなの前ではいつも明るく振る舞っていたけど、ベッドに入って目をつむると急にいろんなことを考えて、明日が不安で眠れなくなるということが、実は度々あった。

怖くて不安で、『いっそこのまま目が覚めなければ明日のことを考えずに済むのに』なんて考えが浮かんできてしまう。

本気で明日が来なければ、なんて思っているわけじゃない。

ただ不安で、眠る直前はいろんなことが怖くなって、昼間は出てこない弱気が顔を出してくる。

でもそんな後ろ向きなことを考えているなんて家族に対する裏切りだし、恥ずかしくて誰にも言えなかった。

ここにいる相手が司祭様だったから、告解《こっかい》のノリでつい弱音が口をついて出てしまった。

司祭様なら、仕事柄懺悔《ざんげ》とかも聞きなれているだろうし、それくらいネガティブなこと言ってもいいよね?

ちょっと寝て、また元気になったらいつも通り頑張れるから、今だけ許してほしい。本当に今日は疲れたんです。弱音くらい聞き流して……。

暴力的な眠気に逆らえず言うだけ言って夢の世界に旅立とうとした次の瞬間、司祭様が叫んだ。

「セイラン！　あなたが辛くてつぶれそうな時は、代わりに私が背負います！　もう一人で全てを抱えないでください！　私があなたを守ると言ったではないですか！　この先どんなことがあっても、私はあなたのそばにいて支えると誓う！　だから目覚めたくないなんて言わないでください！

生きて……生きてくれ！　お願いだセイラン！」

私の弱音をガチで受け止めた司祭様が真剣に訴えかけてきた。

大声で叫ばれ、ゆすゆす揺り起こされるので、睡魔と戦いながら薄目を開けると……司祭様が泣いていた。

綺麗な顔をぐしゃぐしゃにして涙をこぼす司祭様をみて、驚いて眠気が吹き飛んだ。

「えええ⁉　し、司祭様！　なんで泣いてるんですか？　ごめんなさい私のせい？」

慌てて起きて謝ると、司祭様は驚いたような怒ったような難しい顔をして、ふ、と息をついて涙をぬぐった。

「……っそうですよ。あなたが死んでしまうと思って……謝るくらいなら、起きて自身に治癒をかけてください」

「わ、分かった、分かりましたから、もう泣かないでください。ちゃんという通りにするんで……でも今疲れているんであんまり上手くいかないかも」

疲れた状態で治癒の力を振り絞ると、逆に体調悪くなるので……と言いかけると、司祭様がぎゅうっと私を抱きしめてきた。

「ふぎゃ⁉　ちょ、司祭様？」

「…………早く治癒を」

なんだこの状況と思いながら治癒を自分にかけると、私の太もも付近が光りだした。

「しっ！　司祭様ー！　なんか股のとこ光ってるんですけどこれなんだか分かります⁉　ちょう恥ずかしいんですけど！　えっこれ消える？　ずっと光ってたら私、股間が光る人ってみんなに思われちゃうんですけどどうしたらいいですか⁉」

「落ち着いてくださいセイラン。まず股間という表現は止めましょう。光っているのは、おそらく聖女のしるしです。あなたの腿にそれがあるんですよ。さっきまでは光っていなかったので、治癒の力を使うとそれが反応するんでしょうか？　というか、今まで自分で気付かなかったんですか？」

セイジョノシルシ？　なにそれ？

訳が分からないよという顔をしていると、司祭様が私の足を持ち上げて、『ここにしるしがある』と教えてくれた。

ほら、ここですと指さされたが、体堅いから自分じゃ見えないと言ったら、司祭様が私の足をグギギギと無理やりまげて見せてくれた。痛い痛い。

それは……ちいさいけれど、緻密《ちみつ》な文様？　のような複雑な絵が太ももの付け根付近に存在していた。いやこんなとこ普段自分でも見えないし知らないよ。母さんからも聞いたことがない。

「こんなとこにあざがあったなんて知らなかったですよ。ていうかコレどう見ても自然にできたものじゃないですよね？　記憶にないですけど、小さい頃に焼き印でも押されたんですかね？」

「違います、焼き印や入れ墨でこんなに美しい色味の文様が肌に浮かぶわけがありません。そもそも焼き印が光るわけがないでしょう。恐らく、このしるしを隠していたのはグラーヴ師……神父殿でしょう。あの方は魔法が使える。認識阻害魔法をかけていたのでしょうね」

え？　おじいちゃん神父様が？　ナンデ？

「……股間が光るなんて可哀想って思われたのかな？」

多分そうだ。女の子なのに（男でも嫌だろうが）可哀想って思って見えなくしてくれていたんだろう。でも怪我した衝撃で神父様がかけてくれてたナントカ魔法が解けちゃったのかなあ。どうしよう、もいっかい見えなくしてもらわないと。『ああ、あの股間が光る人ね！』とかって言われるようになったら、社会的に死んでしまう。

私が内心大パニックに陥っている時、司祭様はまだあざをじっくりと眺めまわしていた。

「ここの中央にある紋章のようなものは、古い書物でみたことがあります……こちらは古語でしょうか？　どういう意味を持つのか……」

ブツブツ言いながら司祭様は遠慮なくあざを撫でまわしてくれるので、くすぐったいことこの上ない。ていうか恥ずかしいんですけど。

「ちょ、や、もういい加減にっ！　そんなとこ触らな……ひゃあ！　顔近づけないでください！」

「ああ、すみません。でもこれが何を意味しているのか知りたくて……」

司祭様が足をがっしりとつかんでいるので、私はあられもない格好になっている。司祭様、いくら下心がないとはいえ、女性のまたぐらに顔を突っ込むのはどうかと思う。

そうやってわちゃわちゃ司祭様と揉めていると、どこからか物音が聞こえてきた。

「おいっ！　いたぞ！　聖女様は無事かっ…………」

「お姉ちゃん！　ルカ様！」

「お姉ちゃんは無事っ？」

「「「あ」」」

突然林の奥から、騎士団長さんと双子の三人が現れて、私たちの姿を見て固まっていた。

司祭様が下着姿の私の股に顔を突っ込んでいるという、どう考えてもいかがわしい場面にしかみえない。

全員しばらく固まっていたが、我に返った騎士団長さんが怒号をあげた。

「おおおおぉい！　ルカァァ！　俺たちが必死に探していたってのに、お前はなにサカってやがるんだぁ！　ぶっ殺すぞ！」

「ルカ様さいてい！　お姉ちゃんになんてことを！」

「僕たち二人が無事かって気が気じゃなかったのに、ルカ様はお姉ちゃんを裸にひん剥いてお楽しみ中だったなんてがっかりだよ！」

「いや違います、これには事情が……っ」

見られた場面がアレだったもんで、しばらくすったもんだして誤解を解くのが大変だったが、私の背中の傷を見せて説明するとようやく事態を理解してくれた。

「銛で打たれたの？　なんてひどい……。ねえ、でもその聖女信徒の奴らって、爆発して沈んだ船と関係ある？　すごい轟音が町のほうまで聞こえてきてさ、僕らその時ちょうど司祭様が残した目印を見つけて川を下ろうとしていたところだったんだけど、そこまで波が押し寄せて船が転覆したりして大変だったんだ」

「川は大荒れで船が通れなくなっちゃって、仕方がないから陸から川沿いを走って二人を探して回ったんだよ」

「その途中で例の騎士とロザーリエ聖女の信徒らしき奴らが半死半生で川岸に打ち上げられていたから、とりあえずふん捕まえて転がしてきたが、それよりも、あの爆発はルカがやったのか？ 戦ったのか？」

三人は矢継ぎ早に質問をするが、司祭様が放った一言で全員が言葉を失った。

「いや……あれはおそらく『女神の鉄槌《てっつい》』だ。私はこの目でその瞬間を見たから間違いない」

たっぷり一分間、凍り付いたように誰も言葉を発しない時間が流れたが、我に返った三人が同時に叫んだ。

「……なんだって！ 女神の鉄槌だと？ 間違いないのか？」

「えー！ 嘘でしょ？ あれっておとぎ話じゃないの？」

「そんなことあり得るの？ すごいね！ ていうか見たら分かるものなの？」

なにやら内輪ネタで盛り上がっているようである。

私は話についていけないし、関係ない話よねと思って、他人事みたいな顔で黙っていたら、司祭様が『あなたが当事者ですよ』とキラーパスを寄こしてきた。

そんなわけないと首を振る私に司祭様は『女神の鉄槌』とは何かと語りだした。

その現象についての記述は、聖女の歴史書に記されていて、聖典とは別に聖女伝説として語られる割と有名な話らしい。聖女の歴史書は教会に置いてなかったので知らなかった。

女神の鉄槌というのは、聖女が持つ女神の加護だそうで、聖女を守るために天から遣わされる力である。歴史書にもたびたび起きた現象として記述されているが、司祭様も実際に見たのは初めてで、おとぎ話のようなものだと思っていたそうだ。

その女神の鉄槌らしき現象が先ほど司祭様の目の前で起きたらしい。

しかもなんと、私を拉致《らち》したあの聖女様の手先みたいな人たちの船に直撃して、その船は真っ二つに裂けて川に沈んだというから驚きだ。

「あれが雷ではないという根拠は、まずはすぐ近くの川にいた私たちが感電していないこと。そして女神の鉄槌が落ちた瞬間、魔法ではない気配……しいて言えばセイランのギフトに似た気配を感じました」

「そんな大変なことが起きていたんですねえ……って、なんでその『女神の鉄槌』が聖女様の仲間に落ちるんですか？　あの人たち、なんか聖女様にやらかしたんですかね？　まあやらかしそうな人たちだったですけど」

あまり人を悪く言うのもなんだが、正直あの人たちはアホの部類に入る人間だった。よく分からないけどやってみよう！　みたいなアホなノリで、聖女様に対してもなにかやらかしていてもおかしくない。

そんな風に一人で納得していたら、司祭様が心底呆れたような顔でため息をついた。

「はあ……この期《ご》に及んでまだそんな認識とは……。女神の鉄槌が彼らに下ったのは、あなたが本物の聖女だからに決まっているじゃないですか。さっき自分で聖女のしるしを見たでしょう。彼らはあなたを傷つけ殺そうとしたのですから、当然です」

「いやいやいや、暴論すぎません？」

雷が落ちて船が壊れたのを私のせいにされてはたまらない。

「私もあなたにしるしを見つける前までは、セイランが聖女の称号を得られなくともいいと思っていましたが、それはきっと女神様が望む道ではないのです。私は今ある間違いを正し、あなたをあるべき場所に導く。それが女神様のご意思だとようやく分かりました」

きりっとした顔で言われたが、何の話かよく分からない。首をかしげていると、司祭様の額にビキッと青筋が浮かんだ。

「ですから！　あなたが女神様よりしるしを授けられた聖女なのです。あなたを害そうとした者に鉄槌が下ったという事実が、あなたが正しき聖女であるなによりの証明です」

「ええー……？」

なんか目が覚めたら怒涛《どとう》の展開で、いきなりお前が聖女だ！　と言われても何もかも嘘くさく聞こえてならない。ていうかロザーリエ様っていう本物がいるじゃん……。

女神の鉄槌という過去の逸話もなんだかちょっと胡散臭《うさんくさ》い。結論ありきで話が進んでいるみたいで、なんだか騙されているような気がする。

そんなふうに疑問と疑念でいっぱいだった時、突然私の頭に天啓が降りてきた。

はっ……！　まさか……これは……ロザーリエ様に嫌気がさした司祭様が、ニセモノの私を本物に担ぎ上げて、あちらを排除しようという黒い計画なのでは……？　さっき私を攫った人たちもロザーリエ様のお仲間みたいだし、訳の分からない理屈で巡礼を潰そうとするロザーリエ様陣営に、いい加減嫌気が差したんだ！

これはもう、元凶からやっつけてしまおうという司祭様の発案に違いない。最初っからバリバリ暗躍していた司祭様だもの。それくらいやりかねない……！　絶対そうだ！ヤダ私すっごい冴えてる！

どうしよう、期間限定の代理ならともかく、本物の聖女様に成り代われるわけないのに……。無茶がすぎるよ司祭様……。

助けを求めて騎士団長さんと双子を見ると、三人ともポカンとして司祭様をガン見していた。あ、よかった。多分、騎士団長さんと双子がきっと『そんなわけあるか』と言ってくれるだろう。さすがにそんなの騙されないよね！

……と思ってみていたら、バッとこちらに向き直ってパアァ～と顔を輝かせ、三人そろってこう叫んだ。

「「「やっぱりそうだったか！」」」

まさかの反応に目を白黒させていると、三人は嬉しそうにワイワイと盛り上がり始める。

「いやーやはりあの女は偽聖女だったか。そうと分かれば話は早い！　黒幕を見つけ出してぶちのめせばいい！　さあ行きましょうセイラン様！　俺が馬になります！」

「脳筋はちょっと黙ってて！　でもそれなら話はシンプルになるね。遠慮なくアイツを断罪できるじゃん！」

「教会の認定とかどうでもいいって思ってたけど、やっぱりあの女がデカい顔してお姉ちゃんがニセモノ扱いされるのは許せないよね！　こうなったら取り巻きたちも全員ぶちのめして、死ぬまで土下座させよ！」

なんか三人でキャッキャしだしたけど、そんなことより……三人とも司祭様の話に全乗りしだしたよ！　え？　そんなすぐ騙されるとかってある？

あ、違うか！　多分これ、三人が司祭様の言葉の裏にある意図を読んで、分かった上で『それいい案だね！』って司祭様の作った話に乗っかったんだ！

というか、とっくに私がニセモノだとバレていた前提で話が進んでいるんだけど……ひょっとして最初っからみんな知っていたの？　だったら一生懸命聖女様のフリをしていた私の苦労を返してほしい。

なんか色々騙されていた気分で、一人で『ぐぬぬ……』となっていた私のことなどお構いなしに彼らはどんどん話を進めていく。

「でもさ、あの女の呪いの正体が分かるまでは迂闊《うかつ》に動けないよ。今のところ、師団でもアレの正体がつかめていないから、取り巻きを正気に戻す方法も分からない」

「そうだ、ルカ様は呪いについてどう思う？　教会には協力を頼めなかったから、さっきの僕らの話を聞いて、聖職者としての見解が聞きたいな」

「え、あ？　呪い？」

突然呪いという単語が出てきて驚いたが、ファリルが教えてくれた話によると、ロザーリエ様はなにか人心を操る秘術みたいなのを使って周囲の人間を取り込んでいるらしい。

……いやもう、すごく納得できる。私を攫ったあのロザーリエ様親衛隊四人組も、普通の精神状態とは思えなかった。ていうかあれが通常運転と言われたら逆に心配になる。

「呪いは禁術ですから、その記録も公式には残っていないのですが、大聖堂の奥深くには歴史書として保存されていると聞いたことがあります。ただ、呪いの術も魔力を用いて行うもののはずです。ウィルとファリルが感知できない力となると……やはり違うのではないかと」

双子が言うには、ロザーリエ様の目になにか秘密があると考えているらしい。そしてルカ様もそれには同意し、一度、ロザーリエ様の目を見せられて、得体の知れないものを感じたと言った。

……うーん。そのエピソード、なんか聞き覚えあるんだけど……真面目に話しているとこに茶々を入れるのは気が引けるなあ……。

「セイラン様？　お疲れでしたら俺に座ってください」

うーんと考えこんでいると騎士団長さんが椅子になろうとしてきたので全力で断り、気になっていたことを話してみた。

「あのー、人を操る目っていうの、聖典にある『悪魔の目』じゃないですか？」

「…………聖典？」

司祭様なら分かると思ったんだけど、なぜか不思議そうな顔をされてちょっと焦る。

「いや、ホラ女神様が悪魔と魔物に無双するあたりの話で、悪魔の手先になった人間が、悪魔の目を使って人々を惑わし女神様の邪魔をしたってエピソードありましたよね？　その特徴とそっくりだなーって思って……」

「セイランはその聖典をどこで読んだのですか……？」

「どこっておじいちゃん神父様のいる教会ですよ。古くてズタボロでしたけど、聖典は全巻揃ってましたから、全部読んだんです」

そう説明したら、司祭様は顔を覆ってものすっごく深いため息をついた。

「それはきっと、大司教様だけが入れる本部の書庫に保管されているはずの原書ですね……一般的に読まれている聖典は、もっと簡略化されていますから」

「………………エッ？」

「事実です。あなたが神父様と慕っているあの方は、昔大司教を務めておられた方ですから、失脚した時に持ち出していたんでしょう」

お、おじいちゃ〜ん！　色々意外過ぎる過去！　でも勝手に本持ってきちゃダメじゃーん！

「ではロザーリエ様は悪魔の力を持っているということですか。それならば魔術師が力の種類を特定できなくて当然です」

「悪魔ってまだいたんですねーびっくり。でも、考えてみれば女神のギフトも悪魔の力に対抗できるように、人間に授けられたものって聖典には書かれてますしね。だったら悪魔の力を持つ人がいても不思議じゃないかもですねー」

「それならあの女の力がギフト持ちには効かないっていう予想とも合致《がっち》するね。悪魔に対抗する力だとすれば、呪いが効くわけがない」

だからここにいる全員は取り込まれずに済んだんだとファリルが説明すると、そこでハッとしたように、それまで黙っていた騎士団長さんが声を上げた。

「その話、騎士団で調査していた事件ともつながってくるかもしれない。聖都でギフト持ちの人間が殺されたり行方不明になる事件を調査していたんだが、その犯人としてロザーリエ様の取り巻きの一人の名前が挙がっていた。まさか、悪魔に対抗できるギフト持ちを狩っていたのか……？」

悪魔の力に殺人とか話が大変なことになってきて、だんだん不安になってきた。だって、私がさっき言ったことが大前提で話が進んでいるんだから、責任重大じゃない？

ていうかロザーリエ様が悪魔の目を持っているとか、事実だったらやばくない？　教会が悪魔の手先を聖女に認定しちゃったんでしょ？

「これは私たちだけで片付けられる問題ではなくなりました。急ぎ聖都に戻りましょう。今の状態で信頼できるのは呪いを受けないギフト持ちだけですから、魔術師団にセイランの保護を求めましょう。呪いを解く方法が分かるまでは、秘密裏《り》に動くしかない。王家も取り込まれていると考えると、師団がどこまで協力してくれるか……」

今すぐ聖都に向かうぞ的な流れになってきたので、私は慌てて待ったをかけた。

「ちょ、ちょっと待ってもらっていいですか？　えっと私のお役目って巡礼のあいだだけ替え玉役を演じるって話だったじゃないですか。けど、なんかこのまま本物の聖女ってことにしちゃおうとしているみたいですけど、私、次の仕事まで引き受けるとは言ってないんですけど……家のことも心配だし、やっぱり帰りたいかなーって……」

そこまで言ったところで、四人が同時にぐるんっ！　ってすごい形相でこちらを向いたので、

『ひっ……！』と小さく叫び声をあげてしまった。

「はい？　あなたはここまでの話を聞いてもまだそんな認識なのですか？　私たちの話をちゃんと聞いていたらそんな発想にはならないと思うのですが、どうしてまだ普通に家に帰れると思っているんですか。無理に決まっているでしょう。あなたは自分自身に対する認識阻害もかかっていたんですか？」

「帰る？　僕らを置いて？　お姉ちゃんは僕らのお姉ちゃんになってくれるって言ったでしょ？　それなのに、置いてくの？　そんなわけないよね？　お姉ちゃんはあの性悪女と違って、嘘つかないもんね？」

「ずっと一緒にいてくれるって言ったのに、やっぱり仕事が終わったからバイバイ？　そんなの許せるわけないいんだけど。自分の言ったことに責任を持たないとダメだよねえ？」

「俺は！　あなたの盾となり、台となり椅子となり、誰よりもおそばでお守りせよと女神様より天命を授かったのです！　セイラン様が俺の、俺だけの聖女なんです！　替え玉だなんて一度も思ったことはありません！」

ぜ、全員からの圧がすごいぃ～！　だけど騎士団長さんだけはそれ嘘でしょってツッコミたい！

女神様絶対そんなこと言わない～！

いまいち納得していないのが顔に出ていたのか、その後全員から説得とも説教ともつかないお話

を延々と聞かされ、『私が間違っておりました』と言うまで続いた。

私、銛で刺されてまあまあ病み上がりなんだけど、誰か覚えてますか？

「では、我々と共に来てくれますか？　セイラン」

「お……お給料がちゃんと出るなら……」

「もちろんです。何不自由ない生活を保障します」

「僕らこう見えても高給取りなんだよ！　まかせて！」

「僕ら司祭様より金持ちだよ。僕らと一緒に暮らそう？」

「「幸せにするから！」」

はは……ともう乾いた笑いしかでてこない。私のしょぼいギフトに過剰に期待し過ぎなんだよなーこの人たち。これから私、聖都に連れていかれてロザーリエ様陣営と戦う旗印にされるんだよね？　重荷がすぎるんですけど、お給料はいかほどいただけるんでしょうか。

私の了承したことに満足した四人は立ち上がって、『じゃあ帰りましょう』と満面の笑みで私に手を差し伸べてくる。

「あ、夜が明けた」

ウィルがまぶしそうに白く染まった空を見上げた。

すると川の向こうから、こちらに向かってくる一団が目に入った。

一瞬、全員に緊張が走ったが、掲げられている旗を目にした双子が同時に叫んだ。

「「魔術師団だ！」」

「もう援軍が来たのか。お、師団長自らがおいでになっているぞ」

私が攫われたと分かった時すぐに師団の本部に救援要請を送っていたのだと双子は胸を張って言った。魔術師のみで行える伝達方法があるからと言うが、それにしたって到着早くない？

先頭に立つ師団長が馬を降りて、その後ろに並ぶ人たちもずらっと私たちの前に整列する。そして全員がその場に跪き、揃って頭を下げた。

「正しき聖女様が日の元へ出御《しゅつぎょ》あらせられましたこと、魔術師一同心よりお慶《よろこ》び申し上げます。微力にはございますが、聖女様の御身を守る護衛として我らをお使いください」

師団長の重々しい挨拶を聞いて、司祭様たちが私を振り返る。一縷の望みをかけて私も後ろを振り返ったが、もちろんそこには誰もいない。

いや待って。この挨拶の相手は私じゃないって誰か言って？

司祭様が企てた、私を本物の聖女にする計画がもうこの人たちにも共有されているみたいで、情報伝達の速さに恐怖すら感じる。やっぱり逃げ出したいと思って半泣きになっている私の前に、またもや意外な人物が現れた。

「セイラン、無事でよかった。夜の刻が明け、女神様がお目覚めになられました。ようやくあなたを正しき場所へ導くことができる」

「おじいちゃん神父様！」

村にいるはずの神父様が目の前にいるのでびっくりしたが、そういえば司祭様の話で元大司教様だったと判明したのを思い出した。ただの気の良いおじいちゃんだと思っていたけど、割と色々裏があったようだ。

「グラーヴ師。なぜここに？」

「私がお連れしたのです。グラーヴ大司教様とは以前から連絡を取り合っていたのですが、女神様から天啓を受けたと知らせが届いたので、我々師団がお迎えに上がった次第です」

その問いには師団長が代わりに答えた。

「まずはセイランに説明をしないといけないね。私はこれまで、あなたを意図的に隠してきた。そのせいで、本来しなくてよい苦労をさせ続けてしまって……すまなかったね。けれど、セイランの命を守るために、そうするしかなかったと言い訳させておくれ」

おじいちゃん神父様……いや、グラーヴ様が私に謝る理由が分からなくて首をかしげる。私のそばに立つ司祭様もじっと言葉を待っていた。

「長くなるが、全てを話そう」


――――夜明けの澄み渡った空気のなか、神父様はたった一人で戦い続けた事実を語り始めた。

聖典によると、十五年前からこの国は女神様の『夜の刻』に入っていた。

それが全ての始まりだった。聖典にある『夜の刻』というのは、女神様がお眠りになる時期をさしていて、その期間は女神様の力が弱まると言われ、実際その周期にあたる年月は、不作や天災が続いたりする。

「女神様の力が弱まるこの期間は、大地に穢れが溜まりやすいのです。先代の聖女様が亡くなった時と、夜の刻が重なったことで、悪魔に魅入られた子どもが生まれてしまった」

それがロザーリエ様だ、とグラーヴ様は静かな声で語った。

「十年前、とある教会で見つかった聖女のしるしを持つ女の子を、一人の神父が連れてきました。しるしを見せられた時、なんとも言えない嫌悪感を覚えましたが、文様は正しいそれだったので、否定することができませんでした」

それでも拭《ぬぐ》えない違和感に、その子を聖女と認めることをためらっていたが、拒む明確な理由が見つけられずにいたところ、ロザーリエ様は聖女として認定されてしまった。

「ロザーリエ様が現れてから、周囲にいる者の言動が少しずつおかしくなっていきました。私が疑念を持っていたのを、ロザーリエ様は感じ取っていたのでしょう。彼女の正体に気付いた時にはもう王を取り込んだ後で、私を排除する手筈《てはず》は整ってしまったあとでした」

王の決定に異議を唱えたことを謀反の意思ありと断罪され、大司教の地位を剥奪されてしまった。その後すぐに、ロザーリエ様の後見人となっていた神父が大司教の座に据えられたため、グラーヴ様は抗《あらが》う術を失い、追われるようにして聖都を離れたそうだ。

「でも、どうしてお独りで行方をくらませてしまったのですか？　仲間を募ってロザーリエ様に対抗する組織をお作りになられればよかったでしょう。あなたの配下だった者は、その後閑職《かんしょく》に追いやられ不遇の時代を過ごしていたのですよ」

話の途中で司祭様が口を挟んだ。

「取り込まれた者とそうでない者を見分けることが私にはできなかったのです。身内に敵を引き込む危険を考えると、誰にも告げずに去るしかなかった。それに、私は別の使命を果たさねばならなかったのです。ロザーリエ様が聖女に認定されたため、捜索が打ち切られてしまったけれど、本当の聖女様がどこかにいる。その方を探すため、私は聖都を出たのです」

　そして、見つけた聖女がセイランです、と言ってグラーヴ様はにこにこと私に笑いかけた。

「一目みて、すぐに分かりました。しるしを確認するまでもない。あなたからは女神の祝福が感じられた。あなたのお母上は女神教に疎《うと》く、しるしの意味にも気づいておられなかったので、私はすぐにあなたの存在を隠す魔法をかけました。ロザーリエ様に見つかれば、必ずあなたの命を狙うと分かっていたからです」

　夜の刻のうちは、聖女を守る女神の力が弱まってしまう。悪魔に見つからないように隠すしかなかった。女神が目覚める時まで、ただ耐えて待つしかなかったとグラーヴ様は語った。

　食べるのに困るくらい貧乏だったのは、勝手に廃教会で神父を名乗り隠れ住んでいる状態だったからで、本部からお手当てが出ないのも当然である。

「騎士団が把握しているだけでも、ギフト持ちの者が狙われる事件が多発しています。ギフト持ちは呪いを受けないから排除しようとしていたと考えていたのですが……悪魔の手先は本物の聖女を殺すために探していたのですね」

　騎士団長さんの問いに、グラーヴ様は大きく頷いた。

「どちらの理由も正解でしょう。我々人間は、昼の刻が長く続いたせいで悪魔の存在を忘れかけていました。悪魔や呪いは古い歴史書のなかにしか記述がなく、教会は悪魔の目を持つ子を教会に迎え入れることになってしまった。悪魔の誘惑に抗えるのは女神の祝福を受けたギフト持ちの者だけです。そして、悪魔の目の呪いを祓《はら》えるのは、聖女だけなのです」

聖女、と言ったところでグラーヴ様がもう一度こちらを振り返った。私も後ろを振り返ったが誰もいない。いや、このくだり、さっきもやったな！

もういい加減にしろといわんばかりに、司祭様がキレ気味に迫ってくる。

「セイラン、いい加減腹をくくりましょう。グラーヴ師も仰ったでしょう。疑う余地はないんですよ。あなたが本当の聖女なのです」

「あ～やっぱりそういう話の流れでしたよねー！　いやもう、ちょっと待ってくださいよ！　悪魔とか呪いとか、ただの田舎娘が処理できる案件じゃないですよね⁉　無理ですって！　そのロザーリエ様ってみんなに話聞いたけど、めちゃくちゃ怖い人じゃないですか！　サイコパスじゃないですか！　ていうか悪魔の手先だし、そんな人とお近づきになりたくないです！」

「お近づきじゃないですよ。戦うんです」

「もっと無理です！」

「でもセイランは悪魔祓いの祓詞《はらえことば》も禊祓《みそぎはらえ》も全部暗唱できるじゃないですか」

無理無理無理と騒いでいると、グラーヴ様からツッコミが入った。

「……え？」

見習い日雇いシスターをやる際に必要だからってお祈りの言葉は全部覚えているけど……ていう

かおじいちゃんが『これ覚えてね』って言ったのもいっぱいあったけど……それってまさか……。

「私が持ち出した聖典の原書にしか書いていない祓詞を、セイランは全部記憶しているのだから、今更無関係にはなれないのだよ。その祓詞も聖女であってこそ力を発揮する。セイランにやってもらわないと困るんだよねぇ」

困ったなぁ～と言うグラーヴ様は……なんというか……ものすごく、司祭様に似ていらっしゃる。すごく同類の匂いがする。おじいちゃん……！　信じていたのに！

これはもう外堀を埋められているパターンだ。

「……分かりました。私にできることなら頑張ります。でも危険手当もつけてほしいです」

がっくりと項垂《うなだ》れながら答えると、周囲からわっと歓声が上がった。私との温度差がすごい。

「セイラン様！　何も心配いらないですよ！　俺が盾となり剣となり馬となり悪魔からお守りしますから！　常にあなたのおそばにおりますから何も心配いらないですよ！」

「ダレンがずっといたら邪魔でしょ。守るなら魔術師の僕らの方が適任だしねー」

「ずっと一緒にいようねお姉ちゃん！」

きゃっきゃする騎士団長さんと双子が迫ってくるがとても同じノリにはなれない。いや、だって悪魔だよ？　君らもめっちゃロザーリエ様怖がってたやん。サイコパス悪魔憑《つ》きと戦うのになんでそんなテンションなの。

盛り上がるオーディエンスを死んだ目で眺めていると、後ろからひょいと抱き上げられた。

「わ、びっくりした。司祭様、どうしたんですか？」

「……いえ、具合が悪そうに見えたので、倒れてしまわないかと心配で」

「まあ、精神的に具合が悪くなってはいますが」

弱音を吐くと司祭様はちょっとだけ申し訳なさそうに眉を下げた。

「私も祓詞を学びます。昔は聖職者が悪魔祓いをしていたのですから、できるはずです。ですから……私もセイランの隣に立ち、共に戦う。あなた一人で悪魔に立ち向かわせたりしません」

司祭様は一応私が不安がっているのを分かってくれていたようだ。

「ありがとうございます。でも、司祭様もロザーリエ様のことは結構トラウマっぽいから、立ち向かうのが怖いのは一緒ですよね？」

「え、あ、まあそうですが……私はセイランにそんな話をしたでしょうか？」

「いや、ロザーリエ様のこと話す時、いつもすんごく具合悪そうな顔してましたから」

相当な目に遭ったんじゃないかなあと感じていた、と言うと、司祭様の瞳が揺れた。双子も騎士団長さんも人間の尊厳をぐっちゃぐちゃにされたと言っていたし、特にこの人はロザーリエ様に執着されて誰よりも長く付きまとわれて大変だったらしいし。

時々、女性に対して批判的な言動をするのも、ロザーリエ様にされたことが原因なんだろうなあと勝手に予想して不憫に思っていた。

そんな説明をすると、司祭様の眉間に深い皺が刻まれた。だから指摘されたくなかったことだったかと慌てて謝ると、そうではないと否定された。

「本当にあなたは、人のことばかりだな、と思っただけですよ。自分の辛さには無頓着なのに、どうしてそんなに他人を気にかけるのですか」

「そんなことないです。すみません踏み込むつもりじゃなかったんですが……」

「いいえ？　救いの手を差し伸べてくれるなら、私は有難くその手を取りますよ。セイランは私を助けようとしてくれるのですか？」

「まあ、女神様じゃないんで等しく全ての人になんて無理ですけど、身近な人が困ってたら助けたいと思いますけど……」

お互い様ってやつですね、と言いかけた私に、司祭様はニッコリと微笑んだ。そしてそのまま形の良い唇を私の頬にくっつけた。

「……ん？」

ちゅ、と軽い音を立てて司祭様の顔が離れていく。え、今のって……。

「ロザーリエ様はことあるごとに口づけを要求してきたので、唇で触れることに激しい嫌悪があったんですけど。あなたなら大丈夫なようです。セイランといればトラウマは克服できそうです」

「な……ちょ……ま……っ」

この人キスした！　家族でもないのに！

「私のことも助けてくれるんですよね？　ありがとうございますセイラン」

「うぐ……」

軽々しく助けたいとか言ったさっきの私反省しろ。しっかり言質《げんち》取って反論できないようにするあたり、本当に腹黒だよね司祭様！

「さ、聖都に向かいましょう。敵は多いですが、あなたの力があれば呪いを祓うることができる。恐れることはありません」

ぐぬぬ状態の私をしれっと抱っこしたまま、珍しくニッコニコの司祭様は、いたずらが成功した子どものようにご機嫌である。

「っておい！　ルカァ！　セイラン様になにしてやがんだあああ！」

司祭様の暴挙を一部始終見ていた騎士団長さんが我に返って叫んだ。そして抱き上げられていた私をひょいと奪い返す。

「なにどさくさに紛れてちゅーしてんの？　ルカ様って実はむっつりだよね」

「聖職者が聞いて呆れる――。ボンノーまみれじゃん！」

えろーいえろーいと双子が合唱するので、師団のまもな皆様に注目されて恥ずかしいことこの上ない。誰だこんな単語子どもに教えたヤツ。

「親愛と忠誠を誓うキスですよ。やましい気持ちなどありません。それよりダレン、セイランを返してください。早く馬車にお乗せしないといけませんから」

「忠誠の証か！　ならば俺もせねばなるまいな！　セイラン様、あなたのおみ足に俺もキスをさせてください！」

せねばなるまいじゃないいんだがと言う間もなく、司祭様の後半のセリフはまるっと無視で、騎士団長さんはなんのためらいもなく私の足を掴んで己の口元に寄せてきた。

「……ぎゃあああああ！」

本気で足に口をつけるつもりらしいと気付いた私は、羞恥と恐怖で必死に抵抗する。暴れまくったら足先が騎士団長さんの鼻にクリーンヒットしてしまった。

「はうッ！」

変な叫び声と共にもだえる騎士団長さん。

つま先が鼻に刺さって相当痛かったらしい。顔を真っ赤にして震えているので、さすがに申し訳ないと思ってごめんなさいと小さく謝ると、騎士団長さんは溢《あふ》れんばかりの笑顔を返してきた。

「いえ！　むしろご褒美なのでおかわりをいただきたいです。よければもうちょっと……踏みつける感じでお願いできますでしょうか？」

「お願いできません。ダメです。おかわりの意味がもう分からないです。それに騎士団長さんはもっと人間としての尊厳を大切にしたほうがいいと思います」

真面目に心配した私が馬鹿でした。この人、割と初対面からこんな感じだったけど、これもロザーリエ様から受けた仕打ちの弊害なのかしら。だとしたらまさに悪魔の所業と言わざるを得ない。

「ダレン、セイランは怪我もされてお疲れなのです。いつまでもふざけていないで早く馬車にお乗せしてください」

「……おお！　そうだな！　セイラン様申し訳ありません！」

司祭様に窘められて正気に戻った騎士団長さんは、いつの間にか用意されていた立派な馬車に私を乗せてくれた。当然のように司祭様も乗り込んでくる。後ろのほうでそれに対し双子がぶーぶー言っていたが、師団長さんに捕まって隊列に加われと怒られていた。

「総員！　整列！」

師団長さんの掛け声で一瞬にして隊列が組まれ、私たちの馬車を守るように陣形が作られた。

「出発するぞ！」

ざっと踏み出す音すら正確にそろえて一隊が動き出した。息ピッタリすぎない？

改めて馬車の中を見回すと、飲み物や軽食と共に女性物の着替えまで用意してある。これを用意したのがグラーヴ様だとしたら、どこからどこまでを見通していたのかと恐ろしくなる。

全てが事前準備ばっちりみたいな展開に、絶対に逃げられないよう囲い込まれている雰囲気をひしひしと感じる。

……思えば最初からこうなるように目をつけられていたんだなァ……。

暗躍上手なのは司祭様だけじゃなかった。その大元となる人物が私の恩人なのだから、今更逃げられるはずもない。

「早くおうちに帰りたい……」

私の切なる願いは女神様の耳には届かないようで、馬車は順調に聖都に向かって走り続けるのであった。

聖都までの移動の合間を縫って、師団長さんとグラーヴ様から呪いに関する情報と悪魔討伐に向けての計画を時間をかけて説明された。

悪魔と戦うなんて命がけなのだから、師団長さんの計画を聞き漏らすまいと必死に耳を傾ける。私もだが、悪魔や呪いなんて昔話のように思っていたから、どうやって戦うかは手探りでやっていくしかない。

ていうか私が聖女で悪魔をなんとかできる前提で全ての計画が組まれているので、責任重大すぎて話を聞くだけでもう胃が痛い。

「まずは呪いを受けた者の解呪が先決でしょう。ロザーリエ様が戻る前にできるだけあちらの戦力を削っておきたい」

「解呪っていっても、呪いを受けた人を私は見分けられませんでしたよ？　どうやってその区別をするんですか？」

師団長さんは当たり前のように私が解呪できると思って話を進めているが、間諜だった騎士さんを見分けられなかった私にできるとは思えない。

「悪魔の目は、聖典の記述によると人を惑わせ堕落させるとありますね。ロザーリエ様の力は、相手を魅了し、自分の虜にする呪いなのでしょう」

「呪いを受けた者の特徴として、術者に対し異常なほど好意を抱くことのほかに、感情のコントロールができなくなる、欲望に忠実になるなど、理性に基づいた正しい判断ができなくなります。以前と人が変わったみたいだと言われる者は、まず呪いを受けたと考えて間違いないでしょう」

悪魔は己の欲望に忠実である。秩序を嫌い、混沌《こんとん》を好む。呪いによって少なからず悪魔のそういう気質の影響を受けているのだろうとグラーヴ様は説明する。

「呪いを受けた者を拘束し、禊祓《みそぎはらえ》を行いましょう。それで恐らくロザーリエ様の呪いを祓うことができると思います」

「それ私がやるんですよね？　てか私が文言唱えただけで呪いがなんとかなる保証ないですよね？　失敗したらどうすればいいんですか……？」

「女神様がお目覚めになった今、大気には聖なる力が満ち満ちている。セイランの聖女としての力も高まっているはず。禊祓の最中は皆で守りを固めるから何も心配いらないよ」

「……ハイ」

グラーヴ様にそう言い切られて、私は納得するしかなかった。いや、納得してないんだけど、そもそも私が聖女ってのもまだ信用しきれないんだけど、もうここまできたらやるしかない。

馬車の性能がいいのかなんなのか、本来なら一週間くらいかかると思っていた距離を二日とかからず聖都に到着してしまった。

一体どんな魔法を使ったんだと冗談半分で言ったら、実は本当に魔術師が使う特殊な移動魔法というものがあって、それをちょいちょい使って距離をショートカットしたんだと双子が教えてくれた。

「魔術師凄すぎる……ていうか討伐も師団の皆さんがいれば十分なんじゃ……？」

「僕とウィルは天才だけど、万能なわけじゃないよ。攻撃魔法も得意だけど、ダレンと本気で一騎打ちしたら、どれだけ術を駆使しても力で押し切られると思うし」

「魔力が尽きたら丸腰だしね。苦手な魔法は失敗することもあるし、お姉ちゃんの奇跡の力に比べたら魔術師なんてちょっと器用なギフトにすぎないよ」

聖都についてからは目立たないように小型馬車に乗り換えて移動している。それまで全員で動いていたが、部隊を三つに分けてそれぞれ別ルートで師団の秘密基地に向かうことになった。私の馬車には、双子が一緒に乗り込んできたので、もらったオヤツを一緒に食べながら色々双子の話を聞いていた。

「いやあ……でも魔法が使えるほうが便利だし、私も魔術師になれるギフトがよかったなあ」

「は？　魔法使いたいなら僕らがいるじゃん。他にも必要？　要らないよね？」

「僕らが一生お姉ちゃんのそばにいるって言ったの忘れたの？」

私のちょっとした呟きを聞き漏らさずキレ気味に返してくる双子。なんだか知らんが最近双子がすぐキレる。そんなこと聞いてないし今そんな怒る要素あったかなあと思ったが、そういうことを言うとまた面倒くさいことになると経験上理解したので、愛想笑いで誤魔化す術を覚えた。

でも双子が情緒不安定なのも、多感な時期にロザーリエ様に甚振られた弊害に違いない。二次被害を受けている私としては、マジで許すまじ案件なのである。

ロザーリエ様への怒りを募らせている時、ドンっと地響きのような音がして、部隊を先導していた騎士団長さんが雄叫びを上げて急に剣を振りかぶった。

『ガキィン！』

金属がぶつかる音が耳をつんざき、思わず叫び声をあげてしまう。双子は怯むことなく立ち上がりすぐに杖を取り馬車の周囲に防御魔法を展開していた。

金属音から少し遅れて、今度は爆発音が鳴り響く。そちらを振り返ると、レンガ造りの建物の壁が半壊していた。

「貴様ら何者だ！　俺らに向かって突然砲弾をぶっ放してくるとはいい度胸しているじゃねえか！」

騎士団長さんが前方に向かって叫んだ。どうやら私たち襲撃されているらしい。

えっ？　私たちいきなり撃たれたの？　もう全面戦争なの？

「うける。ダレンのヤツ、剣で砲弾打ち返すとかゴリラじゃん」

「打ち返すって発想が脳筋だよね。まじヤバ」

双子は緊張感なくケラケラと笑っている。

「我らは今代聖女ロザーリエ様の信徒である！」

先頭に立つ男がこちらに向かって叫んだ。

「魔術師団がロザーリエ様を弑逆《しぎゃく》せんと謀反を起こしたという証拠はすでに掴んでいる！　今代

天上聖女、ロザーリエ様の名のもとに、我らは反逆者を滅殺《めっさつ》する！」

私たちの前方にはいつの間にか武装した集団がずらりと並んでいる。彼らは皆、どっかで見たとんがり帽子の被り物をしている。アレ、ロザーリエ様親衛隊の正装だったのか。

ダサい制服だなと思っていると、司祭様が荒ぶる騎士団長さんを抑えて前に出た。

「我々は女神アーセラ様から天命を受けてここにいるのです。あなたたちが聖女と崇めるロザーリエ様は、悪魔の使いです。あなたたちはその呪いを受けている。教えに背き、反逆者となっているのはそちらのほうだ」

司祭様は信徒の人たちにロザーリエ様の正体を告げた。一応説得を試みるらしいが、相手側の表情を見ると火に油にしか思えない。

「聖女様に悪魔憑きの汚名を着せるとは……！　偽りを流布《るふ》するお前らこそが悪魔の使いだ！」

案の定、完全にブチ切れた言葉が返ってきて、『砲撃！』という号令がかかる。そして一斉に砲弾がこちらに向かって放たれた。

「返戻《へんれい》せよ！」」

隣に立っていた双子が間髪《かんはつ》容《い》れず魔法を放った。瞬間、砲弾は敵陣に着弾して、その場にいた信徒の人たちが吹っ飛んだ。

「うわあああ！　にっ、逃げろー！」

全部の砲弾が自分たちの元へ降り注いだので、あちらはもう大パニックである。だがすぐに後方で無事だった部隊が押し寄せて、こちらへ切り込んできた。

「「ルカ様！　お姉ちゃんをお願い！」」

双子は馬車から飛び出して行き、代わりに司祭様が私を守るように背に庇い、障壁のような魔法を展開した。

「私は攻撃魔法はほとんど使えませんが、代わりに身を護る術には長《た》けています。あなたには傷ひとつ付けさせませんから、安心してください」

司祭様は戦力にはならないから、戦闘になった場合は私の守りに徹すると双子たちと話し合いがなされていたらしい。その言葉どおり、私の周りは結界のように壁に守られ、放たれた矢も全て防いでいる。

でも双子もまだ子どもなのに、火器や刃物を持った大人たちの前に立つなんて……とハラハラしていたが、はっきり言って双子は最強だった。

「あっは！　デカい口叩いておいてケツまくって逃げるの？　ダサいんだけど！」

「僕らを殲滅《せんめつ》するんじゃなかったのー？　ホラホラ、やってみなよ。反撃しないと死んじゃうよぉ」

「「電撃」」

「ぎゃあああああ！」

バチバチっと音を立てて感電した人々が倒れていく。乱戦の最中、双子の周囲だけぽっかりと空間ができていた。

「お前ら全員邪魔だから、蓑虫《みのむし》になーれっ♡」

笑顔が可愛いファリルが杖を振ると、累々《るいるい》と地面に転がっていた敵さんたちがぎゅん！　と縮こまり、言葉どおり蓑虫みたいに丸くなってしまった。

「そんであっちに飛んでいけー」

丸くなった敵さんをファリルが球蹴りをするがごとく蹴り飛ばした。あの小さい体のどこにそんな脚力があるのかと思う勢いで、人間蓑虫が敵陣へと飛んで行き、敵の人間をなぎ倒していった。

「ウィル、蓑虫どんどん作ってこー」

「なにそれ面白い！　僕も蹴りたい！　どっちがたくさん敵に当てられるか競争しよう！」

逃げまどう敵さんを捕まえて、蓑虫へと変え、双子はキャッキャしながら蹴り飛ばしていた。

「……えっぐ」

力の差が歴然で、戦闘というよりもはや蹂躙《じゅうりん》である。師団長さん、双子の情操教育ももうちょっと頑張ってほしかったです。

「戦闘になると恐ろしいのはファリルのほうだと師団長が仰っていましたね」

司祭様がプチ情報を授けてくれるが、おっとり系のファリルのほうが実はヤバい子なんて知りたくなかったなあ。

双子のほうばかり気にかけていたが、騎士団長さんはどうしているのだろうか。剣を持って戦えるのは今この場には騎士団長さんしかいない。魔術師は接近戦には弱いので、どうしても後方支援になるから、矢面《やおもて》にたって直接対決するのは彼しかいないはずだ。

障壁越しに騎士団長さんの姿を探すと、前方で人間が飛び交う中心にいた。

「おらおらぁ！　烏合《うごう》の衆どもが！」

騎士団長さんが拳《こぶし》でぶん殴ると、その場にいた敵さんたちが衝撃波みたいなものでみんな吹っ飛ばされていた。敵さんも剣とか持っているのに、騎士団長さんは全然頓着せず小枝感覚でバッキバキと拳で剣を割り折っている。え？　剣って素手で折れるの？　あれ人間の拳の威力じゃないよね？

人間が重力を無視したみたいに吹っ飛んでいく光景は、何かの曲芸のようだった。

「……ていうかなんで素手？　騎士って剣で戦うんだと思ってました」

「一応殺さないように気を遣っているんじゃないですか？」

呪いのせいでおかしくなっているなら改善の余地があるだろうから、という配慮らしい。取り調べもしなければいけないし、できるだけ生け捕りにするつもりだと司祭様は教えてくれたけれど、鉄でできた剣を破壊する威力の拳で殴られて、命が無事なのか疑問である。

圧倒的に人数が少ないこちらが不利かと思っていたけれど、生け捕りにするとか考える余裕があるほど戦力には差があった。

騎士団長さんが倒した敵さんは、魔術師の方々が拘束魔法をかけて綺麗に並べていった。

双子はもうあらかた敵を倒して飽きたらしく、人間蓑虫を使ってどっちが高く積み上げられるかという遊びをしていた。

蓑虫さんたちからは『シテ……コロシテ……』みたいな悲痛な叫びが聞こえてくるので、誰かどうか止めてあげてください。

いきなり攻撃された時はどうなることかと思ったが、あれだけの人数をあっという間に制圧してしまった。魔術師と騎士団長さんの戦力が凄すぎる。ていうか、敵さんはこのメンバーに対して何の勝算があってしかけてきたのだろうか。

敵のリーダーみたいな人を拘束したところで、ようやく私は馬車の外に出ることが許され、並べられた敵の前に連れていかれた。

「セイラン、この者へ禊祓の儀式を行ってみてくれませんか？」

司祭様がリーダーらしき男を指し示しながらそう頼んできた。呪いを見分ける術がまだ分からないので、ひとまず首謀者は呪いを受けていると想定して祓いが有効かを実践してみようということらしい。

「儀式はできますけど……効果あったかどうか判別がつかないんじゃないですか？」

呪いがどんなものか分からないし、目で見て分かるものでもないとしたらどうしたら解呪となるのか分からないと言ったが、司祭様はとにかく実践あるのみというので、不安ながらもやってみることにした。

魔法で拘束されて身動きが取れない男に向かって、恐る恐る指で印を結ぶ。

「女神アーセラの名のもとに、汝《なんじ》の罪穢《つみけがれ》をここに明かしたまえ」

「……うぎゃあああああ！」

儀式の始まりの言葉を唱えただけで、男が断末魔みたいな叫び声をあげたのでびっくりして後ずさる。その私の背中を司祭様が支えた。

「儀式の途中で印を解いてはいけないと、グラーヴ師が仰っていました。私が必ずあなたを守るので、儀式を続けてください」

私は震える指を印のかたちに結んだまま、こっくりと頷いた。

「……罪は魂を穢し、呪われたかたちに変容させる。内なる全ての咎《とが》を、悔恨を持って女神の御前にさらけ出せ。さすれば救いの御手はその御霊《みたま》に差し伸べられよう」

男の叫ぶ声がひと際大きくなり、拘束されている体でバタバタと暴れまわる。声が震えてしょうがないが、気力を振り絞って言葉を続ける。

「汝、己が罪と向き合え。天と地。生と死。祝福と喪失を想うがいい。女神アーセラの恩寵を我が元に。呪われた魂の穢れを打ち祓え」

「ああああああ！」

印を切った指から光が男に向かって放たれたように見えた。

えっ？　と思うと同時に、顔をあげた男の目から、黒い液体がドロッと溢れ出るというとんでもない光景を目の当たりにしてしまった。

「えええ!?　き、気持ち悪っ」

衝撃的な光景に、その場にいた全員が凍り付く。

まさにホラーである。こんな気持ち悪い光景は今まで見たことがない。

拘束魔法をかけていた魔術師も驚きすぎたのか腰が抜けて術が解けてしまい、その反動で男が弾かれたようにこちらに向かってきた。

「……ギャーッ！　こっち来ないでー！」

「ぶぎゃっ！」

黒いドロドロを目から垂れ流す顔がとんでもなくホラーだったので、反射的に手が出て、思いっきり男を平手打ちでぶっ飛ばしてしまった。

魔法で障壁を作ろうと構えていた司祭様も、ポカンとして私を見ている。

男は白目をむいて気絶していたが、その顔を見ると黒いドロドロは跡形もなく消えていた。

「……あれ？　黒くない……？　幻……？」

儀式の始まりからずっと静まり返っていた周囲から、一瞬の間を置いて大歓声が上がる。

「セイラン様！　これが禊祓というヤツなんですね！」

「張り手で穢れを吹っ飛ばす瞬間は爽快でした！」

「聖女の御手による奇跡です！」

わ――――っと周囲は盛り上がり始めたが、私はさっきのホラー体験で腰が抜けてそれどころではない。ていうか聖女だと人をビンタしても褒められちゃうんだな……。そりゃロザーリエ様もやりたい放題になるわ。

脱力していると司祭様が抱き起こしてくれた。

「あの黒いのなんだったんですかね……？　あの人、なんか悪い病気だったんじゃ？」

「いえ、恐らく祓詞で正体を現した呪いでしょう。その証拠にセイランが手で叩いた瞬間、霧散していきましたから。女神の力がその手に宿ったのですね」

儀式は成功ですね、と笑顔を向けられたが、禊祓にビンタの項目は存在していない。え、これ最終的にビンタで呪いを解くシステムだったりする？

毎回ビンタが必要になったらどうしようと思っていると、別行動していた師団長さんとグラーヴ様の部隊が駆けつけてきた。どうやら砲弾の音で私たちの部隊が襲撃されていると気付いたらしい。

「まさかもう攻撃を仕掛けてくるとは……。何の策もなく我々に戦いを挑んでくるなど自殺行為でしかないのだが、どういうつもりなんだ」

師団長の予想では、ロザーリエ様の信徒が魔術師団の動きを掴んだとしても、王や大司教を動かして権力でこちらの計画を潰そうと画策すると考えていたという。まさかこんなに早く直接攻撃をしてくるとは思っていなかったと、謝罪と共に言われた。

「……もしかして、もうすでにロザーリエ様が帰国して指示を出しているのでは？」

それならば後先考えずに武力行使にでた信徒の行動も理解できると司祭様が口にすると、その場にいた全員が見て分かるほど青ざめた。

最初の計画では、ロザーリエ様が不在の内に解呪を進めて敵の戦力を解体しておく予定だった。少なくとも王を正気に戻してこちらの味方につけたいと考えていたのに、すでに戻ってきているのであれば、私たちは相当不利な状況のまま敵に立ち向かわなければならない。

「そこの気絶している男に訊いてみればいい。誰かそいつをたたき起こして尋問しろ」

白目をむいて気絶していた男に、騎士団長さんが往復ビンタをすると、男は目を覚ましてきょとんとしていた。

呪いが解けたせいか、男は訊かれたことに素直に答える。

「お、俺は直接ロザーリエ様にお会いしていないから分からない……師団を襲撃しろというのは上からの指示だ。ただ、ロザーリエ様の御連れ合いの方がいらして指揮を執《と》っている姿を見たから、あの方もお戻りになっているのかもしれない」

襲撃の指示も突然だったらしい。魔術師団が謀反を起こしてロザーリエ様の命を狙っているとだけ告げ、聖都に戻ってきた師団を迎え撃てと言われたそうだ。

「……ロザーリエ様が戻っていると考えて間違いなさそうだ。ならばもう信徒と全面戦争になるのは避けられないな」

「計画を練り直している時間もない。こうなったら王宮にこのまま乗り込んで、王の解呪だけでも行いましょう。王が正気に戻ればせめて流血は免れるかもしれない」

王家が敵に回れば近衛兵までも相手にしなければならなくなる。それを避けるためにも王の解呪が最優先であるとのグラーヴ様の意見が通り、このまま全員で王宮に向かうことになった。


正式な謁見の申し込みをしている余裕もない。緊急事態であるとして師団長が無理やり予定をねじ込んだため、拝謁の間に現れた王は最初から苛立った様子で、第一声が『何の用だ』だった。

こんな状態で解呪をさせてもらえるのかと非常に不安になる。

謁見の間には数名しか入室が許されないので、この場にいるのは師団長と司祭様、騎士団長さんと私の四人だけだった。

私の存在が明らかに不自然で、誰だお前状態なのだが、不機嫌な王様は師団長さんに怒りが向いて私のことなど気付いていないようだ。どうやって解呪をさせてもらうつもりなのだろうと思っていたら、私の前に立つ司祭様がこそりと話しかけてきた。

「セイラン、禊祓の儀式を私に隠れたまま行なってください。師団長が時間を稼いでいるうちに早く」

いや今⁉　と思ったけれど、最初から王様に真実を告げて解呪を受けさせるつもりなんて毛頭なかったらしく、師団長が話している隙に儀式を行うというだまし討ち作戦だった。

ていうかこんなコソコソ祓詞を唱えて効くんかいとツッコミたいところだったが、そんな押し問答をしている暇はない。仕方なく司祭様の陰に隠れて印を結ぶ。

「……め、女神アーセラの名のもとに……むぐっ、んう――っ」

言葉の途中で後ろから口を塞がれ、乱暴に腕を捻《ひね》り上げられて声にならない悲鳴を上げた。

「……セイラン！」

私の異変に気付いた司祭様が振り返って手を伸ばそうとしてきたが、私の首元に刃物が突き付けられているのを見て、真っ青になって手を引いた。

「だ、大司教様？　あなたは一体何をなさっているのですか！　女性に刃物を突き付けるなど、教義に反する行為です！」

王様と話をしていた師団長さんと騎士団長さんも、こちらに気が付いて、驚愕の表情になる。

「残念だよロヴェ司祭。優秀な君が聖女の暗殺を企てていたとは。この女は君が用意した偽者だろう？　聖女を殺した後、これを後釜に据えて女神教会を乗っ取る算段だったのだね」

やけに説明的なセリフを言いながら私にナイフを突きつけているのは、どうやら現大司教らしい。

この時点で完全に嫌な予感がしていたが、案の定、この人の後方からぞろぞろと人が部屋へと入ってくる気配がした。そしてその中でもコツコツとひと際高いヒールの音が静かな部屋に響く。

「……ロザーリエ様……」

師団長が私の後ろを見て悔しそうにつぶやいた。その声に、私は押さえ込まれながらも首を巡らすと、ロザーリエ様が男にエスコートされながら部屋に入ってくる姿が見えた。手を取る男が若干司祭様に似ているような……いや、むしろ髪型とか服とか若干寄せている。あれがロザーリエ様の夫なのだろうか。司祭様への執着の深さを見るようで、背筋がぞっとした。

「すでに王へ根回し済みでしたか。私たちはまんまと誘い込まれたようですね」

憎しみのこもった声で司祭様が言った言葉で、どうやら私たちの動きが先読みされていたのだと分かり、師団長さんの口から悔しそうな声が漏れる。

ロザーリエ様たちは私たちが王様の元へ来ると分かって、待ち伏せしていたのだ。

「聖女から全て聞いておるぞ。魔術師団がそこの司祭と手を組んで、国家転覆を目論《もくろ》んでいるというのはどうやら本当だったようだな。聖女殺害も企てていたというではないか。可哀想に、命の危機を感じた聖女は国外に逃げていたが、ワシの身を案じて己の危険を顧みずこうして戻ってきてくれたのだ」

巡礼が嫌で逃げ出した事実も含め、ロザーリエ様は上手いこと話を変換して伝えたらしく、王様はすっかり嘘の話を信じてしまっている。あれ？　これかなりまずい状況なんじゃ……？

師団長が杖に手を伸ばそうとしたが、私の首にある刃物が更に強く押し当てられるのを見て、抵抗を諦め手を上にあげた。

騎士団長さんも同様に、抵抗せず剣を放棄して膝をついた。

「ロザーリエ様……その女性は我々の計画に巻き込んだだけで、何も知らないただの替え玉役の人間なのです。どうか放してやってはいただけませんか？」

私の後方にいるであろうロザーリエ様に向かって、司祭様が懇願する。すると、クスクスと笑いながら、やけにねっとりとした喋り声が聞こえてきた。

「わたくしにお願い事をするなら、それなりの態度というものがあるでしょう、ルカ。わたくしの足にキスをして、忠誠を誓うなら考えてあげなくもないわ」

その言葉で司祭様の顔がざっと青ざめたが、ちらりと私のほうを見て、決意したように膝をついた。そして目の前に派手なドレスとヴェール姿のロザーリエ様が進み出た。真っ赤なピンヒールの靴先を突き出すと、司祭様は震える手でそれを掴み、吐き気をこらえるような顔をしながら足先に口をつけた。

「ンー！　ンー！」

司祭様、ロザーリエ様もキスもトラウマって言ってたのに。私のことはもういいからと言いたかったが、口を塞がれ拘束されていたのでどうすることもできなかった。

「……これでよいでしょう？　彼女を解放してください」

「まあいいわ。じゃあその娘の舌を切り取ってから解放してあげる。わたくしの名を騙った罪はそれで許してあげるわ」

「なっ……！　そんなこと、ぐっ！」

ロザーリエ様の言葉に対して司祭様は怒りをむき出しにして立ち上がりかけたが、後ろから頭を殴り飛ばされ地面に崩れ落ちた。

「ふざけるなこの悪魔が！　セイラン様を放せ！」

騎士団長さんが叫んだが、すでに縄でぐるぐる巻きにされていたため身動きが取れない。師団長さんは杖を取り上げられた上、詠唱できないように口を塞がれ縛り上げられている。二人とも抵抗などしていないのに、殴られ蹴られ酷い状況だった。

「ダレンのお仕置きはまた後でしてあげるわ。従順な椅子になるよう厳しく躾《しつ》けてあげるから、覚悟しておきなさい」

コツコツとヒールの音を鳴らしながらロザーリエ様が一人で私に近づいてくる。その手にはいつの間にかナイフが握られていた。

そして私の耳元に顔を近づけてきたので、彼女の白粉《おしろい》の匂いがプンと鼻についた。

「……その舌を切れば、もう祓詞を唱えることもできないわね。悔しがる女神の顔が目に浮かぶわ」

「……！」

小さな声で、ロザーリエ様が私に向かって放った言葉に衝撃を受けた。この人、私が呪いを祓え

ると知っている……！

「今までどこに隠れていたのかしら。せっかく旅行を楽しんでいたのに、聖女が見つかったと報告が来たから、仕方なく帰ってきたのよ？　殺すつもりだったけれど、舌を切れば役立たずだものね。だから奴隷として生かしておいてあげることにしたの。うふふ、悪魔が聖女を奴隷にするなんて背徳的でゾクゾクしちゃうわ」

　自分が悪魔であることを認めた！　小さな声だったけれど、私を拘束している大司教には聞こえているはずだ。必死に目線で訴えるが、大司教は表情一つ変えず冷たい目で私を見下ろしている。

「悪いが本物の聖女に出張《でば》って来られては困るのだよ。私は悪魔から財と権力を与えられる代わりに、ロザーリエを聖女にする契約をしているからね。本物にはご退場いただかないと私の身が危うくなるんだ」

　……アンタが黒幕かこの野郎！　しかも悪魔と契約してやがる！　仮にも聖職者が悪魔と通じるなんて、背信行為もいいとこだよ！

　悪魔の目を持ったロザーリエ様を聖女として仕立てあげたのはこの大司教だったのだ。わざわざ女神教の聖職者と契約し、内部に自分の駒を潜り込ませる悪魔のやり口は、人間を使って弄んで楽しんでいるように思える。

「わたくしの替え玉で連れてこられた偽者が、本物の聖女だったなんて皮肉ね。でも残念、この遊びはわたくしの勝ちよ。これからわたくしが作る、血と欲に染まった新しい国をお前に見せてあげるわ」

舌を出させて、とロザーリエ様が指示を出すと、大司教は何のためらいもなく私の口を開かせ口に指を突っ込んできた。必死に抵抗したが、力で敵うはずもなく、ぐいと舌が引っ張られ嫌悪感で吐き気がした。

それをにんまりと笑って見下ろしていたロザーリエ様だったが、ナイフを私に突き付けた瞬間、突如として目の前から吹っ飛んでいった。

「ぎゃ！」

「いやああ！　ロザーリエ様！」

後方にいた取り巻きたちが叫び声をあげて彼女の元に駆け寄ると、それもまとめて何かに押されるようにして吹っ飛んでいった。そして私を拘束していた大司教も、変な叫び声をあげて崩れ落ちた。

「セイラン！　立てますか？　ひとまずこの場から逃げましょう！」

「司祭様！」

一瞬何が起きたのか分からなかったが、司祭様が隙をついてなにか魔法を使って助けてくれたのだ。

「いざという時のために、双子から攻撃魔法を習っておいて正解でした」

聖職者は人を傷つける魔法は禁じられているなんて司祭様は宣《のたま》っていたはずだが、頭から血を流すほど殴られて、その辺の葛藤も吹っ飛んでしまったのだろう。ロザーリエ様はものすごい音を立てて壁に激突していたから、全く容赦ない。

縛られている騎士団長さんと師団長さんの縄を解いていると、壁に激突していたロザーリエ様が起き上がって司祭様に向かって叫んだ。

「お前ェェ！　素直に尻尾を振れば可愛がってやったものを！　このわたくしを攻撃するなんて、絶対に許さないわ！　お前たち、アレを捕まえて足を切り落としなさい！　ああ、でも顔は傷つけてはダメよ。あの顔はまだ使えるわ」

起き上がったロザーリエ様は、ヴェールも吹っ飛んで素顔を晒していた。それを見て取り巻きたちが、この緊迫した場面にそぐわぬ様子で賛美の言葉を並べ立てている。

「ああ！　お怒りになるロザーリエ様も、なんて凛々《りり》しくお美しいのだろう！」

「ご尊顔をこんな間近で見られるなんて……！　幸福で目が潰れてしまいそう」

「どんな宝石もロザーリエ様の美しい瞳には敵わないわ……なんて綺麗なの」

賛辞と感嘆のため息が聞こえてくるが、私はそれの意味が分からずに固まっていた。

なぜなら、ヴェールを脱いだロザーリエ様の顔は……。

「……うわあああ気持ち悪い――――！」

皆が褒め称えるロザーリエ様の目は真っ黒だった。瞳が黒いんじゃない。白目まで全部真っ黒で、そこだけぽっかりと穴が空いているみたいで、もうバケモノにしか見えない。

「あっ、悪魔の目！　司祭様！　あれ聖典に書かれてたヤツ！　キモイ！　真っ黒！　怖い怖い怖い、なんであれが綺麗に見えるの？　完全にバケモノじゃないですか！」

私はあまりの不気味さに思わず司祭様を掴んで振り回しながらキモイキモイと叫び続けた。

「おち、落ち着いてセイラン。あなたにはロザーリエ様がどのように見えているのです？」

「どうってもう眼孔《がんこう》全部真っ黒の目がギョロギョロ動いているんですよ！　えっ？　司祭様はあれを直視できるんですか？　ホラー系大丈夫な人なんです？」

「……セイラン、我々にはロザーリエ様の目は青い瞳に見えているのです」

「えっ？」

司祭様が恐る恐るといった風に私とロザーリエ様を交互に見て教えてくれた。

あれ、みんなには普通に見えているの？　え？　私がおかしいの？

「……ゆ、るさぬ。わたくしが化け物ですって？　お前のような小汚い娘が、わたくしのことを罵るなんて、身の程しらずにもほどがあるわ。許さない……生きていることを後悔させてやる」

私の不用意な言葉でロザーリエ様がブチ切れた。怒ると黒い目がドロドロと渦巻いて、さらに不気味さを増していく。

「ぎゃー！　ごめんなさいごめんなさいそれ気持ち悪いー！　黒いのドロドロしだした！　なんでみんなあれが見えないんですか！　もう無理！　女神アーセラの名のもとにっ！　汝の罪穢をここに明かしたまえー！」

「しまっ……ギャアアアアア！」

もうあれを見ているのも苦痛で、穢れを祓いたい一心でほとんど無意識に祓詞を唱えていた。その瞬間、ロザーリエ様が苦しみ始めた。そしてその苦痛に歪んだ顔を上げた時、周囲にいた取り巻きたちが一斉に叫び声をあげた。

「……ぎゃあああああロザーリエ様の目がぁ！」

ロザーリエ様の顔を見た取り巻きたちが蜘蛛の子を散らすように一斉に逃げ出し始めた。祓詞で隠されていた悪魔の目が皆にも見えるようになったらしい。

「私にも悪魔の目が見えます……あれは不気味ですね」

「でしょう！　私だけが怖い思いするのは不公平なんで、みんなにも見えてよかったです！」

逃げまどう人々の混乱に乗じて、禊祓をやってやろうと印を結んで祓詞を言いかけたが、その時ロザーリエ様が全くの別人の、男の声でしゃべり始めた。

『しもべどもよ。聖女を殺せ。肉片すら残らぬよう蹂躙せよ』

その言葉で取り巻きの一部の人々がぐるんとこちらを向いた。その目の中には、黒いドロドロが泳ぎ回っているように見えた。

「し、司祭様――！　なんかロザーリエ様がオッサンみたいな声で喋った！」

「私にも聞こえました。あれは悪魔がロザーリエ様の口を使って喋っているのでしょうか」

呪いをその目に受けた取り巻きたちは悪魔の言葉に従い、一斉に私に向かってきた。

すぐに騎士団長さんと師団長さんが私を守ろうと前に出て立ち向かってくれたが、取り巻きたちは悪魔に操られているのか、殴られても吹っ飛ばされてもゾンビのように立ち上がり次々襲い掛かってくるのできりがない。

正気でない人間を殺すわけにもいかず、どうにか無力化できないかと二人が必死になっていると、その隙をついていつの間にかロザーリエ様が私のそばまで近づいてきていた。

「ひぃっ！　……う、内なる全ての咎を！　悔恨を持って女神の御前にっ……ぎゃん！」

祓詞を唱えようとしたが、その私に向かって椅子がぶん投げられた。司祭様が庇ってくれたが、重厚な造りの椅子がぶつかった衝撃で二人して床に倒れてしまう。

『人間の小娘などにこの私が祓えるものか。女神の子飼いが、身の程をしれ』

悪魔の顔をしたロザーリエ様が私と司祭様を見下ろしていた。禍々《まがまが》しい気配に全身が総毛立つ。

『お前の魂は私が食ろうてやる。聖女の命はどんな味がするであろうな』

黒い目のドロドロが、ビキビキと音を立てて顔からつま先まで血管のように伸びていく。その姿はとてもじゃないがもう人間には見えなかった。

それでも司祭様が怯まずに私を庇って立ちふさがった。

見た目も中身も悪魔になり果てたロザーリエ様はにやりと笑って、司祭様の首を掴んで軽々と吊り上げた。

「ぐうっ……！　ぐっ！」

司祭様は手を振りほどこうともがいたが、もがけばもがくほど黒く染まった爪が首にどんどん食い込んでいき、司祭様は苦しそうにうめき声をあげた。

『このまま縊《くび》り殺してくれよう。お前の生首は銀の盆に載せて飾り愛《め》でてやる』

悪魔は恐ろしい言葉を吐きながら司祭様の首をギリギリと締め上げていく。

「司祭様を放せこの悪魔！　司祭様が死んじゃう！　やめてやめてやめて――――！」

祓詞も何も出てこなくて、私はただ泣き叫んでやめてと懇願することしかできなかった。司祭様が殺される恐怖で、頭がいっぱいだった。

「女神様！　お願い助けて！　司祭様を助けてください！」

絶望的な状況で、私は女神様に命乞いをする。

これまでどんな困難に見舞われても女神様に『助けてくれ、なんとかしてくれ』と願ったことはなかった。女神様は願う者だけにえこひいきをしてくれるような存在ではない。自分の個人的な不幸を、女神様になんとかしてくれと願うことは、ただのわがままだと思っていたから、私はその願いを口にしなかった。

けれど目の前で司祭様が殺されそうになって初めて、絶望的な状況に女神様にすがる言葉が無意識に口から飛び出していた。

『どおおおおん！』

突然、視界が白く染まった瞬間、鼓膜をびりびりと震わせるほどの轟音が鳴り響いた。天井が割れ、瓦礫《がれき》が降り注ぐ。

『うぎゃあああああ！』

悪魔が断末魔のような叫び声をあげ、我に返った私がそちらを見ると、手で顔を覆ってのけぞり苦しむ姿が目に入った。

顔を覆った指の隙間から黒い煙のようなものが溢れて霧散していく。

「ああ！　あああ、あああ――――っ」

ロザーリエ様の声で叫んだと思った瞬間、黒い煙はパッとはじけて全て消えていった。

「……女神の鉄槌」

いつの間にか私を瓦礫から守るように覆いかぶさっていた司祭様が、首をさすりながらポツリと呟いた。

天井を突き破って女神の鉄槌が悪魔に直撃したのだと、ようやく理解した。先ほどまで禍々しいオーラを放っていたロザーリエ様は、床に突っ伏して動かなくなっている。

周囲を見渡すと、操られていた取り巻きたちも気絶して床に倒れ込んでいた。

「え、助かった……？」

絶体絶命だったが、女神様が落とした女神の鉄槌のおかげで、どうやら悪魔はやっつけられたみたいだ。一気に緊張が解けて、腰が抜けそうになった私を司祭様が支えてくれた。

司祭様もボロボロだなあと思いながらお礼を言おうとすると、なんだか既視感のあるキラキラしい笑顔を向けてきた。

「セイランの願いが女神様に届いたのですね。私を助けてほしいと必死に願ってくれたこと……嬉しかったですよ。あなたにそれほどまでに想われていたなんて知りませんでした」

「へっ!? だって司祭様が死んじゃうと思って……いや待って、なんか誤解を招く言い方じゃないですか？　私はただ……」

「あなたには距離を置かれている気がしていたんですが、あんなふうに泣いてすがるほどには私に心を寄せてくれていたんですね。それが私は嬉しい。何も誤解はないですよ」

「だからその言い方が誤解を生みそうなんですよ！」

さっき殺されかけていたくせに、司祭様はもう通常運転である。

こんな時まで揶揄《からか》わなくてもいいのにとぎゃーぎゃー文句を言っていると、そこへズタボロの騎士団長さんと師団長さんがこちらにやってきた。

「ルカ！　あれが女神の鉄槌か？」

「セイラン様、悪魔はどうなったのでしょうか！」

二人はまだ蹲るロザーリエ様を警戒しているようで、距離を取って様子を見ている。

「恐らく悪魔は消滅したかと……。だがロザーリエ様自身は生きている」

悪魔が消滅しても、あれだけの悪行の限りを尽くしてきたロザーリエ様だ。これから彼女がどんな手に打って出るか分からない。

意識がないうちに拘束しておこうと騎士団長さんが言い、先陣を切って彼女に近づいていった時、突っ伏していたロザーリエ様がガバッと顔を上げた。

「ひえっ起きた！　こわ…………ん？　え、え？　だ、誰？」

こちらを向いたロザーリエ様の顔は……なんというか……別人のようにのっぺりしていた。

「えっ？　だ、誰だこれは」

「いやロザーリエ様だろうが……まるで別人だが一体なにが……」

疑問符がみんなの頭上に浮かぶ。悪魔の力が無くなると顔も変わるのか？

本当にこれはロザーリエ様なのかとみんなで首をかしげていると、それまで黙っていた司祭様が口を開いた。

「……化粧が全部落ちてしまったのではないでしょうか」

「「「えっ?」」」

女神の鉄槌を受けて、穢れが全部払われた結果、いつもの厚化粧もすっきり浄化されてしまったのではと司祭様が分析する。

「セイランが祝詞を唱えたあと、人々が洗われたように綺麗になっていたでしょう。あれと同じ現象かと」

つまり、これは化粧を落としたロザーリエ様の素顔ということ……?

一瞬の間を置いて、その場にいた全員が『えー!』と叫んだ。

ロザーリエ様はその辺でようやく自分がすっぴんになっていることに気が付いたのか、顔を真っ赤にしてこちらを睨んできた。

「ぶ、無礼者! お前らのせいで化粧が崩れただけよ! これは違う! お前らのせいよ!」

不敬罪で殺してやるわと叫ぶロザーリエ様を見て、あ、悪魔が抜けても性格はそのままなんだなあ、となぜかちょっと安心する。

「「おーい! お姉ちゃーん!」」

屋根の穴が空いた部分から、双子が入ってきた。

「僕ら控室に閉じ込められたと思ったら催眠ガスを部屋に流し込まれてさぁ。他の魔術師たちは昏《こん》倒《とう》しちゃったから、僕らだけで戦ってようやくここまで来られたんだ。でもすっごい音がして、屋根に穴が空くし一体何があったのかって、びっくりしちゃったよ」

「ていうか何？　この状況。大司教様はそこに転がってるし、ロザー……リエ聖女も……え、誰？」

ロザーリエ様を指さして言葉を言いかけたウィルだったが、顔を見て固まってしまった。あ、やっぱり化粧後の顔とえらい違うんですね。

「なんか色々あってロザーリエ様の中にいた悪魔は祓われたんだけど、ついでに化粧も浄化されちゃったみたいで、ロザーリエ様の顔がスッキリしちゃったんだよね」

簡単に私が説明するとウィルとファリルがポカンとした後大爆笑し始めた。

「えー！　誰これ！　ていうか、あのきっつい怖い顔をわざわざメイクで作ってたってこと？」

「なにそれ意味分かんない。あ、悪魔らしい顔にしたかったんじゃない？」

「『悪魔メイクとかうける』」

双子が『悪魔メイク流行らせなよ！』とスッキリ顔を指さしながらゲラゲラと笑う。馬鹿にされてプルプルしていたロザーリエ様がついにキレてその辺にあった瓦礫を投げ飛ばし始めたので、さっさと師団長さんが魔法で拘束して大人しくさせていた。

「おい、大司教の様子がおかしいぞ」

取り巻きたちをせっせと縛っていた騎士団長さんが司祭様にそう声をかけた。

私も呼ばれたのでついていってみると、大司教は目は開いているが意識がないのか何も反応を示さない。

「……彼は悪魔と契約をしたと言っていましたから、魂を持っていかれたのでは？」

たしか聖典には悪魔の契約は己の魂を担保にすると書かれていたから、もしかすると悪魔の消滅に彼の魂も引きずられて連れていかれたのかもしれない。

「悪魔こっわ……」

改めて悪魔の恐ろしさを思い知る。でも、だからこそアレを祓えて良かったと心から思う。悪魔と戦えと言われ、最初は恐ろしくて逃げ出したかったが、あの悪魔を野放しにしていたらと考えるほうがよっぽど恐ろしい。あれは絶対に祓わなければならない存在だった。

人生で一番怖い思いをしたけれど、逃げ出さず立ち向かった自分を褒めてやりたい。ていうか褒める。私えらい。結局女神様頼みだったけど、その過程で私だってちょう頑張った。

まあでもあの悪魔丸出しのロザーリエ様の顔は本当にトラウマなんで、あんな経験はもう二度とごめんだ。とにかく早く家に帰りたいと脱力しながらそのことばかりを考えていると、突然悲鳴に近い怒号が聞こえてきた。

「なんなんだこれは！　ロザーリエは一体どうしてしまったのだ！　魔術師団が何か術をかけたのだろう！　ワシは騙されんぞ！」

騒いでいたのは王様だった。そういえばこの人いたんだ。

ていうかあれだけロザーリエ様が悪魔の姿を披露していたのを見ていたはずなのに、未だにそんな感想しか出てこないのかと呆れる。モンぺらしいエピソードはさんざん聞いていたが、随分ポンコツな王様だなあ。

王様は師団長をつかまえてぎゃんぎゃんと騒いでいる。ていうか師団長さんもズタボロで残務整理しているところなのに、こんなポンコツ王の相手までしなければならないなんて不憫すぎる。

「セイラン、王が暗愚なのは、呪いがまだ消えていないからでしょう。疲れているところ申し訳ないのですが、もう一度だけ禊祓をしてくれませんか?」

さらっと王をアホ呼ばわりしながら司祭様が禊祓をお願いしてきた。王をなんとかしないと仕事が進まないからと言うので、早く片付けたい私も快く引き受けた。

「この責任は誰が取るつもりだ！　首謀者はお前か司祭か！」

口角泡を飛ばしながら怒りまくる王様の後ろにそそそと近づき、こそっと禊祓を始める。

「えー、女神アーセラの名の元にー汝の罪穢をここに明かしたまえー」

「うがあああ我が城をめちゃくちゃにしおって！　ははは反逆罪で一族郎党全て打ち首だっ！　処刑しょしょしょしょ……」

王様、黒いドロドロ出てきてんのにまだ文句が止まらない。どんだけ文句言いたいんだこの人。ドロドロを真正面からみるはめになった師団長がドン引きしているが、それに対しても王様は『なんだその顔は！』と文句を言っている。ある意味すごい精神力だな。

「恩寵を我が元にー……」

「許さぬぞぉあああお前らあああああ」

「呪われた魂の穢れを打ち祓えっ。あ、歯ァ食いしばってくださーい。せーのっ」

ビターン！　と良い音を立てて、私の平手が王様の頬にクリーンヒットした。

「ぶべらっ！」

平手打ちされた王様は床に崩れ落ち、黒いドロドロは綺麗に消えていった。平手打ちが本当に必要かどうかは知らないが、失敗したくないので念のためやっておいた。

ようやく正気に戻ったのか、王様は頬を押さえてきょとんとしている。どうでもいいが何故女の子座りなのか。上目遣いでパチパチされても可愛くない。

「あ、解呪終わりました」

私がそう告げると、『おおー』と地味な歓声があがり、パチパチと拍手を送られた。

「お疲れ様でした。これでようやく悪魔との戦いが終わりましたね。私が守ると言いながら……危険な目に遭わせてしまい、すみませんでした」

「いやいや、身を挺《てい》して守ってくれたじゃないですか。私よりも司祭様の方が大変だったし、首大丈夫ですか？　気分悪くないですか？」

首絞められていたし、一番怖い思いしたのはこの人だろう。

「ああ、足にキスをさせられたせいで悪心《おしん》がしますね。セイランが上書きしてくれたら治ると思うんですが」

「それは本当に心中お察ししますが、致しかねますね。もう司祭様のそのキャラなんなんですか？」

揶揄うのやめて……と言う私を司祭様はなんだか切なそうな目で見ていた。そして何か言いたげに口を開きかけたが、それは突撃してきた騎士団長さんに阻まれた。

「セイラン様！　禊祓のキレ、最高でしたね！　どうか俺にも一発お願いします！」

「騎士団長さんは呪われていないから要らないんですよ」

「お姉ちゃん、ダレンは無視していいよ。それより僕もう疲れたー早くお風呂入って休みたい」

「後片付けは他の奴らに任せてさ、お姉ちゃんは僕らと帰って休もう?」

ホラホラ、と双子に手を引かれる。周囲を見ると、魔術師団の人たちもこの場に集まってきていて、ロザーリエ様やその仲間たちを連行していく。師団長はまだ女の子座りで茫然としている王様に色々説明している最中だった。

「そうですね、セイランの手当ても必要ですから、ウィル、ファリル、彼女をお願いします」

あとのことは我々で片付けると司祭様が言うので、私は双子に連れられてこの瓦礫だらけの部屋からようやく脱出できた。

「終わったんだなあ……」

怒涛の展開で本当に死ぬかと思ったが、なんとか皆無事に終わって良かった。これで私の役目も終わりかと思うと、なんだか感慨深いものがある。

騙されて巻き込まれるみたいに始まった聖女役のお仕事だったが、楽しいこともたくさんあったし悪いことばかりじゃなかった。

ちょっと寂しい気もするが、これでようやく私も家に帰れるし、お給料もいただけて万々歳だ。

「お土産何買っていこうかなー」

懐かしい家族の顔を想い浮かべて、私はお給料の使い道を妄想するのであった。

……なんて思っていた時期が私にもありました。

家に帰って家族と団らんする計画は、今のところ実現する目途が立っていません。何故でしょう？　それはまだ私が聖都で聖女のお仕事が終わらず、毎日こき使われているからです！

悪魔をやっつけたんだから、私のお仕事は終わりだと思うじゃない？

だから家に帰る気で荷物とかまとめていたのに、司祭様を始めとする討伐隊の面々が『お前は何を言っているんだ』と言わんばかりの勢いで引き留めたので驚いてしまった。

「セイラン、聖女の仕事は終わっていません。というか、あなたは聖女なのですから、悪魔を倒して役目が終わったという考え自体が間違いなのです」

聖女の役目は死ぬまで続く、と言われ本気でガーン！　とショックを受けてしまった。

悪魔は祓われたが、呪いを受けた人はまだそれに冒されたままで、解呪が必要なのだという。

だからその全員の呪いを祓うのが目下のお仕事で、割と急を要するから一時帰宅も無理だと言われ、さらにガーン！　ともう一度打ちのめされ、私はしばらく立ち直れなくなったのであった。

ちなみに悪魔が抜けてスッキリしたロザーリエ様だが、あの性格は生まれ持ったもののようで、改心は望めなさそうである。やらかしたことを反省するどころか、牢に入れられてもなお不敬だ無礼だ全員跪いて許しを請えと終日喚いているので、牢番がストレスで胃をやられて労災を申請したらしい。それを聞いた司祭様が牢番にお見舞いの品を送っていた。


そして今、私は終わらない解呪作業がしんどすぎて疲れ切っていた。

呪いを受けた人が多すぎて、終わりが見えない状況なのである。

呪いを祓うのって思ったより力を消費するようで、一日にできる回数には上限があるし、そのほかにも普通に毎日の礼拝とかもあってとにかく忙しい。

今日も今日とてビッチリ詰まったスケジュール表を司祭様がニコニコしながら持ってきたので、いい加減嫌になった私は、労働者の正当な権利である休暇を申し入れてみた。

「あのーそろそろ私、休みが欲しいんですけど」

「……お疲れですか？　でしたら明日は休みにしましょうか。双子がセイランと遊びに行きたいとずっと言っていましたから、ちょうどいい機会ですし聖都観光にでも……」

「いや、いやいやそうではなく……ホラ、長いこと実家に帰ってないから、家族にも会いたいし、帰郷のために長期休暇が欲しいんですよ。三ヶ月とは言わないですが、せめて一ヶ月くらい……」

一日休みをもらっても、どうせ誰かが周囲にいて何くれと世話を焼こうとするから全然気が休まらないのだ。だからちょっとこの環境から抜け出したい。

お仕事に疲れたのもそうだが、実は人疲れしているというのが一番大きい。

いや、みんなものすごく親切だし褒めたたえてくれるんだけど、未だに田舎娘の精神が抜けない私としては過度に褒められるのも精神的に疲れるし、一挙手一投足を常に誰かに注視されていることの環境が結構ストレスなのである。

家族がどうしているか、心配だ。本当に元気にしているか、直接顔を見て確認しないと不安でしょうがないなどと良心の呵責《かしゃく》に訴えかけるような言葉を交えて休みを要求したのだが、司祭様は全く動じることなくうんうんと話を聞いている。

あれ？　全然響いてないぞと思っていたら、司祭様はいつか見たような完璧な作り笑顔を私に向けてきた。

「ご心配なく。実は聖都の安全が確保できたので、セイランのご家族をこちらに呼び寄せる手筈は整っています。良かったですね、これでいつでも家族に会えます」

……………はい？

「え、ちょっと待っていつの間に」

「一番目の弟さんの就職先と、ほかの弟妹さんたちの学校もご家族と相談の上すでに決まっておりますから、皆さん喜んでくださいましたよ」

「もう家族の言質とってある！」

「あ、そうそう。ご懸念でしたセイランの実父ですが、大分前に捕獲済みでして、借金を自分で返せるように強制労働所に行っていただいたので、そちらの件も解決しています」

「クソ親父の件も解決してたー！　それはありがとうございますー！　顧客満足度で言ったら三ツ星の対応！　司祭様、相変わらず抜かりなさ過ぎてもう怖いです！」

先回りして退路を塞いでくる司祭様の暗躍ぶりは健在である。

ちょっとこの手のひらで転がされている感じはどうかと思うが、クソ親父の件までまるっと解決してもらえて感謝するしかない。

お給料はびっくりするような額をもらってるし、家族をこちらに呼び寄せる話も、母の療養や弟妹たちの今後を考えたら有難い話である。

聖女様のニセモノだったはずが、いつの間にか本物ってことになっていて、流されている感が半端ない。けれど全てが良い方向に進んでいるのなら、目覚めた女神様が私へのご褒美として人生に良い道筋をつけてくれているのかもしれない。

「じゃあ、まあいいか……」

だからもうちょっと聖女役のお仕事を頑張ってみようかなと思う私なのであった。

ArianRose
アリアンローズ
アリアンローズ新シリーズ
大好評発売中!!
家族を借金取りから守るため、途方に暮れたセイランは、紹介された話に飛びつく。
しかし、それは、“嫌われ”『聖女様の替え玉』を務めるというお仕事であった……!?
美味しい話にはもちろん裏がある!?　身代わり少女による異世界ファンタジー！
ニセモノ聖女が本物に
担ぎ上げられるまでのその過程
著：エイ　イラスト：春が野かおる

巽公爵令嬢エリザベスには前世の記憶（戦闘系ゲームの知識）があるものの、
乙女ゲーっぽいこの世界では無用の長物。筋書きを知らないなら好きに生きてもいいわよね？
美幼女エリィが場当たり的に行く、異世界転生コメディ開幕！
公爵令嬢は我が道を場当たり的に行く
著：ぽよ子　イラスト：にもし

ニセモノ聖女が本物に担ぎ上げられるまでのその過程

＊本作は「小説家になろう」（https://syosetu.com/）に掲載されていた作品を、大幅に加筆修正したものとなります。
＊この作品はフィクションです。実在の人物・団体・事件・地名・名称等とは一切関係ありません。

2023年6月20日　第一刷発行

著者 …… エイ

イラスト …… 春が野かおる
キャラクター原案 …… 横山もよ
発行者 …… 辻 政英
発行所 …… 株式会社フロンティアワークス
〒170-0013　東京都豊島区東池袋3-22-17
東池袋セントラルプレイス5F
営業　TEL 03-5957-1030　FAX 03-5957-1533
アリアンローズ公式サイト　https://arianrose.jp/
装丁デザイン …… ウエダデザイン室
印刷所 …… シナノ書籍印刷株式会社